小读客经典童书馆

童年阅读经典 一生受益无穷

A DISCWORLD NOVEL

碟形世界

实习女巫和空帽子

［英］特里·普拉切特 著　　林晶 张亦琦 译

3

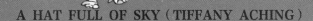

A HAT FULL OF SKY（TIFFANY ACHING）

文汇出版社

图书在版编目（CIP）数据

实习女巫和空帽子 / （英）特里·普拉切特著；林
晶，张亦琦译. -- 上海：文汇出版社，2017.7
（碟形世界）
ISBN 978-7-5496-2162-0

Ⅰ．①实… Ⅱ．①特… ②林… Ⅲ．①儿童小说－长
篇小说－英国－现代 Ⅳ．①I561.84

中国版本图书馆CIP数据核字（2017）第141995号

实习女巫和空帽子

作　　者 / （英）特里·普拉切特
译　　者 / 林　晶　张亦琦

责任编辑 / 甘　棠
特邀编辑 / 徐　微　李　爽　王韵霏
封面设计 / 刘　倩
封面插图 / （英）劳拉·艾伦·安德森
责任校对 / 绳　刚　曹振民

出版发行 / **文匯**出版社
　　　　　 上海市威海路 755 号
　　　　　 （邮政编码 200041）
经　　销 / 全国新华书店
印刷装订 / 北京中科印刷有限公司
版　　次 / 2017 年 9 月第 1 版
印　　次 / 2018 年 3 月第 3 次印刷
开　　本 / 889mm×1194mm　1/32
字　　数 / 207千字
印　　张 / 9.75

ISBN 978-7-5496-2162-0
定　　价 / 44.80 元

侵权必究
装订质量问题，请致电010-85866447（免费更换，邮寄到付）

欢迎来到"碟形世界"

　　茫茫宇宙中，一只巨龟正缓缓地游过星星间的深渊。它的背上立着四头巨象，巨象的肩膀上驮着一块无比辽阔的平板，平板的边缘则是绵长的瀑布。平板上是一个和我们生活的地球有点儿像，却又不太一样的世界，生活着和我们相似却又不太一样的人。

　　这就是碟形世界。

　　和我们的世界相比，它的"历史"不算悠久，不过应该比你的年纪要大一些。1983年，第一本关于碟形世界的书面世。之后，作者特里·普拉切特共出版了41本碟形世界小说，包括你手中这本《碟形世界：实习女巫和空帽子》。

　　记住，在碟形世界里，一切怪事，皆有可能。

目 录
Contents

简介 《精灵大全及防御指南》选摘

噼啪菲戈人简介

噼啪菲戈人也被称为小精怪、小小自由人、小个子人或者"据说持有武器的不知名人士"。

噼啪菲戈人是所有族群中最危险的一个种族，喝醉的时候则更加危险。他们热爱饮酒、打架和偷东西。只要一件东西没有被钉死在地上，他们就一定会把它偷走。假如已经钉在了地上，那他们会把这件东西连同钉子一起偷走。

尽管如此，那些有幸结识他们并且还活着的人都表示，他们忠诚、坚毅、勇敢得出人意料。

噼啪菲戈人还坚守一套独特的道德准则。比如，他们绝不会从一贫如洗的人那里偷东西。

普通的菲戈族男性（女性在菲戈族中极其少见，见后文）身高大约六英寸[①]，长着红头发，皮肤上布满蓝色刺青。如果你能发现他们的蓝皮肤是因为刺青，想必你已经凑得很近，那

---

① 英寸和厘米的换算公式：1英寸≈2.54厘米。——编者注

么你可能就要被打了。

他们穿的苏格兰裙不知道是用什么材料做的，并不统一，因为菲戈人之间的部落关系是通过刺青而不是裙子的花纹来体现的①。他们有时会戴一顶兔子头骨制成的头盔，并用羽毛、串珠或者其他他们喜欢的小玩意儿装饰自己的胡须和头发。他们总是随身携带一把宝剑，尽管宝剑的作用只是装样子——菲戈人打起架来更喜欢用靴子踢、用脑袋撞。

噼啪菲戈人的历史及信仰

菲戈人的起源已经失落在时间的迷雾中。他们自称自己因为不肯屈服于精灵女王邪恶、暴虐的统治而被逐出了精灵国，但其他人则说，他们是因为喝得酩酊大醉才被驱逐的。

关于他们的信仰，人们知道得不多，也不知道他们究竟有没有信仰，只知道他们坚信自己已经死了。他们很喜欢我们这个世界，这里阳光普照、群山绵延、天空湛蓝，还可以尽情打架。这么美好的世界可不是谁都能来的，这里要么是天堂，要么就是瓦拉哈拉——一个只有战场上牺牲的英雄才能进入的神殿。因此，他们推测自己曾经在别的地方生活过，因为实在是太正直高尚了，死后才获准来到这里。

这种异想天开的想法并不正确，因为人人都知道事实与之

---

① 在现实生活中，不同格子样式的苏格兰裙反映了不同的宗族关系。——译者注

截然相反。

每当菲戈人死去的时候，大家并不会悲痛欲绝，弟兄们悼念他，只是因为他跟大家共度的时间没多久，就返回了活人的世界——他们管它叫"前世"。

噼啪菲戈人的习俗与居住地

噼啪菲戈人一般住在古代帝王的墓地里，在陪葬的金子之间挖出一个舒适的洞穴。洞穴外的土丘上通常长有一两株荆棘或是接骨木——菲戈人最喜欢树龄长、树干中空的接骨木，因为树干刚好可以被当作洞穴的烟囱。当然，周围还要有"野兔洞"，这些"野兔洞"看上去跟真的野兔洞一模一样，洞的附近散落着野兔粪便。要是遇到格外有创意的菲戈人，或许还能看见几簇野兔毛。

在洞穴里面，菲戈人的住所有点像蜂巢，只是少了蜂蜜，多了许多被刺痛的机会。

这种族群结构的形成是因为女性在菲戈族里十分少见。除此以外，或许还有一个原因，那就是菲戈族女性经常生孩子，而且每次都会生下很多个孩子。孩子们出生时只有豌豆大小，不过只要喂养得当，他们就会长得飞快（菲戈人喜欢住在离人类比较近的地方，这样他们就可以不时地偷些牛羊奶来喂养孩子）。

部落里的"女王"被称为凯尔达，随着年龄增长，她会渐渐成为绝大多数部落成员的母亲。她的丈夫则是"首领"。每当有女儿出生——这种情况并不常见——她会跟随母亲学习凯尔达的神秘法术,这是她们独有的秘密。等她到了适婚年龄,就必须离开部落,她会带上几个兄弟做保镖,陪她一起踏上漫长的旅途。

她通常会迁徙到一个没有凯尔达的部落。在极少数情况下,假如她找不到任何没有凯尔达的部落,她就会与来自不同部落的菲戈人共同组建一个全新的部落,为它起个新名字,再建造一座土丘。她还会自己选择一位丈夫,而且从此以后,她说的话就是部落成员必须遵守的法律。她极少离开部落的土丘,她既是土丘的女王,也是土丘里的囚犯。

不过有一次,一位人类女孩曾经当了几天凯尔达……

本章节译者:张亦琦

第一章　离家

　　它无声无息地出没在山际，仿佛一片看不见的雾。没有附着的躯体，它缓缓地游移着，已经精疲力竭。眼下，它不能思考。自从最后一次思考以来，几个月的时间已经过去了，因为用来思考的头脑已经死亡了。它们总是会死亡的。现在，它又一次变得无所依附，满怀着恐惧。

　　它爬过牧场的时候，一群羊紧张地咩咩叫唤着。它可以让自己寄生在一只毛茸茸的白羊身上。但是羊的头脑毫无用处，它们想到的只有草，尔后召唤着其他的羊儿一块儿傻傻地叫唤。不，它不要它们。它需要更好的东西，一个强大的头脑，一个充满意志力的头脑，一个能给它安全的头脑。

　　它寻找着……

　　这双新靴子完全不对劲。它们笔挺笔挺的，闪闪发亮。闪闪发亮的靴子！这真是丢脸。干净的靴子，那是另外一回事儿。要是为了防潮，给靴子抹上一点儿油，那也说得过去。但是，靴子不应该是闪闪发亮的，它们是用来走路的。

　　蒂凡尼·阿奇站在卧室的地毯上，摇着头。她要尽快把它们穿旧。

这儿还有一顶新草帽，上边系着一条丝带。她对这帽子也不知如何是好。

她努力想看清镜中的自己，这可不容易，因为那镜子比她的手掌大不了多少，而且上面斑斑点点的，还有裂痕。她得不停地移动镜子，才好在镜子里多看到一点儿人影，还得想着把那裂片中的影像合起来看会是什么样儿。

但是今天……噢，她在家里通常不会这样干，但是今天她一定要打扮得漂漂亮亮的，即使现在身边没有人……

她把镜子放到床边那张摇摇晃晃的桌子上，站在破旧的地毯中央，闭着眼睛说道：

"看见我自己。"

远方的山巅上，那个没有躯体、没有大脑，怀着强烈饥渴和无边恐惧的怪物感觉到了这力量。

要是它有鼻子的话，它会嗅到这种气息。

它寻找着。

它找到了。

多么奇异的一个头脑啊，就像一个头脑里还装着另一个头脑，一个接一个，没完没了，越来越小！强大无比！近在咫尺！

它微微地改变了方向，移动得快了一些。移动之时，它发出像一群苍蝇飞过的声音。

有那么一瞬间，羊群感到有些紧张，似乎察觉到身边有什么它们看不到、听不到，也闻不到的东西。它们咩咩叫着……

……然后继续嚼着青草。

蒂凡尼·阿奇睁开了眼睛。她看见了自己，站在离她几英尺①远的地方。她可以看见自己的后脑勺。

小心翼翼地，她在屋子里走动着。她没有低头看正在走路的她自己，因为她知道要是那样做的话，魔法就会立即结束。

像这样走路是非常困难的，不过最终她站到了自己面前，上上下下地打量着自己。

棕色的头发配着棕色的眼睛……她没什么可挑剔的。至少，她的头发很干净，脸也洗了。

她穿了一条新裙子，这多少是一点儿改观。在阿奇的家里，买新衣服可是一件不常有的事儿，所以这条裙子自然买得比较肥大，等她长大了还能穿。好在裙子是淡绿色的，而且也没有长到拖地板的程度。穿上新靴子，戴上新草帽，她看上去——像一个农夫的女儿，打扮得体体面面的，正要去干她平生的第一份工作。事实也正是如此。

站在自己面前，她瞧得见自己头上那顶尖顶帽，不过她得费劲地寻找它。它像一道闪光掠过空中，你才瞧见它，它就不见了。她正是因为这一点，才一直担心着那顶新草帽，然而尖顶帽就这样穿过了那顶新帽子，好像它不存在似的。

这是因为，从某方面讲，这顶尖顶帽并不存在。它是看不见的，除了在雨中。太阳和风径直地穿过去，但雨和雪却把它视作一顶真实存在的帽子，不知怎的可以看见它。

这顶帽子是全世界最伟大的女巫送给她的。这个了不起的

---

① 英尺与厘米的换算公式为：1英尺≈30.48厘米。——编者注

女巫戴着黑色的帽子，穿着黑色的衣服，她的眼睛能看穿你的灵魂，就像松节油渗进一只病羊的身体里一样。这顶帽子是作为一种奖赏奖励给她的，当时蒂凡尼施了一次魔法，一次很重要的魔法。在施魔法之前，她并不知道自己会施魔法；在施魔法的时候，她也不知道自己正在施魔法；当她施完魔法以后，她甚至都不知道自己施了魔法。现在，她必须学习怎样施魔法。

"看不见我。"她说，她的影像——管它是什么呢，因为她自己对这巫术也不太确定——消失了。

第一次这样做的时候，她感到很震惊。然而她发现她一直很容易看到自己，至少在她的头脑中是那样。她所有的记忆就像一幅幅她在做事情或者看事情的小图画，而非她眼中所看到的景象，有一部分的她总是在一旁看着自己。

另一个女巫——蒂克小姐，她可比送给蒂凡尼帽子的那个女巫平易近人——曾经说过，一个女巫必须得知道"分身术"，关于这一点，随着女巫才能的增长，她会了解得更多。蒂凡尼猜想："看见我自己"应该是这其中的一部分吧。

有些时候蒂凡尼想，她应该和蒂克小姐谈谈这件事。"看见自己"的感觉就好像是她从自己的身体里走了出去，但剩下的那具躯壳仍然能四处走动。那具躯壳能一直不停地走下去，只要它的眼睛不向自己看，别看到她是一具躯壳。要是它低头看见了她的躯壳，那走出去的一部分就会惊慌害怕，她会发现自己立刻就回到了她实实在在的身体里。蒂凡尼最终决定不把这件事告诉任何人。你没必要告诉你的老师一切事情。不管怎么说，在你没有镜子的时候，这是一个不错的法术。

蒂克小姐是一个女巫发现者。女巫发现者靠的似乎正是巫术。这些女巫一直不可思议地留心着那些有望成为女巫的女孩，再找一位年长的女巫教导她们。女巫发现者并不会教女孩怎么去做女巫。她们只教她怎么去了解她正在做的事情。

女巫们有点像猫。她们并不太喜欢自己的同伴，但是她们确实想知道其他女巫在哪里，为的是在需要的时候能够找到她们。作为朋友，你可能需要她们告诉你的是，你开始像巫婆那样咯咯地笑了。

蒂克小姐说过，女巫害怕的东西不多，然而那些法术强大的女巫，即使她们嘴上不说，害怕的事情是"误入歧途"。不经意间做出一些小小的残忍行为，那真是太容易不过了，因为她们会巫术，可别人不会；认为其他人无足轻重，认为是非善恶与她们无关，那也是太容易不过了。歧途的尽头，是女巫独自一个人在姜饼小屋里嘀嘀咕咕地说着话，咯咯地笑着，鼻子上长出疙瘩。

女巫们需要知道别的女巫在看着她们。

蒂凡尼认为，这就是那顶帽子存在的原因。只要她闭上眼睛，她可以随时摸到它。它像是在提醒……

"蒂凡尼！" 蒂凡尼的妈妈朝楼上喊道，"蒂克小姐来了！"

昨天，蒂凡尼告别了阿奇奶奶……

在那高高的山上，那座有些年头的牧羊人小屋的铁轮半埋在草丛里。大肚子火炉仍旧斜立在牧场上，浑身红红的满是铁锈。白垩地的山要带走它们了，就像带走了阿奇奶奶那样。

奶奶下葬那天，人们把小屋的其余部分都烧了。没有牧羊人敢用这屋子，更别说在里面过夜。在牧羊人的心中，阿奇奶奶太高大、太坚强，无人可取代。无论白天夜晚，无论春夏秋冬，她就是这片白垩地最好的牧羊人、最聪明的女人，她是这里的全部记忆。她像是这片绿色牧场的灵魂，穿着她那双旧靴子，系着麻布围裙，到处走着，抽着老式的烟斗，给羊涂抹松节油。

牧羊人说阿奇奶奶曾把天空咒成了蓝色。他们管那夏日里天空中蓬松的白云叫"阿奇奶奶的小羊羔"。人们一边笑着一边说着这些事儿，然而他们中有一些人可不是在开玩笑。

没有牧羊人敢住进那间小屋，没有一个人敢。

于是他们在草地上挖了一个坑，把阿奇奶奶埋在了这片白垩地之中，之后在草皮上洒上水，没有留下一点痕迹，最后他们烧了她的小屋。

羊毛，快乐水手牌烟草和松节油……

这曾经是牧羊人小屋的味道，也是阿奇奶奶的味道。这味道直抵人的内心，让人难以忘怀。现在，蒂凡尼只要闻到那些味道，她就仿佛又回到那座小屋里，回到了那座温暖、宁静而安全的小屋里。每当她感到烦心或者快乐的时候就会去那里。阿奇奶奶总是微笑着，为她沏茶，但并不说话。在这座小屋里，永远不会发生坏事情。它是一座与世隔绝的城堡。即使现在阿奇奶奶已经不在了，蒂凡尼仍然喜欢去那儿。

蒂凡尼站在山上，风儿吹过牧场，远处传来阵阵的羊铃声。

"我得……"她清了清嗓子，"我得离开这儿了。我……我得去学习正统的巫术，你知道，这儿没人能教我。我得……照料这些白垩地，就像过去你做的那样。我能够……做一些事儿，但是我不了解那些事儿。蒂克小姐说不了解的事情会杀死自己的。我想要和你一样棒。我会回来的！我很快就会回来！我保证一定会回来，比现在的我更棒！"

一只蓝色的蝴蝶被一阵风吹落到蒂凡尼的肩头，扑扇了几下翅膀，又飞走了。

阿奇奶奶在家的时候从不说话。她收集沉默，就像有人收集绳子那样。然而她自有一种办法，虽然什么也不说，却说了一切。

蒂凡尼待了一会儿，直到挂在脸上的泪水都干了，然后才向山下走去。永不停歇的风儿在铁轮边打着转儿，又呼啸着从大肚子火炉旁吹过。生活在继续。

像蒂凡尼这样岁数的年轻女孩当帮佣是常有的事，也就是说，去别人家当女仆。通常是，你从给一位孤老太太帮忙开始干起——她不会付你很多钱，考虑到这是你的第一份活儿，你也不可能拿到很多钱。

事实上，只要有人帮蒂凡尼搬运牛奶桶，她可以自己经营自家农场的牛奶房，因此父母对她想要当女仆感到十分诧异。但是蒂凡尼说，这是每个人都要做的一件事儿：你需要稍稍走向外面的世界，遇见新的人，你永远不知道迈出这一步后会遇到什么情况。

她的这番话巧妙地赢得了妈妈的同意。妈妈有个有钱的姨妈，年轻时离开了家，她先是做厨房里的洗碗女佣，后来做客厅里的女仆，一路做上去，直到当上了女管家，和男管家结了婚，住在了一座漂亮的大屋里。那不是她自己的大房子，她只是住了里面的一小点儿的地方，但不管怎么说她是一名"女士"了。

蒂凡尼不打算走这条路。不管怎么说，当女仆只是一条计策。蒂克小姐也为谋划这条计策帮了忙。

女巫们不允许用巫术来挣钱，因此所有的女巫还得干份其他的工作。蒂克小姐主要是一个女巫，同时也是一名出色的教师。她和一帮流浪教师到处游荡，什么人都教，什么东西都教，以此换取食物和旧衣服。

离开这儿是件好事儿，因为白垩地的人们不信任女巫。人们认为女巫夜晚会在月光下跳舞，连内裤都不穿。蒂凡尼打听过这事儿，等到她发现没必要非这样做才能成为女巫时，她稍稍松了一口气。要是你想这样做的话也可以，可是你得知道所有的荨麻、蓟草和刺猬都在哪里。

不过人们也会对流浪教师有一点儿防备。据说他们披着装有皮衬垫袖子的斗篷，戴着奇怪的阔边帽子，掐掐小鸡，偷走小孩（从某方面讲，这是真的），从这村游走到那村，推着他们俗气艳丽的推车，彼此说着没人能听懂的异教徒的语言，比方说"覆水难收"和"以此代彼"。蒂克小姐轻松地藏身在他们中间。她的尖顶帽子是一个诡秘的掩饰，要是你不按下那个魔法弹簧，它看上去只是一顶黑色的草帽，上边还有一些纸做的花儿。

大约一年前，蒂凡尼展现的求知欲令她妈妈很吃惊，还让她有些担心。村里人认为，适度的求知欲是一件好事儿，但是强烈的渴望却会令人焦虑。

接着，一个月前，有消息传来了：做好准备吧。

蒂克小姐，戴着她那顶花帽子拜访了阿奇家。她对阿奇夫妇解释说，山区有一位老妇人听说了蒂凡尼做奶酪的出色技艺，愿意请她当女仆，每月四块钱，一星期放一天假，有一张属于她自己的床，还能在猪望日期间休一个星期的假。

蒂凡尼了解她的父母。一个月三块钱低了些，一个月五块钱又高得令人怀疑，而四块钱，做奶酪的技艺恰恰就值这个价。还有，一张属于她自己的床是一个很好的额外条件。在大多数蒂凡尼的姐姐离家之前，两个姐妹挤一张床睡觉是很平常的事儿。所以这真是一个很棒的条件。

蒂克小姐的话给蒂凡尼的父母留下了深刻的印象，他们有点儿怕她。但是从小受到的教育让他们相信，那些知道的比你多、会说长句子的人都是了不起的人，于是他们答应了。

当天晚上，蒂凡尼上床睡觉后，她"碰巧"听到了父母的争论。要是你"碰巧"把玻璃杯倒扣在地板上，后来又"碰巧"把你的耳朵放到杯子上，那你就很容易"碰巧"听到楼下人的说话声了。

她听见她爸爸说，蒂凡尼根本没必要离开这里。

她听见她妈妈说，所有的女孩都想知道外面的世界是什么样儿，所以最好还是让她出去看看。而且，她还是一个非常能干的女孩，她有一个好使的脑袋。只要她努力，没有什么理由说她不能在某一天给某个了不起的人物当佣人，就像赫蒂姨妈一样，还能住在一座带厕所的房子里。

她爸爸说，她会明白擦地板的活儿在哪里干都是一样的。

她妈妈说，噢，那样的话她会感到厌倦的，再说她一年后就会回来。对了，"炉火纯青"这个词是什么意思？

"高超的技能。"蒂凡尼心想。他们家里是有一本旧字典的，但是她的妈妈从未打开过它，因为她一看见那些字就心烦意乱。蒂凡尼已经从头到尾读过一遍。

事情就这样定下来了。这一会儿已是一个月后，她正在把那双她每个姐姐都穿过的旧靴子裹在一块干净的布里，然后把它塞进了妈妈买给她的那只二手箱子里。这箱子看起来像是用破纸板做的，已经像豆腐渣，得用绳子绑着才能合起来。

说再见的时候到了。她流了一些眼泪，她妈妈流了更多的眼泪，小弟弟温特沃斯也大哭着，似乎这样哭可以得到一块糖似的。她爸爸没有哭，而是给了她一枚银币，语气粗暴地要她答应每个星期写一封信回家——这是一个男人流泪的方式。她还跟牛奶房里的奶酪、羊圈里的羊和一只名叫鼠袋的猫分别说了再见。

最后，除了奶酪和小猫——啊，还有那些羊儿，每个人都站在大门边，朝她和蒂克小姐挥手，一直望着她们，直到她们走到了那条通向村口的白色小路的尽头。

四周很安静，她们的靴子走在碎石路上发出清脆的声音，应和着头顶上云雀那不停歇的歌声。现在是八月下旬，天气很热，新靴子紧得脚发疼。

"我要是你，就把它们脱下来。"过了一会儿，蒂克小姐说。

蒂凡尼在路边坐了下来，从箱子里取出她的旧靴子。她不必费神去问蒂克小姐是怎么知道新鞋子紧脚的。女巫们总在注意观察事物。穿着那双旧靴子，即使她得套上好几双袜子，还是比新鞋舒服得多，走起路来着实方便。这双旧靴子在蒂凡尼出生很久以前就开始走路了，它知道这活儿该怎么干。

她们重新上路了。"我们今天会见到……小个子吗？"蒂克小姐问道。

"我不知道，"蒂凡尼回答说，"一个月前，我告诉他们我要走了。每年这个时节，他们都很忙。不过，总有一两个小个子在守护着我。"

蒂克小姐迅速扫了一眼四周。"我什么也没看见，"她说，"也没听到任何声音。"

"没错，正是这样我才知道他们在这儿，"蒂凡尼说，"他们守护我的时候，周围总是比平常安静很多。但是看到你和我在一起，他们是不会现身的。他们有点怕巫婆——这是他们对女巫的称呼。"她很快又加了一句，"这完全与你是谁无关。"

蒂克小姐叹息了一声。"当我还是一个小女孩的时候，我很想见到小精怪。"她说，"我把一小碟一小碟的牛奶都拿了出来，当然，后来我才知道这样做也没用。"

"是的，你应该用烈酒才对。"蒂凡尼说。

她瞥了一眼树篱，只是一秒钟的瞬间，她相信自己看见一头红发闪过。她笑了，微微有点儿紧张。

曾经，也就那么几天的时间吧，蒂凡尼是唯一一个可能成为菲戈女王的人类。大家都知道，她要被噼啪菲戈人称作凯尔达，而不是女王。如果你想和噼啪菲戈人打架的话，那你当面叫他们精灵就行了。另一方面，噼啪菲戈人总是兴致勃勃地在找人打架。要是没有人和他们打，他们就自己对打，要是只有一个噼啪菲戈人，那他就踢自己的鼻子当作练习。

他们曾经居住在精灵国，但是后来因为酗酒被驱逐了出来，因为只要你曾经做过他们的凯尔达，他们将永远不会忘记你……

所以他们一直就在蒂凡尼身旁。

总有一个嘁啪菲戈人待在农场上的什么地方，或者在白垩地的上空嗡嗡地盘旋。他们守护着她，帮助她保护她，无论她是否要他们帮忙。蒂凡尼对此尽可能保持着温和的态度。她把日记本藏到抽屉的后面，用纸团堵住厕所里的裂缝，对卧室地板上的那些豁口也想尽了办法。毕竟，他们只是小个子。她知道他们为了不打扰她，都在尽力想办法不让她看见，然而她总能发现他们。

他们满足她的愿望——不是童话里总让事情变糟糕的三个魔法愿望——只是一些日常的、普通的愿望。嘁啪菲戈人意志坚定，无所畏惧，速度极快，但是他们的理解力可不太好，他们无法理解口是心非这样的事儿。有一天，在牛奶房里，蒂凡尼说了一句："我希望能有把快一点的刀来切这些奶酪。"在她这句话几乎还没有说完之前，她妈妈那把最锋利的刀就已经插在她身旁的桌子上，微微地颤动着。

说说"我希望天能转晴"这种愿望是没事儿的，因为嘁啪菲戈人并不能施真正的魔法。她尽量留神不要说出让这些个头小小的、意志坚定的、无所畏惧的、速度极快的人可能实现的愿望，要知道这些家伙乐意的话，还会狠狠地踢谁一顿。

许愿是需要三思而后行的。她永远不会大声地说："我希望我能嫁给一个英俊的王子。"她知道，要是她这样说了，可能她打开门时就会发现门口站着一位吃惊的王子，牧师紧跟在一旁，噼啪菲戈人开心地咧嘴笑着，已经做好随时担当伴郎的准备。所以，你无疑得留心你要说的话。

不过有时候他们也能帮上一些忙。于是她把那些家里不再需要的，而小个子们可能用得着的东西全留给了他们，比如说别针、小汤匙、汤碗——噼啪菲戈人可以用它来好好洗一个澡。她怕他们万一搞不清楚这意思，还特地留下了一些肥皂。他们不偷大肥皂。

小精怪们住在高山上的古墓里。她最后一次上那儿，是去参加他们部族的头领罗伯·无名氏和来自长湖的珍妮的婚礼。珍妮将成为新的凯尔达，在往后的大部分时间里，她都将生活在古墓里，就像蜂后一样，繁衍许多后代。

其他部族的菲戈人都出席了婚礼。如果说有什么比宴会更让菲戈人喜欢的话，那就是盛大的宴会，而比盛大的宴会更好的，那就是有人请他们喝酒的盛大的宴会。蒂凡尼比自己身边最高的人还要高出十倍，老实说，这让她感到有些不自在。然而她受到了很好的款待，罗伯·无名氏为她作了很长的演讲，称她为"我们杰出的大块头年轻小巫婆"，讲着讲着一头栽进了布丁里。当珍妮背着罗伯跳过地上一把小小的扫帚柄时，她也和人们一起发出了热烈的欢呼声。依照传统，新娘和新郎应该一起跳过扫帚柄，不过，也是依照传统，没有一个爱脸面的菲戈人会在结婚当天不喝醉的。

她得到过警告，最好在这个时候离开，因为接下来新娘部落和新郎部落之间传统的打斗要一直持续到星期五。

蒂凡尼向珍妮鞠了一躬，因为女巫都是这么告别的，顺便还能仔细打量她。她很小，笑得很甜、很漂亮，眼睛里闪着光，下巴高傲地扬着。噼啪菲戈人的女孩非常少，她们从小就知道自己有一天将当上凯尔达。蒂凡尼有一种明确的感觉，罗伯婚后的生活将会比他想象中的棘手。

离开他们，她感到有些难过，但是不会非常难过。他们有时是很好，可一会儿，他们又把你弄得心烦。不管怎么说，她已经十一岁了，她觉得过了一定的年龄，你就不该再偷偷溜进地下的洞里和小个子们说话了。

而且，有那么一瞬间，珍妮看她的眼光带着明显的敌意。蒂凡尼不须费力就读懂了这种眼光的意思。她曾经是他们的凯尔达，即使那只是非常短的一段时间。她曾经和罗伯订过婚，即使那只是一种权宜之计。珍妮知道这一切。那眼光在说：他是我的。这地方是我的。我不要你在这儿！离开这儿！

蒂凡尼和蒂克小姐沿着小路走着，四下里一片寂静。噼啪菲戈人在附近的时候，平日里灌木丛中沙沙作响的树叶都不出声了。

小村到了，她们坐在草地上等货运马车。那马车比步行快不了多少，得走上五个小时才能到双衫镇，到了那儿——至少蒂凡尼的父母以为——她们将坐上大马车，一路经过重重山峦，驶向远方。

蒂凡尼听见草地上踏响的马蹄声时，其实已经看到了那匹马顺着马路过来了。她立刻转过头，她的心似乎提到了嗓子眼，可刹那间又沉了下去。

那是男爵的儿子罗兰，骑着一匹漂亮的黑马。马还没站稳，他就跳了下来，不好意思地站在那儿。

"啊，我看见那儿有一块很不错、很有意思的……大石头。"蒂克小姐甜腻腻地说，"我正想过去看一看，可以吗？"

蒂凡尼真想为这句话掐她一下。

蒂克小姐急匆匆地走开了。罗兰说："呃，这么说，你是要走了。"

"是的。"蒂凡尼回答。

罗兰看上去紧张得快要爆炸了。

"我给你带了这个。"他说，"我是请一个……呃，叶尔普镇的人做的。"他取出一个用软纸包着的小包。

蒂凡尼接过小包，小心地放进了口袋。

"谢谢你。"她说着微微地行了一个屈膝礼。严格地说，这只是在你遇见一个绅士的时候才会这样做的，这可让罗兰红了脸，结巴了。

"等一会儿……再打……打开它。"他说，"我希望你会喜欢。"

"谢谢。"蒂凡尼甜甜地说。

"马车来了。呃……你不想错过吧。"

"谢谢。"蒂凡尼又行了一个屈膝礼，因为她看见了那样做起到的效果。这是有点儿残忍，可有时你不得不这么做。

其实，想错过马车都不太容易。要是快点跑，你很容易就能超过它。马车跑得太慢，而且随叫随停。

车上没有座位。货运马车每隔一天就到各个村子里来取包裹，有时候还捎带接送人。你只能在水果箱和布匹中间找一个舒服一点儿的地方坐下来。

马车在高低不平的道路上颠簸着，蒂凡尼坐在后面，穿着旧靴子的双脚悬在车子边上，前后摇摆着。

蒂克小姐坐在她边上，膝上的黑裙子很快就蒙上了白垩地的灰尘。

蒂凡尼看到，罗兰一直等到马车几乎看不见了，才骑上了马。

蒂凡尼了解蒂克小姐。这一会儿，她已经急不可耐地要问问题了，因为女巫讨厌有不知道的事情。果然不出所料，等到离村子远了，蒂克小姐挪了好几次身子，清了好几下喉咙，终于开口了：

"你不打开看看吗？"

"打开什么？"蒂凡尼问，但并没有看她。

"他送你的礼物。"蒂克小姐说。

"我以为你在看一块有趣的石头呢，蒂克小姐。"蒂凡尼责怪道。

"哦，那石头是有点儿有趣。"蒂克小姐毫不尴尬地说，"那么……你打开吗？"

"等以后吧。"蒂凡尼说。她现在不想讨论罗兰，根本不想。

她并不是真的不喜欢他。她在精灵女王的领地里找到了他，把他救了出来，虽然他那时大部分时间里都昏迷着。当噼啪菲戈人神经紧张的时候又突然遇到了人类，他们的确会把人类变成这样。当然啦，村子里的每个人都相信是罗兰救了她，没有人有心说谎，只是一个带着一只平底锅的九岁女孩是不可能救出一个佩着长剑的十三岁男孩的。

蒂凡尼并不介意。这使得人们不再问那些她不想或者不知道怎么回答的问题。然而他开始……徘徊在她附近。她常常会在路上"偶然"遇到他；他还总是和她出现在相同的乡村活动上。他老是彬彬有礼的，可她受不了他那副样儿，好像一只被人踢了一脚的垂毛狗似的。

有一点得承认，他不像从前那么爱挖苦人了。可话说回来了，那时是有好些事情可以被挖苦一番的。

她不知为何想到了"马"，直到她发现自己的眼睛正看着眼前的风景，头脑却回望着过去……

"我以前从没见过这样的……"蒂克小姐说。

而蒂凡尼像见到老朋友一样望着眼前的景色。这边的山间，白垩地兀然地在平原上升起，一条溪谷往山下延伸着，勾勒出蜿蜒的曲线。牧场沿着长长的河流铺展着，光秃秃的白垩地显现出一只动物的形状。

"这就是白马。"蒂凡尼说。

"为什么叫它白马？"蒂克小姐问。

蒂凡尼看着她。"因为白垩地是白色的？"她启发道，努力不让对方觉得她问的问题有点愚蠢。

"不，我是说为什么叫它马。它看上去并不像马。那只是……流动的线条……"

……仿佛是移动着的流动的线条，蒂凡尼想。

人们说，很久以前，一群族人从牧场上凿出了它，那个部落建造石头圆阵，把死者埋在大土坟里。他们在绿色山谷的尽头凿出了马的形状，比一匹真马大十倍。如果你不用心去看，你就无法看到正确的形状。古人是了解马的，他们养马，每天都能看到它们。他们并不因为是古人就不知道马的形状，他们并不愚蠢。

有一回，蒂凡尼问过爸爸这事儿，当时他们一起去贩羊市场时正好途经这里。她爸爸把他还是孩子时阿奇奶奶告诉他的话告诉了她。他一字一句地重复着奶奶说过的话，现在蒂凡尼也在这么做。

"那不是一匹马看上去的样子，"蒂凡尼说，"那是一匹马本来的样子。"

"哦。"蒂克小姐说，可是因为她是个教师，还是个女巫，多半她没法不让自己加上一句①："有趣的是，事实上没有纯白的马，它们是灰白色的。"

"是的，我知道。"蒂凡尼说，"这一匹是白色的。"她平静地添了一句。

蒂克小姐安静了一会，不过她似乎在想着什么其他的事儿。

"我想你因为离开白垩地而感到有点不安，是吗？"她问，马车哐啷哐啷地向前行驶着。

"没有。"蒂凡尼回答。

"你可以感到不安。"蒂克小姐说。

"谢谢你，但是我真的没有。"

"要是你想哭一下，你不必假装有粒沙子掉进了你的眼睛里，或者别的什么……"

---

① 她必须那么说。因为她是女巫和教师的可怕结合体。她们要求事情是井井有条、恰当正确的。如果你想叫一个女巫心烦，你没必要去把图表和拼写搞糟，你只要带她走进一间一幅图画稍稍挂歪了的屋里，然后就会看到她在那儿不安地扭动。——作者原注

"我很好，真的，"蒂凡尼说，"不骗你。"

"你瞧，要是你抑制这种情感，到后来它会造成可怕的伤害。"

"我没有抑制，蒂克小姐。"

事实上，蒂凡尼对自己没有哭也感到有一点儿奇怪，不过她不打算告诉蒂克小姐这些。她觉得她心里有一块地方泪水就要冲出来了，但是它们还没有填满胸臆。那也许是因为她把这些情感和疑虑打了包，留在那山上的大肚子火炉里了。

"要是你这会儿觉得情绪低落，你可以打开他送的礼物……"蒂克小姐努力着。

"和我谈谈勒韦尔小姐吧。"蒂凡尼快速地说。关于那位将要和她生活在一起的女士，她知道的只有名字和地址。不过地址听上去颇让人期待："高高悬垂村，失踪人小巷中的那棵死橡树近旁树林中的小屋。如遇外出把信件留在门边的旧靴子里。勒韦尔小姐。"

"勒韦尔小姐，是的，"蒂克小姐被击败了，"嗯，她并不是很老，不过她说她很高兴能有第三双手在身边帮忙。"

你说的每个字都逃不过蒂凡尼的耳朵，就算你是蒂克小姐。

"那么那儿已经有其他人了？"她问。

"嗯……不，不完全是这样。"

"那么她有四条胳膊？"蒂凡尼问。蒂克小姐像是在尽量回避这个话题。

蒂克小姐叹了一口气。和一个每时每刻注意力集中的人说话真不容易，真让人觉得讨厌。

"最好等到你自己见到她。"她说，"我说的话只会带给你错觉。我肯定你能和她相处得好的，她待人很好。闲暇时她是个女巫研究员。她养蜜蜂还有山羊，它们产的羊奶，我相信是非常好的全脂羊奶。"

"女巫研究员是干什么的？"蒂凡尼问。

"噢，这是一项古老的职业。通过学习那些古老的咒语是怎样创造出来的，她可以发明新的咒语。你知道那些'蝙蝠的耳朵和青蛙的脚指头'之类的咒语吧？它们从来不起作用。但是勒韦尔小姐认为，这只是因为我们不知道究竟是哪种青蛙、哪根脚指头……"

"对不起，可我不会给任何一个剁杀无辜的青蛙和蝙蝠的人干活。"蒂凡尼坚决地说。

"哦，不，她从来不杀它们！"蒂克小姐连忙说，"她只用那些自然死亡的动物，或者是被车子辗死的，或者是自杀的——青蛙有时也会感到抑郁。"

马车沿着白色灰尘飞扬的道路摇摆着向前行驶，直到消失在视线之外。

什么事情也没有发生。云雀歌唱着，飞得那么高只闻其音不见其形。空中充满着草籽。高高的白垩地上，羊群咩咩叫着。

接着有什么东西出现在了道路上。它像一小团旋风慢慢地移动着，只有扬起的灰尘看见了它。它经过时，发出一阵蝇群般的嗡嗡声。

然后，它和马车一样也消失在山下……

过了一会儿，一个低低的声音在草丛中说："啊，天啊！它在跟踪她，没错！"

另一个声音说："那个老巫婆准能发现它吧？"

"什么？那个教书的巫婆？她不是正统的巫婆！"

"那些花下面就是那顶尖顶帽，大扬。"第二个声音不服气地说，"我见过的。她只要按一下小弹簧，尖顶就出现了！"

"哦，是的，哈密什，我敢说她又能写又能读，但是她不知道书上没有写的事情。她在的时候我不会现身的。她就是把一个人的事情写下来的那种人！走吧，我们去找凯尔达！"

白垩地上的噼啪菲戈人有种种理由敬畏文字，其中最大的一条是：写下来的字会留在那，板上钉钉了。一个人可以说出他的思想，而一些小讨人嫌会把它们写下来，谁知道他要怎么处置这些话？他还不如把人的影子钉在墙上呢！

但是如今他们有了一个新的凯尔达，新凯尔达带来了新思想。事情应该是这样的，这能让一个部落避免固守陈规。新凯尔达珍妮来自长湖部落，是那高山里的部落——他们是把事情写下来的。

她不明白她的丈夫为什么不愿意把事情写下来。而罗伯发现珍妮确实不愧为一个凯尔达。

汗水从他的额头上淌了下来。他曾经一个人和一只狼对打过，他宁愿再那样干一次，也不愿意干现在他正在做的事情。

他已经掌握了写字的头两条规则，他能理解它们的意思。

1. 偷一些纸。

2. 偷一支笔。

不幸的是，要做的事情远不止这些。

这会儿，他两手在身前紧握着铅笔头，身子后倾着，而他的两个弟弟，推着他往一张钉在墙上的纸前走去（那是一张从农场里偷来的买羊铃的旧账单）。部落里的其他人都在墙边的地道里看着，吓呆了。

"也许我可以找到更简单的方法。"他挣扎着说，脚后跟在古墓坚硬的地面上磨出一道鞋辙，"也许我可以只写一个逗号、一个句号……"

"你是首领，罗伯，所以你第一个写字是最合适的。"珍妮说，"我不能有一个甚至连自己的名字也不会写的丈夫。我给你看过那些字母了，是不是？"

"是，夫人。这讨厌的、一圈圈的、弯弯的东西！"罗伯吼叫道，"我不信任那个Q，有东西在那个字母里面。有刺在那个字母里面！"

"你只要拿着笔，我会告诉你画什么线。"珍妮交叉着双臂说。

"是，但是写字真是个大麻烦。"罗伯说，"写一个字下来，能让一个男人上吊！"

"唔，好了，不要再说了！这很容易的！"珍妮厉声说，"这是孩子都能做的事，你是个成年的菲戈人！"

"而且一个人的话写下来后，这些话甚至在他死后还在说！"罗伯挥动着铅笔说，像是要努力躲开邪恶的神灵，"你不能对我说这是对的！"

"哦，那么你是害怕字母，是不是？"珍妮狡黠地说，"啊，这真是太好了。所有的男人都有害怕的事情。伍莱，把他的笔拿走。你不能要求一个男人面对他害怕的东西。"

　　傻伍莱紧张地拿走了他兄长的铅笔头，古墓里一片寂静，每一双亮亮的小眼睛都转向了罗伯。他的手张开了，又握紧了。他开始重重地呼吸，直盯看着那张白纸。这回他可惹上麻烦了。

　　"啊，你这个难难难缠的女人！"他朝手掌上吐了一口唾沫，一把从伍莱手中夺回了铅笔头，"给我这下地狱的工具！这些字母不会知道是在写它们！"

　　"这才是我勇敢的小伙子！"珍妮说。罗伯摆好架势，站在纸前。"很好，来吧，第一个字母是R，就是看起来像个胖家伙正在走路的那个，记得吗？"珍妮提醒。

　　小精怪们聚集在一起，看着罗伯狠狠地咕哝着，伸出舌头舔着嘴角。铅笔在纸上拖着，画出字母的曲线和直线。他每写完一个字母，就期待地看着凯尔达。

　　"就是这样，"她终于说，"干得漂亮！"

　　罗伯后退了几步，挑剔地瞧着那张纸。

　　"就是这样？"他问。

　　"是的，"珍妮说，"你已经写下了你自己的名字，罗伯！"

　　罗伯又盯着那些字母看了看。

　　"我现在要进监狱了？"他问。

　　从珍妮的身边发出了一声文雅的咳嗽，那是癞蛤蟆的声音。他没有其他的名字，因为癞蛤蟆们不喜欢名字。比如说，没有一只癞蛤蟆叫癞蛤蟆汤姆之类的，这样的事从未发生过。

　　这只癞蛤蟆曾经当过律师（那是在他还是人类的时候。癞蛤蟆们没有律师也没问题），他被一个精灵教母变成了癞蛤蟆。精灵教母本打算把他变成一只青蛙的，却糊里糊涂地出了差错。如今他居住在菲戈人居住的古墓，靠吃虫子生活，遇到菲戈人有想不明白的事情的时候就帮他们一下。

"我告诉过你，无名氏先生，只是写下你的名字没有任何问题。"他说，"'罗伯·无名氏'这几个字没有一点儿犯法之处。当然，除非，"癞蛤蟆发出一个有点法律化的大笑，"这些字用来作为命令！"

没有一个菲戈人发笑。他们喜欢更有趣一些的幽默。

罗伯瞧着他写下的歪歪斜斜的字："这是我的名字，是不是？"

"当然是，无名氏先生。"

写得不错，他注意到了。他又凑近看了看："你怎么知道它们是我的名字？"

"啊，那是读的事了。"珍妮说。

"字母这玩意儿就是那样发出声音来的？"他问。

"正是那样，"癞蛤蟆说，"不过我们希望你从更加有形实在的程序开始。"

"我可以只用学写字，把读的事情留下来让别人学吗？"罗伯不大抱希望地问。

"不，我的男人两样都要会。"珍妮交叉着双臂说。当一个菲戈女人这样做时，就没有任何希望了。

"啊，当女人和癞蛤蟆合伙起来对付她的男人，对男人来说真是一件可怕的事情。"罗伯摇着头说。不过，当他回头去看那张邋遢的纸片时，他的脸上出现了一丝骄傲的神气。

"那么，这还是我的名字，对不对？"他咧嘴笑着问。

珍妮点了点头。

"就在那儿，不是什么招聘广告，就是它，我的名字，我自己写的。"

"是的，罗伯。"凯尔达说。

"我的名字，在我的掌控下。没哪个讨人嫌能把它怎么样吧？我有了我漂亮的名字，它很安全吧？"

珍妮看看癞蛤蟆，癞蛤蟆耸耸肩，它知道菲戈部落的绝大部分智慧都存在于女性的头脑中。

"当男人有了他自己的名字，又没有人能够碰它的时候，他就是一个屹立不倒的男人了。"罗伯说，"这真是厉害的魔法，这是……"

"字母R的方向错了，你还漏写了一个A和Y。"珍妮说，一个妻子的职责就是制止她丈夫的骄傲过度膨胀。

"啊，夫人，我不知道那个胖子朝那边走。"罗伯说着快活地挥着手，"你不能信任胖子。这种事会写字的人自然都知道。今天他可能往这边走，明天他又可能往那边走。"

他微笑着看着他的名字：

Я OB NybOD[①]

"而且我认为你把Y搞错了，"他继续说，"我认为应该是NEBoD。这是……N……E……Bo……D，明白吗？这就对了！"

他把铅笔头插进了头发，挑衅般的看着她。

珍妮叹了一口气。她在七百多个兄弟中长大，知道他们是

---

① 罗伯·无名氏的正确英文拼写是Rob Anybody。——译者注

怎样思考的，他们常常在错误思想的路上前进得非常快。要是他们的思想不能屈从于这个世界，他们就让世界屈从于他们的思想。她母亲常常告诉她，遇到这样的情况最好别争辩。

事实上，在长湖部落的菲戈人中，只有一半人精通读书和写字。读书和写字被看作是他们古怪奇特的嗜好。毕竟，读书和写字——从你早晨从被窝里爬出来开始——它们有什么好处呢？抢劫兔子、斗鲑鱼、喝酒的时候都用不着它们，你不能够读懂风，也不能在水上写字。

但是，写下来的事情长久地保存下来。它们是很久以前逝去的菲戈人的声音，是那些看见过奇特的事情、做出过奇特的发明的菲戈人的声音。你是否赞同写字，取决于你觉得这事儿有多么令人毛骨悚然。长湖部落赞成写字。珍妮希望她的新部落也能这样。

做一个年轻的凯尔达并不容易。你只带着几个保镖兄弟来到一个新部落，嫁给一个丈夫，和他的几百个兄弟生活在一起。要是你细想这件事，是够烦心的。她要是回到长湖，至少还有她母亲和她说说话，然而凯尔达从来不回娘家。

除了几个保镖兄弟，凯尔达一个人孤孤单单的。

珍妮很想家，很孤独，还恐惧未来，因为这些原因，她会对接下来发生的一些事情产生误解……

"罗伯！"

哈密什和铁头大扬急匆匆地从伪装成兔子洞的古墓入口走了进来。

罗伯瞪着他们："我们刚才正忙于文学事业。"

"是的，罗伯，我们看着年轻的巫婆安全地离开了，像你吩咐的那样，但是我们看见有个蜂怪跟在她后面！"哈密什脱口说出。

"你肯定是蜂怪吗？"罗伯丢掉了他的铅笔，"在这世界上我还一个也没见过呢。"

"噢，是的，"大扬说，"它嗡嗡的声音让我的牙齿直发酸。"

"这么说你们没有告诉她，你们两个傻瓜？"罗伯问。

"还有个巫婆和她在一起，"大扬回答，"那个教书的巫婆。"

"蒂克小姐？"癞蛤蟆问。

"是的，她的脸像一大片酸奶一样白。"大扬说，"罗伯，你说过不许我们暴露自己的。"

"没错，唔，可这次不同……"罗伯说，但是他停了下来。

他做丈夫的时间还不长，但是结婚后男人的头脑里多了几根神经，现在有一根告诉他，他正在陷入一场真正的麻烦中。

珍妮用脚轻敲着地板，她的双臂仍然交叉着。她露出结婚女人特有的笑容，那似乎是在说："是的，你碰上大麻烦了，可是我要看着你陷得更深。"

"那个年轻的巫婆是怎么回事儿？"她说话了，声音又小又温顺，像一只在啮齿动物学院受训过的老鼠。

"哦，啊，啊哈，唔，是的……"罗伯低下头，开始说，"你不记得她了吗，亲爱的？她参加了我们的婚礼。你知道，她做过我们一两天的凯尔达。就在她去精灵国前，老凯尔达让她发了誓。"他加上了一句，希望提到是上一任凯尔达的愿望以免招致猛烈的暴风雨，"我们最好守护着她，你知道，她是我们的巫婆和……"

看到珍妮脸上的表情，罗伯的声音渐渐地低了下去。

"一个真正的凯尔达必须嫁给首领，"珍妮说，"就像我嫁给了你，罗伯·无名氏·菲戈。我对你来说不是一个好妻子吗？"

"哦，好，很好，"罗伯嘟囔着，"但是……"

"你不能娶两个妻子，因为这会犯重婚罪的，对不对？"珍妮说道，她的声音危险地甜蜜着。

"啊哈，没有那么重。"罗伯说，绝望地看着四周，想找一条路逃走，"那只是临时的，她还是个小姑娘，她善于思考……"

"我善于思考，罗伯。我是这个部落的凯尔达，不是吗？只能有一个凯尔达，不是吗？我认为再也不要派人跟踪这个女孩了。你真是丢脸。我肯定她不会想要大扬这些人时时刻刻地看着她的。"

罗伯抬起了头："是的，可是……"

"可是什么？"

"一个蜂怪在跟踪这个纯洁的小姑娘。"

珍妮停顿了好一会儿才开了口："你肯定吗？"

"是的，凯尔达，"大扬说，"只要你听见过一次那种嗡嗡声，你就永远不会忘记那声音。"

珍妮咬着嘴唇，脸色看上去有些苍白，接着，她说："你说过，她会成为一个能干的巫婆，罗伯？"

"是的，但是没有一个人能从蜂怪的手中逃生！你无法杀死它，无法阻止它，无法……"

"可是你不是曾告诉过我这个女孩怎样打赢了女王吗？"珍妮说，"她用一把长柄平底锅从困境中脱了身，这是你说的。这说明她很棒，是不是？如果她是个真正的巫婆，她就会自己找到办法。我们都必须对付自己的命运。无论出现什么情况，她必须要面对。如果她不能，她就不是一个真正的巫婆。"

"是的，但是蜂怪更可怕……"罗伯还想说。

"她正出发去别的巫婆那儿学习巫术，"珍妮说，"而我必须独自一人学习当凯尔达。你最好希望她能和我学得一样快，罗伯。"

第二章 双衫镇和两只鼻子

双衫镇是道路拐弯处那片地方的名字。那儿没什么其他东西，只有一家酒吧、一个铁匠铺和一家小店，小店的橱窗里挂着块纸板，上面活泼地写着"纪念品"几个字。这就是双衫镇。小镇四周，房屋散落在片片田野和树林间。对于住在那些屋子里的人们来说，双衫镇也许算是大城市了。每个地区都有像这样的地方，它们是人们的起点，而不是终点。

在夏日午后灼热阳光的炙烤下，小镇静悄悄的。路中央，一条上了年纪的白褐杂色垂耳狗在灰尘中打着盹儿。

双衫镇比蒂凡尼的老家大一些，她以前也没见过纪念品。她走进店里，花半便士买了一个木雕，上面雕刻着挂在一根晾衣绳上的两件衬衫；以及两张写着"双衫镇风光"的明信片，上面印着小店和一条狗，很可能正是那条在路当中睡觉的狗。柜台后面那位有点年岁的女士称蒂凡尼为"年轻的女士"，还告诉她双衫镇在下半年很热闹，周围方圆一英里的人都会来过泡菜节。

蒂凡尼走出小店，看见蒂克小姐正站在狗旁边，望着她们来时的道路，皱着眉头。

"发生什么事了？"蒂凡尼问。

"什么？"蒂克小姐说，她似乎忘记了蒂凡尼的存在，"哦……不，我只是……我想，我看……我们去吃点什么吧？"

为了在这家小酒馆里找到人，蒂克小姐费了一点儿工夫，她溜达着进了厨房，厨房里有一个女人，她答应给她们一些烤饼和一杯茶。厨娘对于自己答应了她们实在感到惊奇，她没想这么做，在下午马车到来之前本是她休息的时间。但是蒂克小姐有办法提出要求，而且得到她想要得到的回答。

蒂克小姐还要了一只生鸡蛋。女巫真的很擅长提出要求，且又不让别人提问"为什么"。

蒂凡尼和蒂克小姐坐在外面阳光下的长凳上吃着喝着。蒂凡尼取出了她的日记本。

在牛奶房里她还有一本日记本，但那是记录奶酪和黄油账的。这一本是私人的日记，她从一个小贩手里买下了廉价的它，因为这本子是去年的。不过，就像小贩说的那样，上面的日子是一样的。

日记本的皮封上还有一把铜制的小锁，配有一把大钥匙。正是这把锁吸引了蒂凡尼。到了某个年龄，你会觉得有把锁很重要。

她写下了"两件衬衫"，想了一下，又加上"在道路的拐角处"。

蒂克小姐一直望着道路。

"有什么不对劲吗，蒂克小姐？"蒂凡尼抬起头再次问道。

"我……不能确定。有人看着我们吗？"

蒂凡尼四下里望了望，小镇在暑热中安睡着。

"没有。"

蒂克小姐取下帽子，从里面拿出几片木片和一卷黑线。她卷起袖子，迅速地环顾了一下四周，以防突然冒出个人来。接着她扯下一段线，拿起了鸡蛋。

鸡蛋、线、手指模糊地晃动了几秒钟后，那只鸡蛋，落在了那张吊在蒂克小姐手指间匀称的黑色小网中。

这给蒂凡尼留下了深刻的印象。

但是蒂克小姐还没有结束。她开始从她的口袋里抽取东西，一个女巫通常会有很多袋子。她取出几粒珠子、几片羽毛、一块镜片、一两张彩色纸片，把它们全都缠结在木片和羊毛的线丛中。

"这是什么？"蒂凡尼问。

"这叫沙姆博。"蒂克小姐说，全神贯注地看着手中的东西。

"是魔法吗？"

"不，不全是。它是很微妙的。"

蒂克小姐抬起手。羽毛、珠子、鸡蛋和所有东西都纠缠在线网中。

"唔，"她说，"现在让我来看看能看见些什么……"

她把右手的手指伸进了线网，拉开……

鸡蛋、镜片、珠子和羽毛在网线中跳起了舞，蒂凡尼确信自己看见一条线径直穿过了另一条线。

"哦，"她说，"这就像是翻花绳。"

"你也玩过吗？"蒂克小姐含糊地问道，依然全神贯注地看着自己手中的东西。

"我只能做那些普通的形状，"蒂凡尼说，"珠宝、摇篮、马、羊群和三个老妇人，其中一个人斜着眼，背着一桶鱼去市场时遇见了驴子……当然这个翻花绳需要两个人来做，我只做过一次，贝齐·塔珀不该在关键时刻擦鼻子，我只得剪了几刀把她救出来……"

蒂克小姐的手指就像一架织机。

"真有意思，它现在可以当作孩子的玩具了。"她说，"啊哈……"她目不转睛地看着她创造的复杂的线网。

"你能看见些什么？"蒂凡尼问。

"如果你能允许我集中注意力就好了，孩子。谢谢你……"

道路上，睡着的狗醒来了，立起身打了一个哈欠。它慢悠悠地朝她俩坐着的长凳走来，责怪地看了蒂凡尼一眼，蜷伏在她的脚边。它散发出旧地毯的潮味。

"有……什么东西……"蒂克小姐很轻声地说。

一阵恐慌控制住了蒂凡尼。

道路上的尘埃和对面的石头墙反射着阳光。蜜蜂在墙头黄色的小花丛中嗡嗡叫着。在蒂凡尼脚边，垂耳狗偶尔哼几声，放个屁。

然而，一切都不对劲。她能感觉到压力正向她袭来，推压着她，挤压着面前的风景，在朗朗的晴日下挤压着。在她身旁，蒂克小姐停止了手中的动作，晴空下的恐惧瞬间凝固住了。

只有那些线还在自己动着。鸡蛋跳着舞，镜片闪着光，珠子从这根线滑动跳跃到那根线上——

鸡蛋炸开了。

大马车驶来了。

它身后带来了一片尘烟、嘈杂声、马蹄声。尘土遮蔽了太阳，门打开了，马具叮当地响，马匹喘着热气。垂耳狗坐直了身子，满怀希望地摇着尾巴。

那压力离开了，不，它逃走了。

在她身边，蒂克小姐抽出一条手绢，擦掉她衣服上的蛋渍。剩下的东西以惊人的速度消失在她的口袋里。

她朝蒂凡尼笑着，开口说话时依然保持着笑容，这使她看上去有些傻乎乎的。

"不要站起来，不要做任何事，像一只小老鼠一样安静地待着。"她说。

蒂凡尼没有心情做其他的事，她只想静静地坐着。她现在的感觉，就好像噩梦之后醒来时那一刻的感觉。

有钱的乘客从马车里走了出来，穷一些的从车顶上爬了下来，他们发着牢骚，跺着脚，身后拖起一片尘土，走远了。

"现在，"等酒吧关上门后，蒂克小姐说，"我们要去散一会儿步。看见前面那片树林了吗？我们要上那儿去。货运马车夫克雷博先生明天碰见你父亲时会告诉他说，你在大马车到站之前下了车，这样，每个人都会很高兴，也没有一个人要撒谎。这一点很重要。"

"蒂克小姐？"蒂凡尼提起箱子问道。

"怎么了？"

"刚才发生了什么事？"

"我不知道。"蒂克说，"你感觉还好吧？"

"嗯……还好。你帽子上沾了一些蛋黄。"而且你很紧张，蒂凡尼心想，这是最让人担心的地方，"我很遗憾你的衣服弄脏了。"

"它见过更糟的。"蒂克小姐说，"我们走吧。"

"蒂克小姐？"两人慢慢向前走着，蒂凡尼再次问道。

"嗯，怎么了？"

"你非常紧张。"蒂凡尼说，"如果你告诉我那是为什么，我们有两个人，意味着每个人只要分担一半的紧张。"

蒂克小姐叹了一口气："也许什么事也没有。"

"蒂克小姐，鸡蛋爆炸了！"

"是的。嗯，你看，沙姆博可以被用作魔力探测器和放大器。实际上它很粗糙，但是在人慌乱和痛苦的时候，它常常很有用。我想我……可能没有用对它。有时候，你确实能从随意的魔法里得到巨大的释放。"

"你使用它，是因为你感到担心。"蒂凡尼说。

"担心？当然不是。我从不担心！"蒂克小姐叫道，"不过，既然你提到了，我是有些在意。有什么东西让我感到不安。事实上现在我们就要离开了，我觉得好多了。"

但是你看上去并不像，蒂凡尼心想，我也错了，两个人紧张意味着每个人双倍的紧张。

不过她确定双衫镇这个地方没有什么魔法，它只是一条路的拐弯处。

二十分钟后，乘客们从酒吧里出来回到了马车上，车夫注意到马匹在冒汗。他觉得奇怪，为什么他没有看见苍蝇，却听见了蝇群的嗡嗡声。

后来，人们发现那条先前躺在路上的狗在马厩里哆嗦着、呜咽着。

到小树林大约走了半个小时，蒂克小姐和蒂凡尼轮流提着箱子。树林没有什么特别之处，像一般的林子一样，生长的多是成年的山毛榉，虽然一旦你知道了山毛榉会滴下讨厌的毒汁，不允许其他植物生长在它脚下的土壤上，你就会发现这种树木并不像你想象中的那样普通。

她们坐在一根圆木上等着看落日，又谈论起沙姆博。

"那么它们并不是魔法？"蒂凡尼问。

"不是，它们是有魔力的工具。"

"你是说，它就像眼镜可以帮助你看，却不能代你看到东西那样？"

"正是这样，说得好！望远镜是魔法吗？当然不是。它只是一些透镜，但是有了它，你能数清月亮上有几条龙。还有……啊，你射过箭吗？多半没有。沙姆博也像弓箭。弓箭把射箭手拉弓的肌肉力量聚积起来，把箭发射出去，比射手能够投掷箭的距离远很多。你可以借用任何东西来做成一件事情，只要……做对了就行。"

"然后你就能知道魔法是否发生了？"

"是的，如果那就是你想要的。等你学会了这些，你就能用它们来施魔法，用到你真正需要做的事情上面。你可以将它作为保护措施，比如一张诅咒网，可以发送咒语，或者……

啊，用作那些昂贵的携带式小刀，你知道吗？里面有小锯子、剪刀和小刀。不过我没听说过有哪个女巫把沙姆博用作小刀的，哈哈。每个年轻的女巫都要学习沙姆博，勒韦尔小姐会教你的。"

蒂凡尼看着树林。树木的影子拉长了，但她并不担心。蒂克小姐教过她的那些话浮现在她脑海里：

永远要正视你的恐惧。要有足够的钱，但不要太多。带一些绳子。即使不是你的错，你也要负责任。女巫要应对种种事情。不要站在两面镜子中间。不要咯咯发笑。做你必须做的事情。不要说谎，但你不必始终保持诚实。不要许愿，尤其不要向星星许愿，那真是天大的愚蠢。睁开你的眼睛，再次睁开你的眼睛。

"勒韦尔小姐有一头灰白的长头发，是吗？"蒂凡尼问。

"哦，没错。"

"她个子很高，有一点儿胖，戴着许多项链，"她继续说，"戴一副带链子的眼镜，还穿着高得惊人的高跟鞋。"

蒂克小姐不是个傻瓜，她环视着树林："她在哪儿？"

"站在那棵树旁边。"蒂凡尼回答。

即使这样，蒂克小姐还是眯起了眼睛找。蒂凡尼注意到女巫无处不在，这很难用语言描述，她们似乎比周围的人看上去更真实，她们比常人更多地展露自己。可是如果她们不想被人看见，她们会变得不可思议地难以发现。她们并没有躲起来，也没有变魔法消失，尽管看上去像是那样。倘若要你描述一个空间，你会发誓说那里一个女巫也没有。她们就像是让自己失踪了一般。

"啊，是的，没错，"蒂克小姐说，"我正在想你什么时候才会发现呢。"

　　哈！蒂凡尼心里叫道。

　　勒韦尔小姐向她们走了过来，变得更真切了。她一身黑色，走路时由于身上佩戴着那些黑色珠宝而发出轻轻的叮当声。她果然戴着一副眼镜，蒂凡尼觉得这对于一个女巫来说真有点怪异。勒韦尔小姐让蒂凡尼想到了一只快乐的母鸡。她并没有四条胳膊，很正常。

　　"啊，蒂克小姐，"她向她们招呼道，"你一定是蒂凡尼·阿奇吧。"

　　蒂凡尼鞠了一躬，女巫们不行屈膝礼，除非想要让罗兰难堪。

　　"蒂凡尼，如果你不介意，我有几句话要和勒韦尔小姐说说，"蒂克小姐意味深长地说，"高级女巫之间的谈话。"

　　哈！蒂凡尼心里再次叫道。她喜欢这个字发出的声音。

　　"那么我去看一棵树，可以吗？"她说话时带着有心的讽刺。

　　"要是我的话，亲爱的，就去那片灌木林。"勒韦尔小姐在她身后喊道，"一旦我们起飞了，我可不喜欢停下来。"

　　那儿是有一片矮冬青林，可以当作不错的掩蔽。可是在被人当作一个十岁的孩子那样对待了之后，蒂凡尼宁可让她自己变得胆大包天。

　　我打败过精灵女王！她走进林子里时想。没错，我现在是不太确信那是怎么回事儿，那就像一场梦一样，但是我的确那样做了！

她对这样被支开感到生气。对别人尊重一点儿不是坏事，不是吗？这是那个年长的女巫威得韦克斯女士说过的，不是吗？"我对你表示尊重，因为你也会对我表示尊重。"威得韦克斯女士，这个每个女巫私底下都想成为的人物，对她表示了尊重。因此你就认为，别人在这方面也应该做出些努力。

蒂凡尼说："看见我自己。"

……她走出了自己的身体，看不见的灵魂向蒂克小姐和勒韦尔小姐走去。她不敢往下看，免得看见她的脚不在那儿。她回头望了望她的实体，只见她一声不响地站在冬青林边，显然它离得太远而听不见任何人的谈话。

当蒂凡尼偷偷溜近时，她听见蒂克小姐说：

"……但是早熟得惊人。"

"哎呀，我和聪明人从来相处不好。"勒韦尔小姐说。

"哦，她心地很好。"蒂克小姐说，这比"早熟得惊人"更让蒂凡尼生气。

"当然，你知道我的处境。"勒韦尔小姐说，看不见的蒂凡尼缓缓地靠近了她。

"是的，勒韦尔小姐，但是你的工作给你带来了好名声，威得韦克斯女士因此推荐了你。"

"恐怕我现在有点心不在焉。"勒韦尔小姐担心地说，"飞到这儿来真是糟糕，我像个大傻瓜一样，把远视镜留在我的另一只鼻子上了……"

她的另一只鼻子？蒂凡尼心想。

两个女巫一下子都停住了。

"我没有带鸡蛋！"蒂克小姐说。

"我的火柴盒里有只甲虫，就是用来对付这种紧急情况的！"勒韦尔小姐尖声叫道。

她们的手迅速地伸进口袋，掏出绳子、羽毛和一些彩色布片——

她们知道我在这儿！蒂凡尼想，低声说道："看不见我！"

她回到了耐心站在冬青树旁的人形里，脚后跟绊了一下，她眨了眨眼睛。远处，勒韦尔小姐发狂地做着沙姆博，蒂克小姐环视着树林。

"蒂凡尼，马上到这儿来！"她叫道。

"是，蒂克小姐。"蒂凡尼答应着，像个乖女孩一样快步走了出来。

她想，她们不知怎么发现了我。唉，毕竟，她们是女巫，即使在我看来，她们不是什么特别优秀的女巫。

这时那股压力又来了。它似乎要碾平树林，树林里充斥着一种可怕的感觉，好像有什么东西就站在你的身后。蒂凡尼两手捂住双耳，跪倒在地，一阵比最疼的耳痛还要痛的疼痛钻进了她的脑袋。

"做完了！"勒韦尔小姐叫道。她举起了沙姆博。她的沙姆博和蒂克小姐的不一样，是用绳子、乌鸦羽毛和闪光的黑珠子做成的，中间是一只普通的火柴盒。

蒂凡尼痛得大叫，疼痛像一枚炙热的针在扎着她，耳中充斥着嗡嗡的苍蝇声。

火柴盒爆裂了。

接着是一片寂静，只听见鸟的歌唱声，没有任何迹象显示刚才发生了些什么，只有一些火柴盒与羽毛的闪烁碎片旋转着飞落下来。

"哎呀，"勒韦尔小姐说，"它是只很不错的甲虫，就甲虫而言……"

"蒂凡尼，你没事吧？"蒂克小姐问。

蒂凡尼眨了眨眼睛。剧痛像来时一样，迅速消失了，只留下灼烧的记忆。她站起身："我想是的，蒂克小姐！"

"那么请你告诉我！"蒂克小姐大步走到一棵树边，站在那儿严厉地看着她。

"什么，蒂克小姐？"

"你有没有……做过什么？"她说，"你有没有在召唤什么东西？"

"没有！我连怎么做都不知道！"蒂凡尼说。

"那么是不是你的小个子们？"蒂克小姐怀疑地问。

"他们不是我的，蒂克小姐。而且他们也不会那样干。他们只会叫上一句'天啊！'然后才会开始踢人的脚脖子。你清楚地知道那就是他们。"

"好吧，不管是什么，看来它已经离开了。"勒韦尔小姐说，"我们也应该动身了，否则我们要飞整整一个晚上。"她走到另一棵树后面，用木柴扎了一把扫帚。至少它看上去像是把扫帚，因为扫帚就应该长这样。"我自己的发明。"她谦虚地说，"平原这儿上没人知道怎么做扫帚，不是吗？按下这个开关，扫帚柄就会弹出来——哦，对不起，它有时候是会这样。有谁看见它飞去哪儿了？"

扫帚柄落进了灌木丛里又打着转儿飞了回来。

之前偷听她们说话的蒂凡尼仔细地瞧着勒韦尔小姐。她脸上肯定只长着一只鼻子，想象着一个人可能长着两只鼻子，让人感觉有一点儿不舒服。

勒韦尔小姐从口袋里取出绳索，把它递给了某个不在那的人。

蒂凡尼肯定她是那样做的。她没有让绳索掉下去或是把它扔出去，她是伸手把它递了出去，好像挂在了一个看不见的挂钩上。

绳子落在一片苔藓上。勒韦尔小姐低头看了看，看见蒂凡尼正目不转睛地望着她，便紧张地笑了。

"我真蠢。"她说，"我以为我在那边！也许下回我会忘了我的头在哪儿！"

"哦……如果你是指你脖子上的那一个，"蒂凡尼警惕地说，心里还想着另一只鼻子，"它还在那儿。"

这会儿，扫帚把在离地几英尺的空中稳稳地飘浮着，那只旧箱子缚在扫帚尾巴上。

"坐在这上面很舒服。"勒韦尔小姐说，她感受到了多数人被蒂凡尼盯着看时感受到的紧张感，"呃，要是你抓着我坐在我身后的话。我通常总这样做。"

"你通常总坐在你身后？"蒂凡尼说，"怎么能……"

"蒂凡尼，我向来鼓励你以率直的方式提问，"蒂克小姐高声说，"可现在，要是你能学会沉默的话，我会很高兴的！坐到勒韦尔小姐身后去，我肯定她是想趁着天色还亮的时候带你离开。"

勒韦尔小姐坐上去的时候，扫帚微微地跳动了一下。她轻拍着它，邀请蒂凡尼也上来。

"你不怕高吧，亲爱的？"蒂凡尼坐上来时她问。

"不怕。"蒂凡尼回答。

"等我参加女巫大赛时，我会来看你们的。"蒂克小姐说，蒂凡尼感到身下的扫帚轻轻地升了起来，"多保重！"

事实证明，勒韦尔小姐问蒂凡尼是否怕高是问错了问题，蒂凡尼一点儿也不怕高。她飞过高高的树木时连眼睛都没眨一下，抬头仰望高耸的山脉也丝毫不心惊。

她害怕的是，尽管她直到这一刻才意识到，是深度。她怕从这么高的空中掉到那么低的地上。她上气不接下气地尖叫着，害怕重重地摔到石头上，像果冻一样摔得粉身碎骨。事实上，她害怕的是大地。勒韦尔小姐应该问她这个问题的。

蒂凡尼紧紧抓住勒韦尔小姐的腰带，眼睛盯着她后背的衣服。

"你从没有飞过吧，蒂凡尼？"她们起飞后，勒韦尔小姐问。

"没有！"蒂凡尼尖声叫着。

"要是你喜欢，我可以带你飞上一小圈。"勒韦尔小姐说，"我们可以从这儿好好看看你的家乡。"

风从蒂凡尼身边疾驰而过，感觉有点冷。她死盯着她面前的衣服。

"你喜欢吗？"风更猛了，勒韦尔小姐提高了声音，"时间不会太长的！"

蒂凡尼没有说不，她知道自己一张开嘴，肯定就会吐。扫帚柄突然倾斜了一下，世界向一边侧了过去。

她不想看，但是她记起来女巫总是十分好奇的。要做一个女巫，她必须看。

她冒险看了一眼，看见了她下面的世界。太阳红色的金光洒满了大地，在那下方，双衫镇形成了长长的阴影，再远处，片片树林和座座村庄一直蜿蜒地延续到白垩地前。

白垩地泛着红光，像巨大的白马闪着金光一样。蒂凡尼凝望着，在黄昏渐弱的光线下，太阳西沉，天色急速地变暗。一切看上去像是活的。

在那一瞬间，她想跳下去，飞回去，她想像《绿野仙踪》里的桃乐茜那样闭上眼，敲几下脚跟就能回到那儿，想干什么就干什么——

不！她要撵走这些想法，不是吗？她得学习，可是在白垩地上，没有人能教她！

然而白垩地是她的世界。她每一天都行走在它上面。她能够感觉到她脚下古老的生命。这片土地在她的身体里，就像阿奇奶奶说的那样。它也在她的名字里，在菲戈人古老的语言中，她的名字念上去就像"波涛下的大地"。在她的心中，她曾经行走在史前白垩纪形成的海底，走在百万年前成群的甲壳小动物中间。她脚踏着充满生命的土地，呼吸着它的空气，倾听着它的声音，思考着它所思考的。从这儿看它，它在世界尽头的远方，小小的、孤单的，真是太远了。她一定要回去——

扫帚柄在空中颤动着。

不！我知道我必须离开！

扫帚柄猛地调头，转向群山飞去，蒂凡尼胃里泛起一阵恶心。

"我觉得那边有风暴。"勒韦尔小姐扭头对她说，"对了，蒂克小姐有没有提醒你穿厚羊毛裤，亲爱的？"

蒂凡尼依然有些反胃，含糊地尽力发出好像是"没有"的声音。蒂克小姐提到过羊毛裤，还说一个明智的女巫至少要穿三条裤子防止结冰，但是她统统忘记了。

"哎呀，"勒韦尔小姐说，"看来我们最好是低空飞行了。"

扫帚柄像石块一样往下落。

蒂凡尼绝不会忘记这次飞行，虽然她常常努力地想忘记。她们贴着地面飞行，模糊一片的大地就在她的脚下。每次遇到篱笆和树篱时，勒韦尔小姐就高喊着"来啦"或者"往上啦"跳跃了过去，她这么做也许是想让蒂凡尼感觉舒服些。但是没用，她还是吐了两次。

勒韦尔小姐弓起身子飞行，几乎与扫帚柄平行了，这样可以获得尖顶帽带来的最大的空气动力。她的帽子并不高，大概只有九英寸长，更像是一顶没有铃铛的小丑帽。蒂凡尼后来发现，这样她进低矮的农屋时，就不必脱帽了。

过了一会儿——在蒂凡尼看来好像是永远——她们飞过了身后的农田，飞翔在丘陵的上空。不久，树林也留在了身后，扫帚飞翔在一条砾石密布、波涛汹涌的大河上。浪花飞溅到她们的鞋子上。

她听见勒韦尔小姐在咆哮的河水和呼啸的风声中喊道："你能再往前靠一点儿吗？这儿飞起来有点困难。"

蒂凡尼越过女巫的肩膀偷偷看了一眼，她深吸了一口气。

白垩地上的水不多，只有几条早春在山谷中流淌，夏天就会完全干涸的溪流，人们称它们为小溪。还有几条大河环绕着它，不过那水流是缓慢、温顺的。

可面前的水不是缓慢、温顺的，它是垂直的。

水流冲向暗蓝色的天空，向着初升的晚星高飞而去。扫帚柄跟随着它。

蒂凡尼往前靠着，尖叫着。当她们的扫帚柄高高翘起，飞越瀑布的时候，她继续尖叫着。她当然知道瀑布这个词，但是这个字没有这么大、这么湿，最主要的是，没有这么响。

水雾淋湿了她。巨大的噪音在耳旁轰响。她们飞越飞溅的浪花和隆隆的水声，她紧紧地抓住了勒韦尔小姐的腰带，感觉自己随时都可能滑下去——

接着她又滑回前面来了，现在，扫帚柄在"平"飞，不再是"翘着"飞行了，瀑布的响声渐渐远去，她们正疾速地飞过一片河面。

河上有一座高桥，两岸是冰冷的青灰色的石头墙。等到扫帚柄飞掠过水面后，水流又恢复了缓慢的流速，空气又变得温暖了，平静的河水不知道发生了什么事，银鱼划着"之"字形游来游去。

过了一会儿，勒韦尔小姐转了一个弯，她们飞过一片新的田野，比家乡的那些小一点，但更绿一些。又看见树木和深谷里的小树林了。这时最后一道太阳光消失了，很快，底下变得一片黑暗。

蒂凡尼肯定是靠在勒韦尔小姐身后睡着了，当扫帚柄在半空中停住时，她突然惊醒了。在下面的地面，有人摆放了一个圆环，仔细看，原来是一支支蜡烛在一个个旧瓶子里燃烧着。

扫帚柄慢慢地转动着，灵巧地落了下来，降落在草地上。

蒂凡尼松开腿，摔倒在地。

"起来吧！"勒韦尔小姐拉起她，快活地说，"你表现得不错！"

"对不起，我叫了，又吐了……"蒂凡尼咕哝着说，绊倒了一个瓶子，撞翻了里面的蜡烛，她尽力想在黑暗中看清周围的事物，可她的头晕眩着，"谁点的蜡烛，勒韦尔小姐？"

"是我，我们进去吧，天变冷了……"勒韦尔小姐说。

"哦，用魔法点的吧。"蒂凡尼说，依然晕乎乎的。

"啊，是的，是可以用魔法点的。"勒韦尔小姐说，"不过我更喜欢火柴，它们当然更省事，而且你会发现，火柴本身就很神奇。"她一边从扫帚柄上解下箱子一边说，"好啦，我们到啦！我希望你会喜欢这儿！"

又是一副快活的神情。即使现在，蒂凡尼头晕、想吐，还急于想知道厕所在哪儿，她依然有着一对倾听着的耳朵和一个无论多么累都不会停止思考的头脑。这头脑在想：这快乐里流露出一丝不安。这儿有什么事情不对劲……

第三章　一副头脑和两副身体

前面有座农舍，在朦胧的光线下，蒂凡尼看不太清楚。农舍的四周种着许多苹果树。蒂凡尼拖着踉跄的步子走在勒韦尔小姐后面，从一根树枝上悬挂下来的什么东西碰了她一下，叮叮当当地摇摆着。不远处，传来流水的声音。

勒韦尔小姐打开门。她们走进了一间光线明亮、干净得惊人的小厨房。铁炉子里燃烧着的火苗跃动着。

"呃……我应该像个做学徒的样儿。"蒂凡尼说，飞行后还有些头晕，"我来弄点喝的，要是你告诉我东西放在哪儿……"

"不！"勒韦尔小姐举起双手大声地叫道。这喊声似乎让她自己吃了一惊，她放下手时，身子颤抖着。"不……我……没想到。"她用正常的声音说，努力露出一个笑容，"你度过了漫长的一天，我带你去你的卧房，告诉你东西在哪儿。我来烧一些炖肉，你可以从明天开始做学徒。不必着急。"

蒂凡尼望着炉子上咕咕冒着泡的罐子，桌上有一长条面包，她能闻出那是新烤的。

蒂凡尼的麻烦在于她的第三思维①。蒂凡尼的第三思维在想：她独自一个人居住。谁烧的火？煮沸的肉罐需要有人时时搅拌。谁在搅拌？有人点燃了蜡烛。那又是谁呢？

"这儿还有其他人住吗，勒韦尔小姐？"她问。

勒韦尔小姐绝望地看看肉罐和面包，又看看她。

"没有，只有我一个人。"她说。不知怎的，蒂凡尼相信她没有说谎。或者，不管怎样，是事实。

"明早见？"勒韦尔小姐几乎是恳求地说。她看上去很可怜，蒂凡尼真为她感到难过。

她笑着说："当然，勒韦尔小姐。"

借着烛光，蒂凡尼作了一次简短的游历。离屋子不远处有间厕所，是双人位的，蒂凡尼认为这有点奇怪，当然，可能有其他人曾在这儿住过。还有一间只用来洗澡的房间，按照家用农场上的标准，这是对空间的极大浪费。还有一台抽水机和一个烧热水的大锅炉，真是奢华。

她的卧房是一间……美好的屋子。美好是一个非常好的字眼。所有的东西都有饰边，每件能盖罩布的东西都盖上了罩布。有人企图让这屋子……显出高兴快活的样儿，好像一间卧室本身就应该是高兴快活的。农场上蒂凡尼家的卧房里只有铺在地上的破地毯、一只水壶、一个放洗脸盆的架子、一个放衣服的大木箱子、一个古老的玩具小屋，还有一些印花窗帘，这已经够多的了。在自家的农场上，卧房只是让你闭上眼睛睡觉

---

① 第一思维是日常的思维，每个人都有。第二思维是思考你思维方法的思维，喜欢思考的人具备第二思维。第三思维是观察世界并全靠它们自己思考的思维。它们很少有，常常令人烦恼。倾听第三思维是女巫技能的一部分。——作者原注

的地方。

屋子里有一个五斗橱。蒂凡尼箱子里的东西勉强算是塞满了其中的一个抽屉。

蒂凡尼坐到床上，床没发出一点儿声音。她老家床的床垫旧得破了一个洞，所有的弹簧一齐发出各种声响；要是她夜里睡不着觉，她可以移动身体的各个部分来演奏《圣安格兰茨教堂的钟声》——叮叮当，叮当叮当砰，砰砰嘚啪哐……

这屋子里的味道也是不一样的。它是客房的味道，还有客人用过的香皂的味道。

在她箱子的底部有只小盒子，那是农场的木匠布洛克先生给她做的。他不做精细的活儿，所以盒子很笨重。她的盒子里放着一些……私人纪念品：一块稀有的白垩纪化石。她自己的黄油刻章，刻的是一个骑着扫帚柄的女巫，要是她在这儿有机会做黄油时会用得着。还有一块石头——这应该是一块幸运石，因为它有一个洞。这石头是她七岁时捡到的，当时有人告诉她那是一块幸运石。她不太明白一个洞怎么能让石块幸运，不过既然它在她口袋里待了很长时间，后来又安全完好地躺在了小盒子里，它可能是比绝大多数石头幸运，其余的石头被鞋子踢着、被马车辗着，凡此种种。

盒子里还有一张快乐水手牌烟草的黄蓝相间的包装纸、一根秃鹰的羽毛和一支用羊皮小心包好的古老的燧石箭头。在白垩地这个地方有很多燧石箭头，嘚啪菲戈人用它们来做矛枪的枪头。

她把这些东西和她的日记本一起放进了五斗橱的顶格抽屉里，整齐地放成一排。但是它们看上去并没有使这个地方多些家的亲切感。它们看上去那么孤独。

蒂凡尼拿起羊皮和烟草的旧包装纸嗅着。它们并不很像牧羊小屋的味道，然而它们很接近那种味道，这令她眼中噙满了泪水。

她以前从未离开过白垩地在外过夜。她知道"思乡"这个词，不知道此刻在她体内生成的淡淡、寒冷的感觉是否就是思乡的感觉——

有人敲门。

"是我。"一个压低了的声音说。

蒂凡尼跳下床，打开门。勒韦尔小姐端着一个托盘走了进来，托盘上有一碗炖牛肉和几片面包。她把它们放在床边的小桌上。

"等你吃完了，把托盘和碗放在门外边，我过一会儿来拿。"她说。

"非常感谢。"蒂凡尼说。

勒韦尔小姐在门边停了停。"除了我自己，能有个人说说话真是太好了。"她说，"我希望你不想要离开，蒂凡尼。"

蒂凡尼朝她微微一笑，接着等到门关上了，听到勒韦尔小姐下楼的脚步声之后，她踮着脚走到窗前查看一下窗户，窗上没有窗栏。

勒韦尔小姐的话中有些令人恐慌的东西，像是渴望中带着恐惧，希望中又带着恳求。

蒂凡尼也查看了门，她可以从屋子里面把门闩插上。

炖牛肉的味道确实就像是炖牛肉的味道，而不是——完全是随便说的——用上一个在这儿干活的可怜女孩的肉炖出来的味道。

作为一个女巫，你必须有很好的想象力。眼下，蒂凡尼感到她的处境不太好。但是，如果这儿不安全，威得韦克斯女士和蒂克小姐是不会让她来的，是吧？噢，她们会吗？

她们可能会的。她们只是可能会。女巫不相信过于容易的事情。她们觉得你要用脑子。如果你不用脑子，你就干不了女巫这一行。她们会说，这个世界上的事情不简单。要学习怎样快速领会。

不过……她们会给她一个机会的，不是吗？

她们当然会的。

很可能。

她快要吃完那肯定不是人肉的炖肉时，有什么东西想要拿走她手中的碗，动作很轻。她下意识地拿紧了碗，它立刻停止了。

好吧，她想。又是一件怪事。哦，这是一间女巫的屋子。

又有什么东西来拿她的汤匙。她握住了汤匙，它又停止了。

蒂凡尼把空碗和汤匙放回了托盘。

"好了，"她说，希望说话的声音听上去她一点儿也不害怕，"我吃完了。"

托盘升到了空中，慢慢地朝门口飘去，落在门边，发出轻轻的叮当声。

门上的门闩滑开了。

门打开了。

托盘升了起来，飘出了门口。

门关上了。

门闩滑了回来。

托盘移动的时候，蒂凡尼听见盘子里的汤匙发出轻轻的哐啷哐啷的声音。

对蒂凡尼来说，做任何事情前，思考是极其重要的。她想到：只是因为你的托盘被拿走了就尖叫着四处奔逃是愚蠢的。毕竟，不管是什么拿走了托盘，至少它离去前礼貌地插上了门闩，这表明它尊重她的隐私，即使是它刚刚忽视了她的隐私。

她在脸盆架前刷了牙，然后穿上睡衣，钻进了被窝。她熄灭了蜡烛。

没过一会儿，她又起身点燃了蜡烛，费了一些力气把五斗橱拖到门前。她不太确定为什么要这样做，不过她觉得最好还是这样。

她又躺在了黑暗中。

在自家的农场上，蒂凡尼已经习惯了在睡觉的时候听着屋外羊群咩咩的叫声和羊铃偶尔发出的叮当声。

这儿，没有羊儿咩咩地叫，也没有羊铃叮叮当当地响。她想着问题，睡不着觉。那是什么东西呢？

但是最终她还是睡着了，因为她记得半夜时她被惊醒了，听见五斗橱缓缓地移动着，回到了原先的位置。

当黎明的天空转为灰白色时，蒂凡尼醒来了，还活着，没有被剁碎。不知名的鸟儿在唱着歌。

整幢房子里没有一点声音，她想：我是学徒，不是吗？我应该是早起打扫屋子和烧火的人。我知道怎么做。

她坐了起来，环顾着屋子。

她的旧衣服被整齐地叠好了放在顶格的抽屉里。化石、幸运石和其他东西都不见了。一阵疯狂的寻找后，她发现它们被放回了她的箱子里。

"现在，听着，"她对着整间屋子说，"你们知道，我是巫婆。要是有哪个嘁啪菲戈人在这儿的话，马上走出来！"

什么也没发生。她也不期望发生什么。不管怎么说，嘁啪菲戈人对整理东西不太感兴趣。

她做了一个试验。她拿走桌旁的烛台，放进五斗橱的抽屉，然后后退几步站着。什么也没发生。

她转身看着窗外，与此同时，房间里发出一声轻微的响动。

她回头一看，烛台已经回到了桌子上。

好吧……今天她会知道一切的答案。蒂凡尼喜欢现在这种微微有点生气的感觉，生气使她不再去想自己有多么想家。

她穿上衣服，这时发现那件软纸包着的东西还在她的口袋里簌簌作响。

哦，她怎么会忘了呢？但昨天是忙碌的一天，非常忙碌，也许，她是有心想要忘记它。

她掏出罗兰的礼物，小心地打开白色的绢纸。

是一条项链。

是那匹马。

蒂凡尼凝视着它。

那不是一匹马看上去的样子，那是一匹马本来的样子……在那牧场上，史前的古人凿出了它。他们设法用一些流动的线条，表现了马所有的品格：力量、优雅、美丽和速度，它仿佛想极力离山奔驰而去。

现在，有人——有个比古人更聪明的人，也因此可能要花上很多钱——做了一匹银制的马。那马是扁平的，好像站立在山坡上，就像古人凿出的那匹马那样。银马的一些部位没有和其他部位连接着。然而，银匠仔细地用一些细小的银链把各部分接合在了一起。因此，当蒂凡尼举起银马看时，她惊异地看到，在清晨的光线里，它移动着，却又静止不动。

她必须戴上它。可是……屋里没有镜子，连巴掌大的一小块也没有。哦，那么……

"看见我自己。"蒂凡尼说。

远方山下的平原上，某样跟丢了她行踪的东西惊醒了。有一会儿，什么事也没发生，接着，田间的轻雾散开了，好似有什么看不见的东西开始移动着，发出蝇群的嗡嗡声……

蒂凡尼闭着眼睛，向旁边走了几小步，又向前几步，转过身，小心地睁开眼睛。她站在她面前，像画里人一样一动不动。银马佩戴在她新裙子上很漂亮，银色映衬着绿色。

她猜想罗兰准花了不少钱，她不明白他为什么这么做。

"看不见我。"她说。她慢慢地摘下链子，又用绢纸把它包好，和其他东西一起放回了盒子里。接着她找出一支笔和一张在双衫镇买的明信片，认真仔细地给罗兰写了一封短信致谢。怀着一丝内疚，她又仔细地写了另一张明信片，告诉父母她还活着呢。

然后，她沉思着走下楼。

昨晚很暗，她没有看到楼道上到处张贴着马戏团的海报，上面画满了小丑和动物，印着老式海报的印刷体字，每一行字体都不尽相同。

海报上写着这些事情：

如此等等，一直写到小号印刷字体。在林子里的小屋中见
到这些鲜艳的海报真是奇怪。

她找到了厨房。里面很冷，很安静，只有墙上的钟嘀嘀嗒嗒地响着。钟面上的两根指针都掉了，平躺在玻璃盖子底部。所以那钟虽然还在计量着时间，却不想告诉任何人现在几点了。

像大多数厨房一样，这儿很干净。汤匙和刀叉都整整齐齐地分类放在洗涤槽旁碗橱的抽屉里，这也有点让人感到奇怪。蒂凡尼见过的厨房抽屉似乎都想要被弄得整整齐齐的，可是由于常年塞满了不合适的东西，像长柄勺、开瓶器什么的，抽屉总是卡得死死的，除非你懂得打开它们的窍门。

她试探性地从抽屉里拿出一把汤匙放进叉子的抽屉里，然后背过了身子。

有人在偷偷地放东西，只听叮当一声，那把汤匙又被放回了它的伙伴中间，它们都很想念它，急切地想听它说说它在那些怕人的尖头家伙中间经历的故事。

这次她拿了一把刀子放到叉子里，关上抽屉，俯身伏在上边。

起初什么也没发生，接着她又听见了刀叉发出叮叮当当的响声。声音更响了，抽屉开始颤抖，整个洗涤槽都摇晃着。

"好吧，"蒂凡尼向后一跳说，"随你的便吧！"

抽屉猛然打开了，那把刀子像一条小鱼一样从叉子里跳到刀具里，抽屉"砰"的一声关上了。

一片寂静。

"你是谁？"蒂凡尼问。没人回答。她不喜欢空气里的那种感觉。此刻，有人让她感到不安。不管怎么说，这真是一个愚蠢的鬼把戏。

她快步走出厨房，来到花园里。离小屋不远处有个瀑布，昨晚她听见了它的水流声。一辆小水车把水抽进一个大水槽里，再由一条管子把水引入屋子。

园子里都是廉价差劲的装饰物——狂笑的小兔子、大眼睛的陶瓷小鹿、戴着红色尖顶帽的小矮人——他们的表情就像是在吞咽难吃的苦药。

苹果树上挂满了东西，柱子上也扎满了东西。还有一些蒂凡尼在家乡见到过的悬挂在屋外的捕梦器和诅咒网。另外一些东西像是巨大的沙姆博，旋转着、轻轻地叮当响着。还有一些……嗯，有一个看上去像是用旧扫帚做的鸟，不过大部分东西看上去像是一堆破烂，奇怪的破烂。她从它们面前经过的时候，似乎觉得有几样东西在微微地移动着。

蒂凡尼回到了屋子里，勒韦尔小姐坐在厨房里的餐桌边。

她身边也有一个勒韦尔小姐，事实是，那儿有两个勒韦尔小姐。

"对不起，"右边的勒韦尔小姐说，"我想最好现在向你解释清楚。"

两人看上去完全一样。"哦，我懂了，"蒂凡尼说，"你们是双胞胎。"

"不是，"左边的勒韦尔小姐说，"我不是。这对你来说可能有一点儿——"

"难以理解。"她旁边的勒韦尔小姐说，"让我想想，啊，你知道——"

"双胞胎有时候说他们能共享彼此的思想和感觉？"第一个勒韦尔小姐说。

蒂凡尼点了点头。

"啊，"第二个勒韦尔小姐说，"我想我的情况比那要复杂一点儿，因为——"

"我是一个有两个身体的人。"第一个说，这一会儿，她们两个像是在打网球，她打出半句，她接住半句。

"我想慢慢地——"

"——告诉你这事儿，因为有些人会因为这想法感到——"

"——心烦，毛骨悚然，或觉得——"

"——十分的——"

"——古怪。"

两人都停下了。

"对不起我说了最后一句话。"左边的勒韦尔小姐说，"我现在真的很紧张。"

"嗯，你是说你们两个——"蒂凡尼说。但是右边的勒韦尔小姐马上说："没有两个，只有我一个人，你明白吗？我知道这很困难。不过我有一只右边的右手、一只右边的左手和一只左边的左手、一只左边的右手。它们都是我。我可以同时出去买东西和待在家里，蒂凡尼。如果这样想有帮助的话，你可以把我想成——"

"一个有四条胳膊和——"

"——四条腿和——"

"——四只眼睛的人。"

现在，四只眼睛都紧张地望着蒂凡尼。

"还有两只鼻子。"蒂凡尼说。

"没错，你明白了。我右边身体的动作比我左边的身体笨拙一些，不过我右边的眼睛视力很好。我和你一样是人，只是我多了一些东西。"

"不过其中的一个你——我是说，半个你——带着我一路从双衫镇来到了这儿。"蒂凡尼说。

"哦，是的，我能像那样分身。"勒韦尔小姐说，"我干这个非常在行。不过当两个分身距离超过二十英里①时，我会变得笨手笨脚的。我想现在，我们最好来喝杯咖啡吧。"

蒂凡尼还没来得及起身，两个勒韦尔小姐已经站起来，走到了厨房的那头。

蒂凡尼看着一个人用四条胳膊在沏咖啡。

沏一杯咖啡需要不少动作，而勒韦尔小姐一下子就干完了。两个身体肩并肩地站着，把东西从一只手传到第三只手，再传到另一只手，像跳芭蕾舞一样摆弄着咖啡壶、杯子和匙子。

"我小的时候，人们以为我是双胞胎，"她肩头上的一个脑袋回头说，"后来……他们认为我是恶魔。"她肩头上的另一个脑袋回头说。

"你是吗？"蒂凡尼问。

两个脑袋都回过头来，看上去十分吃惊。

"怎么可以问别人这样的问题呢？"她问。

"呃……这是显而易见的问题吧？"蒂凡尼说，"我的意思是，要是告诉他们说：'我是的！啊哈哈哈！'就会省去很多麻烦，难道不是吗？"

---

① 英里与千米的换算公式为：1英里≈1.61千米。——编者注

四只眼睛眯了起来。

"威得韦克斯女士没说错，她说你从头到脚都是一个女巫。"

蒂凡尼内心闪过一丝骄傲。

"嗯，关于那个显而易见的问题，并不常常是……"勒韦尔小姐说，"威得韦克斯女士真的摘下她的帽子送给了你？"

"是的。"

"有一天你会明白她给了你多大的荣誉。"勒韦尔小姐说，"不管怎样，我不是恶魔。不过我差点变成了恶魔。我出生后不久我母亲就死了，我父亲在海上工作，他从来不回家……"

"海上常常发生不幸。"蒂凡尼说，阿奇奶奶这样告诉过她。

"是的，没错，也许是这样，也可能是他根本不想回家。"勒韦尔小姐说，"我被送进了一所慈善学校，糟糕的食物、可怕的老师等等。我结交了一些不好的朋友，也可能他们就是我自己。如果你有两个身体，你可以玩弄不知多少令人吃惊的恶作剧。当然，人人都以为我是双胞胎。最后我逃跑了，加入了一家马戏团。我！你能想象吗？"

"摇摇晃晃和倒倒歪歪，令人震惊的读脑行动？"蒂凡尼说。

勒韦尔小姐张大嘴巴，吃惊地愣住了。

"楼梯那儿的海报上写着呢。"蒂凡尼加了一句。

这一下，勒韦尔小姐轻松了。

"哦，是的，当然。你的思维……非常敏捷，蒂凡尼。是的，你很善于观察。"

"我知道我看'出口'不需要付钱，"蒂凡尼说，"它的意思只是'出去的地方'①。"

"聪明！"勒韦尔小姐说，"蒙特教授在指示牌上写上了'此处走，可以看到出口！'人们便一拨拨地来看，信不信由你，当然，他们以为那不仅仅是出口，而是母鹰②，或者别的什么东西。蒙特派一个大个子拿着一本字典站在出口处，指给他们看'出口'两个字，这就是他们付钱想要看的东西！你看过马戏表演吗？"

蒂凡尼看过一次，并不觉得很好玩。努力让人们发笑的东西常常并不可笑。有一头蛀牙的狮子，嘴巴里一颗牙齿也没有。表演高空走钢丝的演员离地面只有几英尺高。还有一个飞刀手，把很多刀朝那个绑在旋转着的大木圆盘上、穿着粉红色裙子的中年女子飞去，可一次也没投中。真正好笑的，倒是后来有辆马车轧到了小丑身上。

"我的马戏团要大得多，"蒂凡尼提到这些时，勒韦尔小姐说，"虽说我记得我们的飞刀手也从来投不中。我们有大象、骆驼，还有一头凶猛的狮子，有次差一点儿咬断了人的胳膊。"

"那你做什么呢？"蒂凡尼问。

"我'嘘'了几声赶走了狮子后，给受伤者包扎伤口……"

"是吗，勒韦尔小姐？不过我是指你在马戏团里。你只是在读你自己的头脑吗？"

勒韦尔小姐朝蒂凡尼微笑着。"这个嘛，啊，我几乎什么

---

① 看来字典通读一遍确实能带来一些用处。——作者原注
② 马戏团老板写了一个生僻的表示"出口"（egress）的单词，人们以为这是鹰（eage）的变体。——译者注

都干。"她说，"戴上两头不同的假发，我是斯杜朋德丝·勃汉克斯姐妹。我也杂耍过盘子，你知道，穿着缀满圆形珠片的衣服。我还客串过走钢丝，当然不是去走钢丝，通常只是穿上闪光的服装，对着观众微笑。人人都以为我是双胞胎，马戏团里的人不太打听别人的私事。后来发生了一件又一件的事，这件事和那件事……我就来到了这儿，做起了女巫。"

两个勒韦尔小姐谨慎地注视着蒂凡尼。

"你最后一句话，真是说了也白说。"蒂凡尼说。

"的确是这样。"勒韦尔小姐说，"可我不可能告诉你所有事情。你还想留在这儿吗？前面三个女孩都走了，有些人觉得我有一点儿……古怪。"

"呃……我会留下来的。"蒂凡尼慢慢地说，"不过，那个总想要移动东西的家伙才有点怪。"

勒韦尔小姐看上去很吃惊，她问："哦，你是说奥斯沃德吗？"

"这儿有一个叫奥斯沃德、能擅自进入我卧室的隐形人吗？"蒂凡尼恐惧地问。

"哦，不，那只是个名字。奥斯沃德不是人，他是一个安德格斯特。你听说过吵闹鬼吗？"

"嗯……乱扔东西的看不见的精灵？"

"正是，"勒韦尔小姐说，"哦，安德格斯特正相反。他们酷爱整洁。奥斯沃德在这家里帮了不少忙，不过，要是我做饭时，他也在厨房里，那真是可怕到了极点，他不断地收好东西。我想这让他觉得开心。对不起，我应该预先告诉你的。只是，他在外人面前总是躲起来的，他很害羞。"

"他是男人吗？我是说，他是个男精灵吗？"

"你怎么可能知道呢？他没有身体，也不会说话。我只是叫他奥斯沃德，我把他想象成一个总是拿着畚箕和扫帚的忧心忡忡的小个子。"右边的勒韦尔小姐这么说时，左边的勒韦尔小姐咯咯地笑了。这给人一种奇怪的印象，还有一点儿令人毛骨悚然。

"啊，现在我们相处得很好。"右边的勒韦尔小姐紧张地说，"蒂凡尼，你还想知道些什么事情？"

"请告诉我，"蒂凡尼说，"你要我做些什么？你是做什么的？"

原来，勒韦尔小姐主要是干家务活，没完没了的家务活。想要在这儿找到扫帚飞行教学、咒语课以及学习如何使用尖顶帽，那恐怕会白费力气。主要就是干家务活，只是……家务活。

她养了一群山羊，表面上羊群是由臭山姆管理。山姆有一间自己的牧羊小屋，自己却被拴在链子上。所以实际上羊群受老母羊黑麦奇的领导。它耐心地让蒂凡尼挤它的奶，接着谨慎地故意把一只蹄子伸进了羊奶桶里——这是山羊用来了解你的方法。要是你习惯了绵羊，那么山羊真是一种让你感到麻烦的动物，因为它们相当于有头脑的绵羊。但是蒂凡尼了解山羊，她的村子里有人养山羊，以获得它们营养丰富的奶。她知道对付山羊需要运用心里学[1]。要是你被激怒了，狂叫着打它们，

---

[1] 蒂凡尼的词典将"心理学"写成了"心里学"，这是一本音对，字可不一定对的词典。——作者原注

就会像打在一袋衣架上，打痛你的手，那么它们就赢了，它们用山羊的语言对你叫着，虽然它们似乎总是在叫着。

第二天，就在母山羊又要将蹄子伸进羊奶桶的刹那，蒂凡尼伸手抓住了那只抬起的后蹄，把它举得高高的。母山羊失去了平衡，紧张极了，其他的山羊朝她叫着，蒂凡尼胜利了。

接下来是蜜蜂。为了获取蜂蜡和蜂蜜，勒韦尔小姐在一片空地上养了十二箱蜜蜂，那儿充斥着蜜蜂嗡嗡的噪声。她让蒂凡尼戴上面罩和手套，自己也戴上了。

"当然，"她说，"要是你在一生中都很仔细，保持清醒，注意力集中，蜜蜂是不会刺你的。不幸的是，不是每只蜜蜂都听说过这理论。早上好，三号蜂箱，这是蒂凡尼，她要和我们住上一段时间……"

蒂凡尼等待着整箱的蜜蜂发出可怕的刺耳的嗡嗡声，尖声叫嚷："早上好，蒂凡尼！"但这并没有发生。

"你为什么告诉它们这些？"她问。

"哦，你必须和你的蜜蜂说话，"勒韦尔小姐说，"不这样做会带来厄运。我晚上常和它们聊天，新闻啦、闲谈啦这一类的话题。每个养蜂人都知道怎样'和蜜蜂交谈'。"

"那么蜜蜂和谁说话？"蒂凡尼又问。

两个勒韦尔小姐都朝她微笑着。

"我猜是别的蜜蜂。"她说。

"所以……如果你学会了倾听蜜蜂的话语，你就会知道所有正在发生的事情，是这样吗？"蒂凡尼坚持问。

"你这么说真有趣。"勒韦尔小姐说，"是有过一些谣传……但是，你必须学会像蜜蜂一样思考。一个头脑，几千个小身体。这是非常困难的，即使对我而言。"她和她自己若有所思地对视了一眼，"不过，也不是不可能。"

接下来是草药。这儿有一个很大的草药园子，虽然里面种的草药不多，只够装满一个箱子。但每年的这个时候，还是有很多活要干，采集草药再把它们弄干了，尤其是要处理一些有用的根。蒂凡尼干得很开心，勒韦尔小姐在草药方面是很出名的。

有一种草药学理论叫"特征论"。是指：当宇宙的造物主创造出一些对人们有用的植物时，他（有的版本说是"她"）会在植物上给人们留下暗示。对牙齿有用的植物看上去像牙齿，治疗耳痛的看上去像耳朵，对鼻子问题有益处的会滴下黏稠的绿液，如此等等。许多人都相信这个说法。

你得运用一定的想象力（但是就香水芹而言，不能太多）才能理解这一点。在蒂凡尼看来，造物主极具创造力。有的植物上还写有字，要是你知道它们写在哪里的话。通常很难找到它们，而且那些字往往很难读，因为植物并不认识那么多字。大部分人不知道这一点，他们依然运用传统的方法，在某个他们不再需要的年迈的姨妈身上做一番试验，以此辨别植物是有毒还是有用。勒韦尔小姐正在倡导一种新方法，她希望新技术能让每个人的生活更加美好（而且也考虑到姨妈们通常本来都能活得很长久）。

"这是一棵假龙胆。"在小屋后面那间凉快的工作室里，勒韦尔小姐得意地抓起一把野草对蒂凡尼说，"人人都以为它又是一种治疗牙痛的药草，但是，只要在贮藏室的月光下，用我的蓝色放大镜看根的切面……"

蒂凡尼试着读道："对甘（感）冒友（有）益可能饮

（引）起嗜睡，不可用机斜（械）操作。"

"可怕的错别字，不过，对菊科植物来说，还不算太糟。"勒韦尔小姐说。

"你是说植物真的能告诉人们如何使用它们吗？"蒂凡尼问。

"哦，不是所有的植物，你还得知道怎样找到那些字。"勒韦尔小姐说，"你瞧，比如这个普通的核桃，你必须让光透过红色羊毛做成的纸张，用绿色的放大镜，这样……"

蒂凡尼眯起眼睛。字迹很小，很难读。

"'可能内有坚果'？"她冒失地说，"但这是一个坚果壳，它里面当然有坚果。"

"未必如此。"勒韦尔小姐说，"比如说，里面可能是一幅用金子和各色宝石精制而成的优美的迷你风景，上面是远方大地上的一座奇异有趣的庙宇。只是可能啦。"她注意到蒂凡尼的表情，又加上一句，"这并不犯法。就是这样，这个世界充满了惊奇。"

这天晚上，蒂凡尼写了一篇很长的日记。她把日记本放在五斗橱顶格的抽屉里，上面压上了一块大石头。奥斯沃德似乎接收到了这个信息，他将石头擦得发亮。

回到农舍上的夜空中往下看……

数英里之外，目光掠过某样看不见的东西，它拖着自己的身躯经过大地时，发出苍蝇的嗡嗡声……

道路、村镇、树木不断地急速后退，最后，你来到大城市里。在市中心附近古老的高塔下有一座古老的魔法大学，这座大学里有一座图书馆，图书馆里是成排的书架……旅程差不多就这样开始了。

书架如溪流般从你身边流过。书本被锁在链子上，当你走过一排排书架时，有的书会咬你一口。

这个区域存放着一些更具危险性的书。它们被关在笼子里或者冰水缸里，还有一些简单地夹在两只铅盘中间。

有一本放在圆形玻璃罩下的书，微微有些透明，在一束魔光中发着光，鼓励着从事研究工作的年轻巫师来阅读它。

书名是《蜂怪：论惊人狡猾的诡计》，由敏感·巴斯特、M. 菲利普博士、爱尔·L. 文学士、魔法教授帕特里修斯合著。全书都是手写的，书中大部分内容是讲述如何建造一套强大有效的装置，在不伤害使用者的情况下捕捉蜂怪。在书的最后几页，巴斯特写道：

> 据古老的名著《巫师能做的一百零一件事》记载，蜂怪是一种恶魔（实际上，波尔德雷德博士在《我窥见恶魔》一书中将它们归于此类，而库维在《怪物丛书》中则将它们归为"漫游精灵"）。然而，在对洛克地区的首次考古探险中，人们历尽艰险在罐子山洞里发现了一些上古文献，那上面讲述了一个完全不同的情况，由此证实了我自己所从事的研究的重大意义和正确性。
>
> 蜂怪在创世的最初几秒钟里就诞生了。它们并不是真正的生命。但是，它们有生命的形式。它们没有自己的身体、大脑和思想，一个无所依附的蜂怪实际

上就是一团迟钝呆滞的东西，在无尽的夜色下，在天地之间，缓慢地蠕动着。据波尔德雷德所言，大部分蜂怪会在大洋底部和火山腹地中结束自己的生命，或者跟随星星的心脏游荡而去。比起我来，波尔德雷德是个很低级的思想者，但是就这点而言，他是对的。

然而，蜂怪会感到害怕，也会有渴望。我们猜不出它们害怕什么，但是它们都藏身在那些拥有强大的速度、智慧和魔法技能的生命体内。从这种意义上来说，蜂怪很像《象的独居生活》一书中写到的生活在霍华德地区的某种寄居象，这种象总是寻找最坚硬的泥屋作为自己的外壳。

我毫不怀疑，蜂怪促进了生命发展的进程。为什么鱼要爬出大海？为什么人类要掌握像火这样危险的东西？我相信，在这一切背后，是蜂怪用它们必需的雄心之火焰燃烧着各类生物中的杰出角色，并驱动着它们不断地向上，向前！它们想要寻找的是什么呢？是什么驱使它们向前的呢？它们想要的是什么呢？我要找出这些问题的答案！

哦，有那么一小撮巫师警告我们说，蜂怪会扭曲它寄主的思想，摧毁他的大脑，最终使大脑发烧而导致寄主的早亡。而我说，这全是胡扯！人们总是惧怕他们不了解的东西！

而我已经了解了！！

今天早晨，两点钟，我用我的装置抓住了一个蜂怪！现在，我把它锁在了我的大脑里。我能够感觉到它的记忆，它曾经寄生过的每个生物的记忆。然而，由于我超人的智慧，我控制了蜂怪。蜂怪没有控制我。我没感到一点儿变化。我的思想，还和过去一样，始终非凡的强大！！

从这一行起，字迹模糊不清了，显然，巴斯特开始流口水了。

哦，这么多年来，他们是怎样在一直阻挠我啊，这些毛虫，懦夫！他们全凭运气，自以为比我高出一等。他们嘲笑我！**但是现在他们笑不出来了！！！**即使那些自称是我朋友的人，**哦，是的**，他们也只会碍我的事。那些警告是怎么说的？他们说，为什么你发现的罐子的盖子上，用十五种古代语言刻着"无论何种情况下，切勿打开！"？懦夫！这就是所谓的"朋友"！他们说，被蜂怪寄生过的动物会产生妄想，变得疯狂！他们尖叫着，蜂怪是不可能被控制的！！**我们有人有一分钟会相信这话吗？？？**哦，多么光荣的**等待啊！！！**现在，我净化了我的生命。我所做的一切不再没有意义！！！而那些即使到了现在依然藐视、藐视、再藐视我的人们正用锤子砸我的门，因为我对所谓的大法官和学校理事会干下的事……**他们怎么敢审判我！！！**像所有的昆虫一样，他们对伟大**没有概念！！！我会让他们看到的！！！**我傲视一切……猛烈的攻击！！！砸砸砸砸一切鬼……

……文字写到这儿结束了。书的旁边有一张从前某个巫师写下的卡片：所有能找到的巴斯特教授的东西都埋葬在老玫瑰花园的罐子里。我们建议每个做研究的学生花点时间去那儿看一看，并反省教授的死亡。

月亮就要圆了，现在它被称为凸月。这是月亮比较乏味的月相，很少被人谈到，满月和弦月占有了月亮全部的美名。

罗伯独自坐在古墓的假兔子洞口边上，凝望着远方的群山，月光下，山顶的积雪闪着银光。

一只手温柔地搭在了他的肩头。

"让人偷偷地靠近你，这可不像你，罗伯。"珍妮说着在他身旁坐了下来。

罗伯叹了一口气。

"傻伍莱告诉我你没有吃饭。"珍妮小心地说。

罗伯又叹了一口气。

"铁头大扬说你们今天打猎的时候，你放跑了一只狐狸，而且没有狠狠地踢上它一脚？"

罗伯又叹了一口气。

"砰"的一声轻响，珍妮拿出一只小木头杯子，另一只手里是一只小皮壶。

杯子里散发出一股特别的气味。

"这是我们结婚的时候，你的小巫婆送我们的特制羊脂酒，"珍妮说，"我一直藏着以备急需。"

"她不是我的小巫婆，珍妮，"罗伯看也没看酒杯，说，

"她是我们的小巫婆。而且我告诉你，她会成为一个了不起的女巫。她身上有着她自己都想不到的力量，但是蜂怪察觉到了。"

"好啦，来，喝一点儿吧，不管你说她是谁的女巫。"珍妮安慰着罗伯，在他的鼻子边晃动着酒杯。

他叹了一口气，望向别处。

珍妮迅速站了起来。"伍莱！大扬！快出来！"她喊道，"他不愿喝酒了！我想他已经死了！"

"啊，现在不是喝烈酒的时候，"罗伯说，"我的心情很沉重，夫人。"

"立刻出来！"珍妮朝洞下喊着，"他死了居然还在说话！"

"她是这些山谷的女巫，"罗伯没理她，继续说，"就像她的奶奶。每天，她都告诉群山它们是什么。山在她的身体里，在她的心里。失去她，我无法想象我们的未来。"

两个菲戈人急匆匆地从洞里跑了出来，不解地看着珍妮。

"出什么事了吗？"傻伍莱问。

"是啊！"凯尔达厉声说，"罗伯不愿喝特制羊脂酒！"

伍莱的小脸立刻悲伤地扭曲了。

"啊，首领死了！"他抽泣着，"啊呜呜呜……"

"擦干你的眼泪，你这个大笨蛋！"罗伯叫道，"我没有死！我只是想一个人待一会儿，行吗？天啊，要是一个男人感到命运的冷风正在鞭笞着他，又有人说他已经死了，他真该留神了，是吗？"

"啊，我明白了，你又在和癞蛤蟆说话了，罗伯。"大扬说，"这儿只有他一个人能够用癞蛤蟆的语言说一整天的话。"他转向了珍妮，"他现在的情况很糟，夫人。一个人开始写字和读字后，很快就会沉湎于思考。我去找一些人来把他的脑袋按在水里，直到他停止思考为止。这是唯一的治疗办法，思考会累死人的。"

"我要痛打你十顿！"罗伯冲着大扬的脸举起拳头喊道，"我是部族的首领，还有……"

"还有我是凯尔达。"他们的凯尔达说。当凯尔达的一个秘诀就是你要让你说话的声音听上去强硬、严厉、冷酷，好像一把冰剑刺穿了天空，"我要你们这些人马上回洞里去，没有我的话不许你们再露脸。不是说你，罗伯·无名氏·菲戈！你给我待在这儿！"

"哦呜呜……"傻伍莱又开始了抽泣，大扬一把捂住他的嘴巴，赶紧拖着他离开了。

现在只剩下他们两个人了，几片云朵聚集在月亮的四周，罗伯摇了摇头。

"我不会走的，如果你不让我走的话。"他说。

"啊，罗伯，罗伯，"珍妮说着哭了起来，"你不理解。我不想小巫婆受到伤害，真的不想。但是我不敢去想你要去和那个杀不死的怪物打仗！我担心的是你，你明白吗？"

罗伯伸手搂住了她。"是的，我明白。"他说。

"我是你的妻子，罗伯，我请求你不要去！"

"好，好，我会留下来的。"罗伯说。

珍妮抬头看着他，泪水在月光下闪烁着："你是说真的吗？"

"我从不骗人，"罗伯说，"除了对那些警察。你知道，那种人不可靠。"

"你会留下来？你会听我的话？"珍妮抽泣着问。

罗伯叹了一口气："好啦，我会的。"

珍妮沉默了一会儿，接着用凯尔达尖锐而冰冷的声音说："罗伯·无名氏·菲戈，我现在命令你去救那个小巫婆。"

"什么？"罗伯惊讶地问，"刚才你不是说要我留下来……"

"那是作为你的妻子，罗伯。现在说这话的我，是作为你的凯尔达。"珍妮站了起来，抬起下巴，神情坚决地说，"要是你不听从你的凯尔达的话，罗伯·无名氏·菲戈，你会被部落流放的。你知道这一点。所以你要听我的。立刻带上你需要的人到山里去，免得晚了。保证不让小巫婆受到伤害，你也要安全地回来。这是命令！不，更甚于命令，这是我赋予你的使命！绝对不可以违背！"

"但是我……"罗伯又说，他完全被弄糊涂了。

"我是凯尔达，罗伯，"珍妮说，"我不能绑着首领不放。还有我们的孩子所拥有的这些山谷需要它们的女巫。每个人都知道这片土地需要有人告诉它是什么样的土地。"

说到"孩子"的时候，珍妮的语气有点特别。罗伯不是一个敏捷的思想者，不过最终他总能想到点子上。

"是啊，罗伯，"珍妮看到了他的表情，说，"很快我就要生七个儿子了。"

"哦。"罗伯说。他没问她怎么知道是七个，凯尔达就是能知道。

"这真是太棒了！"他说。

"还有一个女儿，罗伯。"

罗伯很惊讶："一个女儿？这么快？"

"是的。"

"这对一个部落来说，运气实在是太好了！"罗伯说。

"是啊，所以你一定要安全地回到我身边，罗伯。我请求你带上几个聪明的随从，而不是那些只会捡坚果的笨家伙。"

"谢谢你，凯尔达，"罗伯说，"我会照你的吩咐去做。我会带上一些小伙子，为了我们的山谷，我们一定能找到小巫婆。对一个单纯的小姑娘来说，远离家乡，独自一个人和陌生人住在一起，日子肯定不好过。"

"是啊，"珍妮说着别转头，"这一点我深有体会。"

第四章　"计戈"

破晓时分，罗伯在他弟兄们敬畏的目光下，在一张从纸袋子上撕下来的碎纸片上写下了一个词：

计戈

他举起了碎纸片。

"计划，你们知道这个词。"他对聚集在一起的菲戈人说，"我们现在有一个计划，我们要做的是制订出具体的方案。什么事，伍莱？"

"这就是珍妮交给你的司命吗？"伍莱放下举起的手问道。

"不是司命，是使命。"罗伯说。他叹了一口气："我跟你说过。那是严肃的事情，意思是说我要把小巫婆带回来，这一点不需要解释。否则的话，我的灵魂会'砰'的一声被关进天上厚厚的云层里。它就像一道魔法命令，使命就是必须要完成的重大任务。"

"啊，它们是大鸟。"傻伍莱说。

"伍莱，"罗伯耐心地说，"你记得我对你说过，需要你闭嘴的时候我会告诉你？"

"是的，罗伯。"

"啊，现在你就该闭嘴了。"接着他提高声音说道，"听着，小伙子们，你们都知道蜂怪。它们是杀不死的！但是保护小巫婆的安全是我们的责任。这是一场力量悬殊的、危险的战斗。所以……我现在招募志愿者！"

每个年龄四岁以上的菲戈人都自发地举起了手。

"哦，得啦，"罗伯说，"你们不可能都去！让我看看，我要带上……傻伍莱、大扬，还有……你，大下巴小比利。我不打算带那些没长大的人去，所以身高不到三英寸的就不要去了！当然啦，你除外，大下巴小比利。至于剩下的人，我们照老规矩办。我会带上最后还站着的五十个人！"

他招呼选中的三人站到角落里，其余的人摆好架势准备开打。菲戈人喜欢一个人对打多个敌手，这意味着打的时候，你不必想该往哪里打。

"她现在离我们有一百多英里远，"大战开始时，罗伯说，"我们不可能跑这么长的距离，这太远了。你们这些家伙中谁有什么主意吗？"

"哈密什可以骑他的秃鹰，"铁头大扬一边说一边往边上挪了几步，避开了一连串的拳打脚踢。

"没错，他可以和我们一起去，但是他最多只能带一个乘客。"罗伯在打闹声中喊道。

"我们能游过去吗？"傻伍莱说着突然低下身子，一个被打昏了的菲戈人差一点儿撞到了他的头。

其余的人看着罗伯。"游过去？你这个笨蛋，我们怎么可能游那么远的距离呢？"罗伯说。

"只是说出来考虑考虑，仅此而已。"伍莱说，看上去似乎受到了伤害，"我只是想出点力，你知道吗？只是想表达我的意愿。"

"小巫婆是坐马车离开的。"大扬说。

"没错，那又怎样？"罗伯说。

"哦，也许我们也可以？"

"啊，不行！"罗伯说，"在巫婆面前现身是一回事儿，在别人面前又是另一回事儿！你忘了几年前傻伍莱在山谷里被那个画漂亮图画的女人发现的事了？我可不想再有什么民俗学研究会的大块头到这儿来四处刺探了！"

"我有一个主意，罗伯先生。是我，大下巴小比利·菲戈。我们可以伪装起来。"

大下巴小比利·菲戈总是以全名宣告他的存在。他似乎觉得，要是他不告诉人们他是谁，人们就会忘记他，他就会从人群里消失。要是你只有成年小精怪身高的一半高，那么你真的是很矮，非常矮，几乎要变成地上的一个洞了。

他是部落里的新任游吟诗人。游吟诗人一生并不只在同一个部落里度过。事实上，他们自己就是一个部落群体。游吟诗人游走在各个部落间，传播着菲戈各部落的民间歌曲和传奇故事。大下巴小比利和珍妮一起从长湖部落来到这儿的，这是常有的事。对于一个游吟诗人来说，他还很年轻。但是珍妮说了，当游吟诗人是没有年龄限制的，只要你有才华，你就是游吟诗人。大下巴小比利会唱所有的歌曲，还会吹奏鼠笛。他吹出的乐声是那么忧伤，连天空都会下起雨来。

"好啊，小伙子，"罗伯和蔼地说，"那么，说来听听。"

"我们能找到一些人穿的衣服吗？"大下巴小比利说，"我知道有个古老的故事，讲述的是发生在三座山部落和风之河部落之间的一场战役。风之河部落的男孩们假装成一个走路的土豆怪，三座山部落以为那是一个大块头，结果都逃跑了。"

其他人看上去很困惑，大下巴小比利想起来他们是白垩地部落的人，可能从没见过土豆怪。

"听说过稻草人吗？"他说，"就是用稻草扎成的像大块头一样的东西，穿上衣服，用来吓跑庄稼地里的小鸟？现在的歌里说，是风之河的凯尔达施了魔法才让稻草人走路的，但是我认为这靠的是智慧和力量。"

他唱起了那首歌。每个人都听着。

他又向他们解释怎样装成一个会走路的人。他们彼此你望望我我看看你。这真是一个疯狂的铤而走险的计划，极其危险，极度冒险，需要非凡的力量和超人的勇气。

既然是这样，他们立刻同意了。

蒂凡尼发现，除了家务活和研究工作，还有一桩勒韦尔小姐称之为"装满空的和倒空满的"的活儿。

通常，每次出门的只是勒韦尔小姐两个身体中的一个。人们既然认为她是双胞胎，她觉得为了让大家继续这么认为，让两个身体分身是比较安全的。蒂凡尼明白这是为什么。你只有在吃饭的时候才能同时看到两个勒韦尔小姐。一个身体的手一声不吭地把盘子递给另一个身体，有时一个身体的嘴会吃掉另一个身体的手拿的叉上的食物，有时一个身体在打嗝儿，而另一个却在说"哦，不好意思"，这实在是一件相当怪异的事儿。

"装满空的和倒空满的"是指到附近的村子里和一些偏僻的农场里去转转，主要是给人治病。那些地方总有一些需要包扎换药的伤口，或是一些需要谈话的待产的妈妈。女巫常常当接生婆，这就是"倒空满的"。勒韦尔小姐戴着她的尖顶帽，常常突然出现在农舍里，出人意料地拜访人们。接着便是谈不完的闲聊、喝不完的茶。勒韦尔小姐很快便会投入到活跃的谈话中，尽管蒂凡尼注意到，她听到的要比她说的多得多。

这似乎是一个完全由女人组成的世界。不过，在巷子里的闲谈中，某个男人偶尔也会加入进来，遵照传统的习俗，先聊聊天气，然后带走一瓶药水或一剂药膏。

蒂凡尼算不出勒韦尔小姐获得了多少酬劳。当然，她手里的篮子总比她带来的时候满了一点儿。她们经过农舍时，女人常常会急匆匆地走出来，送她们一条刚出炉的面包或一罐泡菜，即使勒韦尔小姐并没有在那儿停留。有时候，在她们待了一个小时的人家里，勒韦尔小姐给不小心被斧子砍伤了腿的农户缝针，但最终只喝了一杯水，吃了一块不新鲜的饼干。这似乎不公平。

"哦，这很公平。"当她们在树林里散步时，勒韦尔小姐说，"你做你所能做的。人们在他们有能力的时候，给你他们所能给的。那个伤了腿的老斯莱普威克吝啬得像一只猫，但是我敢肯定，不到周末，我门前的石阶上就会有一大块牛肉。他老婆会送来的。很快，人们就要为过冬杀猪了，到那时我会得到更多的腌猪肉、火腿、咸肉和香肠，多得够一家子人吃上一年的。"

"真的吗？这么多吃的东西你怎么办？"

"贮藏起来。"勒韦尔小姐说。

"但是你并没有这么做……"

"我把它们存在别人的家里。把东西存在别人的家里真的很棒。"勒韦尔小姐看到蒂凡尼的表情后接着说，"我的意思是，我把我吃不了的送给那些家里没有养猪、日子过得困难、但没有人记得的人。"

"但这意味着他们欠你一个人情！"

"没错！这样食物就全分掉了，这办法总行的。"

"我敢肯定有人就是太小气而不想付……"

"不需要付报酬。"勒韦尔小姐严肃地说，"一个女巫从来不期望别人付她报酬，从来不要求，并且希望她永远不需要。但是，遗憾的是，你是对的。"

"那么接下来呢？"

"你指什么？"

"你不再帮助他们了，对吗？"

"噢，不，"勒韦尔小姐吃惊极了，说，"你不能只是因为人们愚蠢、健忘、不友好就不帮助他们。这儿每个人都很穷。如果我不帮助他们，谁会帮助他们呢？"

沉默了片刻后，蒂凡尼主动说："阿奇奶奶……没错，我奶奶说过，因为他们没有说话的机会，所以必须有人为他们说话。"

"她是个女巫吗？"

"我不敢肯定，"蒂凡尼说，"我想她是的，不过她自己也不知道是不是。她大部分时间一个人生活在丘陵牧场上的一座旧牧羊小屋里。"

"她说话嘀嘀咕咕吗？"勒韦尔小姐问。等她看到蒂凡尼的表情时，她又急忙说："对不起。不过当你是个女巫自己却不知道时，这种事情是会发生的。你就像一艘失去了舵的船。不过显然她不是那样的，我可以肯定。"

"她住在山上，和大山说话，她比任何人都了解羊！"蒂凡尼激动地说。

"我肯定她了解，我肯定她了解……"

"她从不嘀嘀咕咕！"

"好，好，"勒韦尔小姐安慰她说，"她擅长治病吗？"

蒂凡尼犹豫了一下。"嗯……只是给羊看病，"她平静了下来，说道，"但是她真的很棒。特别是她很会用松节油做药。她主要就是用松节油做药。可是她一直……总是……在那……即使她人实际上不在那里……"

"明白了。"勒韦尔小姐说。

"你明白我的意思了？"蒂凡尼问。

"哦，我明白，"勒韦尔小姐说，"你的阿奇奶奶住在丘陵里……"

"不是，是丘陵上。"蒂凡尼纠正她说。

"对不起，是住在丘陵上，和羊在一起。人们有时会仰望着群山，知道她就在山里的某个地方，他们会问自己：'换作阿奇奶奶，她会怎么做呢？''要是阿奇奶奶知道了，她会怎么说呢？''这样做，阿奇奶奶会生气吗？'"勒韦尔小姐说，"是这样吗？"

蒂凡尼眯起了眼睛。是这样的。她记得有一回阿奇奶奶打了一个小贩，当时这小贩正在打他那头驮着沉重货物的小驴子。奶奶通常只说几句话，而且并不多说。那人被她突发的狂怒吓住了，呆站在那儿挨打。

这也吓坏了蒂凡尼。奶奶很少在说什么话之前，不先考虑上十分钟，可这一回她却用了一系列令人眼花缭乱的动作，用柳树枝连抽了两下那个不幸家伙的脸。这件事在整个白垩地上传开了。至少有一段时期，人们对他们的动物温和多了……之后几个月的时间里，小贩、车夫和农夫们经过牧场时，在他们要举起鞭子或木棍前都会犹豫一下，心想：假使阿奇奶奶正看着呢？

可是——

"你是怎么知道的呢？"蒂凡尼问。

"哦，我猜的。不管她觉得自己是不是，我觉得她听上去就像是个女巫，并且是个好女巫。"

蒂凡尼心里膨胀着继承者的骄傲感。

"她帮助人吗？"勒韦尔小姐又问。

骄傲感瘪下去了一点儿。"是的"两个字已经挂在了舌尖上，但是……除了探视早生的小羊羔和小猪崽，阿奇奶奶几乎从没下过山。你很少看见她出现在村子里，除非是兜售快乐水手牌烟草的小贩来迟了。只有在这种情况下，她才会穿着那件油腻腻的黑裙子，一阵疾风似的跑进村子里，向某个老人讨一烟斗烟丝抽。

但是，从男爵牧场到整个白垩地，没有不欠阿奇奶奶任何东西的人。她让他们把欠她的东西送给别人。她总是知道谁需要帮助。

"她让他们彼此帮助。"她说，"她让他们自己帮助自己。"

在接下来的寂静中，蒂凡尼听见了路边鸟儿的歌唱。这儿有很多鸟，但是她想念秃鹰那高亢的叫声。

勒韦尔小姐叹了一口气。"我们中很多人都做不到那样，"她说，"要是我能做到那样，我们就不必再去探望威弗先生了。"

她们几乎每天都要去看望威弗先生，蒂凡尼很怕他。

威弗先生的皮肤薄得像一层纸，泛着黄色。他总是坐在一间小屋里的一张旧躺椅上。他那座小小的农舍充满了陈年土豆的味道，周围是一片野草杂生的园子。他总是直挺挺地坐在那儿，双手抓着两根拐杖，穿着一件油光发亮的旧衣服，两眼紧盯着门。

"我得让他每天吃上一点儿热东西，虽然他像一只小鸟一样吃不了多少。"勒韦尔小姐说，"老寡妇塔西帮他洗洗衣服。他九十一岁了，你知道的。"

她们清理屋子的时候，威弗先生眼睛亮亮的和她们聊天。她们第一次见到他时，他把蒂凡尼叫作玛丽。现在有时他还这么叫。她走过他身旁时，他用惊人的力气一把抓住了她的手腕，真是让人大吃一惊，他的手紧紧地抓住她不放，你都能看见他皮肤下蓝色的血管。

"我不会成为任何人的负担。"他急迫地说，"我为我的后事攒了一些钱，我的男孩托比不需要为这事儿操心。我出得起我的上路费！我想要一个体面的葬礼，知道吗？黑马、羽毛、送丧人，还有之后人人饱餐一顿的茶会。我把这些都写下了，正大光明的。你帮我检查一下我的盒子，好吗？那个巫婆总是在我身边晃悠！"

蒂凡尼无助地看了勒韦尔小姐一眼。她点点头，指了指藏在威弗先生椅子下的一只旧木盒子。

盒子里面原来是满满的硬币，大部分都是铜币，有几个是银币。它们看上去像是一笔不小的财富，有那么一会儿工夫，蒂凡尼真希望自己也能有这么多钱。

"里面有许多硬币，威弗先生。"她说。

威弗先生放心了。"啊，这就对了。"他说，"这样我就不是一个负担了。"

今天她们来看他的时候，威弗先生正在睡觉，张大了嘴巴，露出满嘴的黄牙。他马上醒来了，盯着她们看了一会儿，说："我的男孩托比星期六要来看我了。"

"太好了，威弗先生，"勒韦尔小姐一边说一边拍松了他的靠垫，"我们会把家里收拾得又干净又漂亮。"

"你知道，他干得很好。"威弗先生骄傲地说，"他坐在办公室里，用不着干重活。他说等我老了他会照顾我的，但是我告诉他，我告诉他我出得起我葬礼的钱——所有的东西，给来宾发的驱邪的盐、盖在棺材上的土，还有给摆渡人的两便士！"

今天，勒韦尔小姐给他刮了胡子。他的手抖得太厉害，自己刮不了了。昨天勒韦尔小姐给他剪了脚指甲，因为他自己够不着。这可不是很雅观的场景，尤其是在他踢碎过一块窗玻璃的情况下。

"它们都在我椅子下的盒子里。"当蒂凡尼紧张地擦干净他脸上的最后一点儿剃须膏的泡沫时，他说，"帮我检查一下，好吗，玛丽？"

哦，是的。这是每天的仪式。

那儿有只盒子，钱在盒子里。每次他都这样要求。钱的数目从没少过。

"给摆渡人的两便士是怎么回事儿？"她们走回家时，蒂凡尼问。

"威弗先生记起了所有古老葬礼的传统。"勒韦尔小姐说，"一些人相信人死后要渡过死亡之河，你必须付钱给摆渡人。现在的人似乎不再担心这事儿了，可能因为有了桥的缘故吧。"

"他总是在谈……他的葬礼。"

"啊，这对他来说很重要。有些老人喜欢谈这事儿。他们讨厌人们认为他们穷得付不起自己的葬礼钱。要是威弗先生出不起他自己的葬礼钱，他会羞愧而死的。"

"他一个人这样孤单地生活着，真让人觉得悲哀。应该为他做些什么。"蒂凡尼说。

"是啊，我们正在做呢，"勒韦尔小姐说，"塔西夫人也在友好地照顾着他。"

"没错，但是照顾他的不应该是我们，难道不是吗？"

"那么应该是谁呢？"

"哦，他那个他总提到的儿子呢？"

"小托比？他十五年前就死了。玛丽是老人的女儿，她很年轻的时候也夭折了。威弗先生眼睛很近视，但过去的事他却看得很清楚。"

"不应该是这样的。"蒂凡尼说，她不知道还能说些什么。

"没有什么事情是应该的。只有现在发生的事情和将来我们要做的事情。"

"噢，你不能用魔法帮助他吗？"

"是的，我保证让他感觉不到痛苦。"勒韦尔小姐说。

"但这只是一些草药。"

"草药也是神奇的。你了解它们，而其他人并不了解，这便是神奇的。"

"是的，不过你明白我说的是什么。"蒂凡尼说，觉得自己在这场辩论中失败了。

"哦，你是说让他变得年轻一些？"勒韦尔小姐说，"在他的屋子里装满金子？女巫不干这种事儿。"

"所以我们就给那些孤独的老人煮煮饭和剪剪指甲？"蒂凡尼略带几分讽刺地说。

"啊，没错。"勒韦尔小姐说，"我们做我们所能做的。威得韦克斯女士说你必须了解，女巫的工作主要就是干一些极其普通的琐事。"

"你必须得听她的话？"蒂凡尼说。

"我听从她的建议。"勒韦尔小姐平静地说。

"这么说威得韦克斯女士是女巫头子啰，是吗？"

"噢，不！"勒韦尔小姐吃惊地说，"女巫们都是平等的。我们没有什么女巫头子。这是违背女巫行业的精神的。"

"哦，我明白了。"蒂凡尼说。

"另外，"勒韦尔小姐继续说，"威得韦克斯女士不会允许这种事情发生的。"

突然之间，在白垩地附近，人们的家里开始不断丢东西。不是偶然地丢失一只鸡蛋或一只母鸡，而是晾在晒衣绳上的衣服不见了。村里最老的老人——大鼻子希因兹，放在床底下的鞋子神秘地消失了。"该死的，它们真是一双好鞋子，只要我指出正确的方向，它们就能自个儿从酒吧走回家。"他向每一个肯听他抱怨的人诉说道，"它们和我的旧帽子一起走了很长的路。我喜欢这双鞋子，它们又松又软！"

饲养鼬鼠的阿比丁·斯温德尔的一条挂在衣架上的裤子和一件长外套也不见了，外套的口袋里还有几只小鼬鼠。还有，是谁从窗口爬进克莱姆·多恩斯的房间，剪掉了他长得可以折起来塞进腰带里的长胡子？一根不剩。他出门时不得不围上一条围巾，免得女士们看到他可怜的粉红色的下巴受到惊吓……

人们一致同意，这一切多半是女巫们干的。他们又多做了一些诅咒网，挂在窗户下。

然而……

在白垩地的另一边，绵延的绿色山坡下是广阔平原上的田野，那里长着大片黑莓林和山楂林。通常，林子里到处是鸟儿的歌声，可现在却充斥着吵闹声。

"啊，天啊！你往哪儿踩，没用的家伙！"

"我没办法！我在膝盖这里，也不容易啊！"

"你觉得你很难吗？你到鞋子这儿来尝尝滋味！大鼻子希因兹肯定有几年没洗脚了！简直是臭死了！"

"臭死了？你到这口袋里来试试！这些鼬鼠从没洗过澡，要是你明白我的意思的话！"

"天啊！你们这些笨蛋可不可以闭上嘴巴？"

"噢，是吗？只是待在脑袋的位置上，你就以为自己知道一切啦？从下面看上去，伙计，你什么也不是，只不过是一堆该死的负担！"

"是的，没错！我同意胳膊肘的话！要不是我们架着你，你能去哪儿？你以为你自己是谁呢？"

"我是罗伯·无名氏·菲戈，就像你们都知道的那样。我听够了你们的废话！"

"好的，罗伯。但是这儿真的很闷！"

"啊，我也听厌了肚子的抱怨！"

"先生们……"这是癞蛤蟆的声音——没有其他人会想到叫菲戈人先生，"先生们，时间是最重要的。马车很快就要到了！你们千万不可以误车！"

"我们还需要一些时间练习，癞蛤蟆！我们走起路来就像是一个摇摇晃晃学走路的孩子！"吵闹声中，一个略高的声音说。

"至少你们是在走路。这就够好了。我祝你们好运，先生们。"

远处的黑莓林里有个瞭望员一直观望着大路，只听那边传来了一声喊叫："马车来了！"

"好啦，小伙子们！"罗伯喊道，"癞蛤蟆，你要照顾好珍妮。我不在的时候，她身边需要有一个会思考、可以依靠的小伙子！行啦，你们这些讨人嫌！这是生存或者毁灭的关头！你们知道该怎么做！绳子上的小伙子们，现在把我们拉起来！"矮树林一阵晃动。"行啦！盆骨，你们准备好了吗？"

"准备好了，罗伯！"

"膝盖？膝盖？我说，膝盖？"

"知道了，罗伯，可是……"

"脚？"

"知道了，罗伯！"

矮树林又是一阵晃动。

"行了！记住：右，左，右，左！盆骨，膝盖，脚踩大地！抬腿走，脚！你们准备好了吗？一起来吧，男孩们……走！"

马车夫克雷博先生大吃一惊。他恍惚地看着前方的路，一心想早一点儿回家，但突然看见什么东西从树林里走了出来，走到了路中间。那东西看上去像是一个人，或者说，比起它可能像的其他东西，看起来更像是一个人。不过这人的膝盖似乎有一点儿毛病。走起路来两只膝盖好像绑在一起似的。

但是，马车夫没有多想，因为，那只在半空中模糊地晃动着的手，抓着一枚金光闪闪的东西。

车夫认为，这个突然出现的奇怪的陌生人不会是一个路边的老流浪汉，这一点一看便知。显然，这是一位碰到了一点儿麻烦的绅士，而此时帮助这位绅士正是一个车夫的责任。他慢慢地停下了马车。

陌生人的脸看不太清。在低垂的帽檐和竖起的领子间，只看得见浓密的胡子。胡子里的某个地方发出一个声音说：

"……闭嘴闭嘴……我说话的时候你们闭嘴……啊嗯。

下午好，马车夫伙计我的老伙计好样的伙计！如果你能让我们……让我搭你的马车坐上一程，我们……我能给你这个闪闪发亮的金币！"

人形向前蹒跚着走了几步，一只手伸到了车夫的脸面前。

这是一枚很大的金币，当然是纯金的。它原是那个埋葬在菲戈人古墓下死去的老国王陪葬的财宝。很奇怪的是，一旦菲戈人偷到了金币，他们就对此不太感兴趣了，因为你不能喝金币，也很难吃金币。在古墓里，他们主要是用金币和盘子来反射烛光，制造良好的照明环境。送一些金币给人，并不是什么难事儿。

车夫盯着金币。他一辈子从没有过这么多钱。

"要是……先生……愿意……坐到马车的后面，您请。"他说着小心地接过了金币。

"是嘛，没错，那么，"胡子拉碴的神秘人踌躇了一下，说，"稍等片刻，这需要组织一下……好吧，手，你们抓住马车的两边，你，左腿，侧一点儿身……啊，天啊！你要弯曲！弯曲！来吧，赶紧的！"这个长着一张毛脸的男子转向车夫。"对不起，"他说，"我对我的膝盖说话呢，但是它们不听我的。"

"你没事儿吧？"车夫无力地说，"我的膝盖在潮湿的天气里也犯毛病。抹些鹅油会好些。"

"啊，是的，要是我想到了这点，我就把他们挑出来，给他们多上一点儿油了！"毛脸男子吼叫着。

当他拖着身子往车尾走去的时候，车夫听到身后传来种种碰撞声和咕哝声。

"好啦，我们走吧。"一个声音说，"时间不早了。膝盖，你们终于上来了！天啊！你们肚子坐稳了，膝盖也乖乖地坐好了！"

车夫策马前行的时候，他若有所思地咬了一下金币，金币上留下了齿印，它肯定是纯金的。这说明他的乘客非常非常有钱。在这个时候，这一点是非常重要的。

"能走得快一点儿吗，我的好人，我的好人？"走了一小段路后，身后的声音说。

"啊，嗯，先生，"车夫说，"看见那些盒子和箱子了吗？里面装了一些鸡蛋，一些不可以碰伤的苹果，还有那几只罐子……"

一连串的撞击声和坠落声传来，那一大箱鸡蛋摔到路上发出了稀里哗啦的声音。

"现在，你能走得快一点儿了，嗯？"身后的声音说。

"嘿，那是我的……"克雷博先生开始说。

"我再给你一个大金币！"一只重重的、臭臭的手臂落到了他的肩头，手套的指头摇晃着的，真的是另一枚金币。这钱是他货物价值的十倍。

"哦，是的……"马车夫说，小心地接过金币，"会发生事故的，嗯，先生？"

"没错，尤其是在我认为我走得不够快的时候。"他身后的声音说，"我们——我是说我赶着去山里，你知道！"

"但是我不是公共马车，先生。"车夫责怪道。他挥动着马鞭子，他的老马小跑了起来。

"公共马车，嗯？那是什么东西？"

"那是你进山要乘坐的车子，先生。你可以在双衫镇转车，先生。我从没去过比双衫镇更远的地方。不过你今天赶不上那辆车了，先生。"

"为什么？"

"我还要在别的村子停一下，先生，路很远，而且今天是星期三，发车早，先生，而且我的马车只能跑这么快，先生，而且……"

"如果我们——我，今天赶不上你说的什么马车的话，我要狠狠地揍你一顿。"乘客怒吼道，"但是如果我今天赶上了那辆车，我会再给你五个金币。"

克雷博先生深吸了一口气，大声叫嚷道：

"嘿！驾！快跑，亨利！"

总的说来，蒂凡尼似乎觉得，女巫要干的大部分事情真是和工作非常相似。枯燥乏味的工作。勒韦尔小姐甚至不大使用她的扫帚柄。

这有一点儿令人沮丧。这真是有一点儿……唉，还好……还好，这显然要比不好……好一些，虽然也好不了多少。如果能更……令人兴奋，会更好。蒂凡尼不希望任何人以为她会期望在头一天就得到一根魔杖，但是，唉，勒韦尔小姐关于魔法的说法，她陈述的关于魔法工作的所有观点，就在于全然不使用魔杖。

请注意，蒂凡尼认为不使用魔杖并不是最令人沮丧的事情。最难的魔法就是最简单的魔法。

勒韦尔小姐耐心地教她如何做一个沙姆博。你可以使用随手找得到的任何东西来做，只要有一个活物就行，比如一只甲虫或一只鲜鸡蛋。

蒂凡尼根本找不到窍门。这真是……让人生气。难道是因为她没戴真实的帽子吗？难道她没有第一视觉和第二思维吗？蒂克小姐和勒韦尔小姐可以在数秒之内快速地做好一个沙姆博，但是蒂凡尼得到的只是一个缠结的线团，滴着鸡蛋液。一次又一次，总是这样。

"我知道我做得没错，可它就是缠绕在一起！"蒂凡尼抱怨道，"我能怎么办呢？"

"我们可以做一个煎蛋卷？"勒韦尔小姐快活地说。

"噢，求求你了，勒韦尔小姐！"蒂凡尼哀叹着说。

勒韦尔小姐轻轻地拍着她的后背："有时候是会这样的。可能你太用力了。有一天你会做到的。你会知道魔法出现了，你只要让自己进入它的路径……"

"你能不能做一个给我研究一下，好让我掌握它的窍门？"

"恐怕我不能。"勒韦尔小姐说，"沙姆博是很微妙的东西。除非当作装饰物，你甚至不能携带沙姆博。你必须自己做，在你想做的时候做。"

"为什么？"

"为了抓住那个瞬间。"另一半勒韦尔小姐走了进来，说，"你打结的方式，线的路径——"

"——鸡蛋的新鲜程度，可能还有空气的湿度——"第一个勒韦尔小姐说。

"——细树枝之间的压力，还有那个时候你口袋里碰巧有的种种东西——"

"——甚至风吹动的方式。"第一个勒韦尔小姐总结道，"所有这一切组成了一幅你制作瞬间的图景。我甚至不能告诉你我是怎么做的，因为我不知道。"

"但是你确实做了。"蒂凡尼迷惑地说，"我看见你……"

"我是做了，但是我不知道我是怎么做的。"勒韦尔小姐说。她捡起几根细树枝，拿出一根线，勒韦尔小姐和勒韦尔小姐坐在桌子两边，四只手开始一起制作一个沙姆博。

"这让我想起了我在马戏团的时候，"她说，"有一回我和——"

"——飞人五香烟熏牛肉兄弟一起出门。"另半个勒韦尔小姐接着说，"他们能在——"

"——离地五十英尺的高空中连翻三个跟斗，不系安全绳。他们是怎样的两个小伙子啊！两个人长得完全——"

"——一模一样。马尔科蒙上眼睛也能接住法尔科。不知为什么，有一段时间我在想，他们是不是和我一样……"

她停了一下，咳嗽着，两张脸都有一点儿发红。"不管怎样，"她接着说，"那天我问他们怎么能在高空中的钢丝绳上站稳，法尔科说：'永远不要问高空走钢丝的人是如何保持平衡的。要是他停下来想这个问题的话，他就会掉下来。'实际上——"

"——他是这么说的：'永圆表问高空走钢丝的人……'因为这两个年轻人假装自己是从布伦蒂斯来的，你知道，那样听上去有一些异国情调，令人印象深刻，他们认为没有人会想看两个只是有着普通名字的杂技飞人的表演的，但他们的确提了一个好建议，不管他们来自哪儿。"

四只手在工作着。不只是那半个微微有些激动的勒韦尔小姐，而是整个勒韦尔小姐，二十只手指一起工作着。

"当然，"她说，"口袋里放些合适的东西是有帮助的。我常常带着金属圆片——"

"——为了它们所带给我的快乐的回忆。"对面的勒韦尔小姐说，她的脸又红了。

她举起了沙姆博。其中有一些金属圆片、一个小小的线网里的鲜鸡蛋，还有些鸡骨头和许多其他的东西在线之间悬挂着、旋转着。

勒韦尔小姐的两双手都伸进了线团，然后拉了一下——

沙姆博展现出一幅图景。是不是金属片从一根线跳到了另一根线上？似乎是这样。是不是鸡骨头刺穿了鸡蛋？看上去似乎是这样。

勒韦尔小姐凝视着沙姆博。

她说："有东西要来了……"

公共马车从双衫镇出发了，车上只坐了一半的乘客。当大马车在平原上行驶了很长一段路程后，一个坐在车顶上的乘客拍拍司机的肩膀说：

"对不起，你知道有人想要赶上我们的车吗？"

"上帝保佑您的好心，先生，"司机说，他希望能在旅途结束时多拿些小费，"但没有人能赶上我们的。"

接着他听见了远处的尖叫声，声音越来越响。

"嗯，我想他真的很想赶上这辆车。"当马车夫的货运马车超过他们的时候，那车顶上的乘客说。

"停车！停车，看在上帝的份上，停车！"车夫经过他们身旁时对着马儿高声叫喊着。

但是马儿亨利不想停下来。多年来，它拉着车夫的货运马车在各个村子之间慢慢地转悠，非常非常慢。在它那个脑子里，总有这样一个想法，以为它生来就是被走得快的东西超过的。它慢悠悠地走着，被大马车和货运马车，还有三条腿的狗一个个超了过去。此刻是它一生中跑得最快、最风光的时刻。

而且现在的货运马车比平时轻了许多，这儿又是下坡路，所有这一切使得它只能以最大的速度飞也似的跑着。最终，它真的赶上了公共马车。它，亨利！

只是因为大马车停了下来，它才停了下来。况且，这会儿它也累得上气不接下气了，它还在拉大马车的马队里发现了两匹它很乐意结识的母马——它想问问它们哪天休息，喜欢什么样的干草，诸如此类的问题。

马车夫脸色苍白，小心地下了车，接着就躺倒在安全的大地上。

他唯一的乘客，大马车司机觉得那人看上去像是一个稻草人，摇摇晃晃地从车后座走了下来，走向了大马车。

"对不起，我们已经满了。"司机说谎了。车上的座位还没有满，但是对于一个看上去这副模样的怪物来说，当然是没有位置了。

"啊，我会付你金子的，"这个怪物说，"像这样的金子。"他又加上一句，一只戴着破手套的手在半空中晃动着。

转眼间，对于这样一个古怪的百万富翁来说，车上的位子绰绰有余了。几秒钟后，他就坐进了车厢。让亨利生气的是，大马车又往前走了。

在勒韦尔小姐的小屋外，一把扫帚飞过苹果树林。一个年轻的女巫——或者说，她至少穿得像个女巫（匆忙作出结论从没好处）——骑在扫帚柄上。

她飞得不太好，扫帚不时地颠簸着。显然，女孩不太会转弯，有时她停下来，跳下扫帚，用手把它拨向一个新方向。等到她飞到花园门口时，她又一次跳了下来，接着用绳子把扫帚拴在了门上。

"干得好，佩特拉！"勒韦尔小姐说，四只手一起拍着，"你飞得很不错！"

"呃，谢谢你，勒韦尔小姐。"女孩说着鞠了一躬。她一边保持着鞠躬的姿势一边说："呃，天啊……"

一半的勒韦尔小姐向前走了几步。

"噢，我看到了。"勒韦尔小姐说着弯下身，"你的小猫头鹰护身符和银蝙蝠项链搅在一起，缠在一粒纽扣上了。不要动，行吗？"

"呃，我是来问一下您那个新来的女孩，她是否愿意参加今晚的萨拜特。"佩特拉说，她低着头说话，声音有点轻。

蒂凡尼不可能注意不到佩特拉全身上下戴满了珠宝首饰。后来她还发现，每次和佩特拉在一起，只消过上一会儿，她就要去解缠在项链上的手链，有一次还从脚链上解下了一只耳环（没人知道这是怎么发生的）。佩特拉看到神秘的首饰就想要。它们都是一些能神奇地提供她某种保护的东西，但是她还没找到一件能令她看起来不显得那么笨拙的饰品。

她又矮又胖，脸总是红红的，一副担心烦恼的样儿。

"萨拜特？哦，你们的聚会，"勒韦尔小姐说，"这可真不错，是不是，蒂凡尼？"

"是吧？"蒂凡尼犹豫地问。

"萨拜特就是一些女孩子聚集在夜晚的树林里。因为某种原因，女巫这一行又变得流行了。当然，这是一件好事。"勒韦尔小姐似乎也有些犹豫地说。

接着她又说："佩特拉在西德林·威斯奥特村为老妈妈布莱克凯布工作，她是动物专家，是个有猪病的好手。我是说，治疗有病的猪，不是说她有猪病。你能在那儿交一些朋友，不是很好吗，你为什么不去呢？好啦，都解开了。"

佩特拉站直了身体，朝蒂凡尼紧张地微微一笑。

"呃，佩特拉·格雷斯特。"她说着伸出了手。

"蒂凡尼·阿奇。"蒂凡尼说，小心地握了握那只手，生怕所有的手链和脚链发出的刺耳声音会震聋每个人的耳朵。

"呃，要是你喜欢，你可以和我一起骑我的扫帚。"佩特拉说。

"不用了。"蒂凡尼说。

佩特拉似乎松了一口气，又问："呃，你要穿戴一些什么吗？"

蒂凡尼低头看着自己的绿裙子："我穿着衣服。"

"呃，你没有宝石、珠子、护身符什么的吗？"

"没有，很遗憾。"蒂凡尼说。

"呃，你肯定有一个沙姆博，对吧？"

"呃，我还不会做。"蒂凡尼说。她没想要说"呃"，但是和佩特拉在一起，是会被传染上的。

"呃……也许，你会穿黑色的衣服？"

"我不喜欢黑色。我更喜欢蓝色和绿色。"蒂凡尼说，"呃……"

"呃，噢，没关系，你才刚刚开始。"佩特拉大度地说，"我入帮已经三年了。"

蒂凡尼无助地看着身边的勒韦尔小姐。

"入行，"勒韦尔小姐帮助纠正道，"女巫这一行。"

"噢。"蒂凡尼知道自己对佩特拉不太友好。这个脸蛋红红的女孩显然是个好人，但是不知道为什么，在她面前，蒂凡尼感到有一点儿尴尬。她知道这真愚蠢。她当然能够和朋友相处。勒韦尔小姐就很好，她和奥斯沃德也相处得不错。要是还能有一个和她年龄差不多的人说说话，那就更好了。

"好吧，我乐意参加，"她说，"我知道我有许多东西需要学习。"

那些坐在公共马车车厢里的乘客可都付了不少钱，他们舒适地坐在软座上，又避风，又没有灰尘。因此，等到下一站一到，有那么多的人离开车厢，坐到了车顶上，这可就是一件怪事了。

少数几个不想坐到车顶上，或者爬不到车顶上的人，都挤坐在一边的座位上，瞅着对面的这位新上车的旅行者，大气都不敢出。

问题不是那人身上的鼬鼠味道。唉，那的确是一个问题，但是比起那个大问题，这就不算什么了。他在和自己说话。也就是说，他身体的一些部位在和另一些部位说话。一直在说。

"啊，我告诉你们，让我们一直待在下面是不公平的！该轮到我们到头上去了！"

"哈，至少你们还舒服地待在肚子里，可我们两条腿必须干所有的工作！"

这时右手说："腿？你们根本不懂'工作'这个词的意思！你们应该到手套里来试一试！啊，这硬套子里真是挤死人了！我要伸伸我的腿！"

在一片可怕的寂静中，其他乘客看着那男人戴着手套的右手掉了下来，在座位上走动着。

"是的，没错，待在这裤子里也不好受。我也要呼吸一点儿新鲜的空气。"

"傻伍莱，你要是敢这样做的话——"

乘客们紧紧地挤在一起，惊恐地注视着裤子。有东西在动，裤管里传来了诅咒声和呼吸声。几粒纽扣绷开了，接着，一个红头发的蓝色小个子伸出了脑袋，眨了眨眼睛。

他看见了对面的人，一下子呆住了。

他看着他们。

他们看着他。

接着他龇牙咧嘴地笑了。

"你们这些家伙都好吗？"他慌忙说，"这真是太好了。不要担心我。我是坐在你们对面的人，你们知道的哦？"

他又消失在了裤子里，人们还能听见他的低语声："我没费事儿就骗过了他们，没问题！"

几分钟后，大马车停下来换马。它再次出发的时候，车厢里只剩下了一个乘客。其他人都下了车，要求取下他们的行李。不，谢谢，他们不想再乘这辆车了。他们会乘明天的车走，谢谢。不，没有问题，在这个令人愉快的，呃，危险之角小镇等车，不会有任何问题。谢谢你，再见。

大马车又出发了，车子轻了很多，速度也快了很多。那天晚上它中途没有再停车。原本应该是要停的，车子出发的时候，车顶上的乘客还都在小酒店里吃晚饭，他们听见大马车扔下他们就开走了。其中的原因，多半和这会儿揣在司机口袋里的大把金币有关。

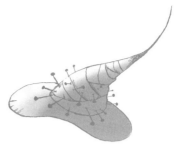

第五章　聚会

　　小树林中，蒂凡尼走着，佩特拉在她身边并行飞着，摇摇摆摆地飞出一条弯弯折折的曲线。蒂凡尼了解到佩特拉是个好女孩，有三个兄弟，长大了想当人和猪的接生婆，害怕针。她还了解到，佩特拉不愿意在任何事上与他人起争执。

　　所以，有些对话是这样的：

　　蒂凡尼说："我住在白垩地的牧场上。"

　　佩特拉说："哦，那儿的人是不是都养绵羊？我不太喜欢绵羊，它们是那么……臃肿。"

　　蒂凡尼说："事实上，我们为我们的绵羊感到非常骄傲。"

　　接着，你就可以后退一步，看着佩特拉好像站在某个狭窄的空间里，努力地转上一百八十度。她完全改变了自己的观点："哦，我不是说我讨厌它们。我想有一些绵羊是很不错的。显然我们应该养绵羊，它们比山羊好多了，还能有那么多羊毛。我是说，我其实很喜欢绵羊，真的。绵羊是一种好动物。"

　　佩特拉会花很多时间尽力弄明白别人是怎么想的，这样她就可以和他们想法一致了。要想和她争论，几乎是不可能的。蒂凡尼好不容易克制住自己，没让自己说出一句"天是绿的"，只是想看看佩特拉要花多少时间来附和这句话。但是她喜欢佩特拉。你不可能不喜欢她。她是一个安静的同伴，而且，你怎么能不喜欢一个不会让扫帚柄拐弯的人呢？

她们在树林里走了很长一段路。蒂凡尼过去总希望能看到一片浓荫蔽日的大森林，可如今在这样的大林子里生活了几星期后，她感到心烦了。这是一片开阔的林地，至少在村子附近一带是这样的，在林子里面走路并不太困难。她知道了哪些是槭树和白桦树，她以前也从没见过长在山坡上的云杉和冷杉。但是在森林里，她觉得不快乐。她想念地平线，想念天空，这儿的一切距离都离得太近了。

佩特拉紧张地扯东扯西，老妈妈布莱克凯布是猪病和母牛生产方面的专家，也是全能的兽医女巫。佩特拉喜爱动物，尤其是猪，因为它们有会颤动的鼻子。蒂凡尼也很喜欢动物，不过，除了动物们自己，没有人会比佩特拉更热爱它们。

"那么……聚会是怎么一回事儿？"蒂凡尼问，她想换一个话题。

"呃？哦，只是大家聚一聚。"佩特拉说，"安娜格兰姆说保持联系很重要。"

"这么说，安娜格兰姆是女巫头子，是吗？"

"呃，不。安娜格兰姆说女巫没有领导人。"

"嗯，嗯。"蒂凡尼说，

她们终于在太阳落山的时候，走到了一片林中空地前。这儿有一座被废弃的农舍，如今屋子上长满了荆棘。要是你没仔细看那些疯长的紫莓和一片如今也长成了荆棘的醋栗林，你可能根本就发现不了它。有人曾经在这儿住过，屋子还带有一个花园。

女孩们在点火，由于没有足够的纸和干树枝引火，她们弯下身来用嘴吹着火苗。糟糕的是，她们发现这不是一个好主意。因为，你忘了摘下尖顶帽，帽子碰到了那堆冒着烟的东西，结果，因为帽子是干的，就被点着了。

这会儿，一个年轻的女巫正手忙脚乱地拍打着她着火的帽子，另外几个女孩子饶有兴趣地观看着。

一个坐在圆木上的女孩说："迪米蒂·哈伯巴伯，这简直是全世界任何地方、任何人做过的最愚蠢的事情，最愚蠢的。"那是一种人们讽刺别人时使用的极不友好的尖刻语气。

"对不起，安娜格兰姆！"哈伯巴伯小姐说。她摘下帽子，脚踩着帽子的尖顶。

"我说，瞧瞧你自己，嗯？你真让我们每个人丢脸。"

"对不起，安娜格兰姆！"

"呃。"佩特拉说。

每个人都回过头来看着新来的两个人。

"你迟到了，佩特拉·格雷斯特！"安娜格兰姆厉声说，"这人是谁？"

"呃，是你要我去勒韦尔小姐家把新女孩带来的。"佩特拉说，仿佛她做错了什么事，被人当场抓住了似的。

安娜格兰姆站了起来，她至少比蒂凡尼高出一个头。她微微低下她那总是高傲地抬着的头，打量着蒂凡尼。被她看着的时候，你感觉好像你已经占用了她太多宝贵的时间。

"是她吗？"

"呃，是的，安娜格兰姆。"

"让我们好好看看你，新女孩。"

蒂凡尼向前迈了一步。这真是令人吃惊。她没想这么做，但是安娜格兰姆的声音里有着某种让人服从的力量。

"你叫什么？"

"蒂凡尼·阿奇？"蒂凡尼说，好像她是在求得允许，许可她叫自己的名字似的。

"蒂凡尼？这名字真滑稽。"高个子女孩说，"我叫安娜格兰姆·霍金。"

"呃，安娜格兰姆为……"佩特拉开始说。

"……和伊尔维吉夫人一起工作。"安娜格兰姆严厉地打断佩特拉的话，仍然上下打量着蒂凡尼。

"嗯，对不起，是这样，"佩特拉说，"不过她……"

"我打算明年离开。"安娜格兰姆说，"人人都知道，我干得非常出色。这么说，你就是那个和勒韦尔小姐在一起的女孩，是吗？她很古怪，你知道的。前三个女孩都很快离开了。她们说每时每刻都要区分哪个她是哪个她，真是太奇怪了。"

"哪个女巫是哪个女巫。"一个女孩快活地说。

"任何人都会说这句双关语①，露西·沃贝克。"安娜格兰姆说，头也没回一下，"这一点儿不好笑，也显不出你聪明。"

---

① 女孩说的英文原文是"Which witch was which"，其中which和witch发音相同，因而这句话听起来具有双重意思。——译者注

她的注意力又回到了蒂凡尼身上。蒂凡尼觉得自己全身正在被透彻而苛刻地审视着，就像阿奇奶奶在检查一只想买的母羊。她想，不知安娜格兰姆是否真的会扒开她的嘴巴，看看她的牙齿有没有长全。

"人们说白垩地上培育不出优秀的女巫。"安娜格兰姆说。

所有的女孩都看了看安娜格兰姆，又看了看蒂凡尼。哈！蒂凡尼心想，女巫是没有领导人的，不是吗？但是现在她不想给自己树敌。

"他们也许能。"蒂凡尼平静地说。这似乎并不是安娜格兰姆想要听到的回答。

"你甚至没有穿女巫该穿的衣服。"安娜格兰姆说。

"很遗憾。"蒂凡尼说。

"呃，安娜格兰姆常说，要是你想让别人把你看作一个女巫，你就应该看上去像个女巫。"佩特拉说。

"嗯，"安娜格兰姆注视着蒂凡尼，好像她没能通过一次简单的测验，接着她点点头，说道，"好啦，我们每个人都有开始的时候。"她退后了几步，"女士们，这是蒂凡尼。蒂凡尼，你已经认识了佩特拉。她时常会撞在树上。迪米蒂·哈伯巴伯是帽子冒烟的那个，所以她看上去像一根烟囱。那是格特鲁德·泰利，那是刚才瞎闹的可笑的露西·沃贝克，那是哈丽雅塔·比尔克，她似乎拿她的斜视眼一点儿办法也没有，还有露露·达林，她似乎拿她的名字也没有办法。今晚，你可以参加我们的活动……蒂凡尼？是这个名字吗？我很遗憾你跟了勒韦尔小姐。她真是让人悲哀，纯粹是一个业余爱好者，根本找不到思路，只会东奔西跑地乱忙活。哦，好啦，时间不早了。

格特鲁德，来，召唤世界的四角，打开魔法之圈。"

"呃……"格特鲁德紧张地说。这真是令人惊异，有这么多人在安娜格兰姆身边会变得紧张。

"这儿什么事都必须由我来做吗？"安娜格兰姆叫道，"请努力记住了！我们几乎都做过一万遍了！"

"我从来没听说过世界有四个角。"蒂凡尼说。

"真的吗？这真让人吃惊。"安娜格兰姆说，"啊，它们是权力的四个方向，蒂凡尼，我建议你跟着大家一起做。"

"但是世界是圆的，就像一个盘子。"蒂凡尼说。

"呃，你得想象它们。"佩特拉小声地说。

蒂凡尼蹙起了眉头："为什么？"

安娜格兰姆骨碌碌地转动着眼睛："因为这是做事情的正确方法。"

"哦。"

"你学过一些魔法吧，有吗？"安娜格兰姆问。

蒂凡尼有一点儿迷惑了。她还不习惯像安娜格兰姆这样的人。"是的。"她说。其他的女孩子都看着她。蒂凡尼忍不住想起了羊。当狗袭击某只羊时，别的羊都逃到一个安全的地方，然后转过身来看着。羊群不会联合起来对付狗，只会庆幸那倒霉的一只不是它们自己。

"那么你最擅长什么？"安娜格兰姆厉声问。

蒂凡尼满脑子想的都是羊，于是脱口而出："软奶丽丝，这是种羊奶酪，非常难做……"

她看着身旁一圈茫然的脸，感觉自己窘迫得双颊发烫。

"呃，安娜格兰姆是问你最擅长哪种魔法。"佩特拉体贴地说。

"虽然你的软奶丽丝做得不错。"安娜格兰姆带着一丝冷酷的微笑说。一两个女孩哼哼了两声，似乎在告诉别人，她们在努力不让自己大声笑出来。

蒂凡尼又低头看自己的靴子。"我不知道，"她含糊地说，"不过我打败过我家乡的精灵女王。"

"真的吗？"安娜格兰姆问，"打败了精灵女王，嗯？你是怎么做到的？"

"我……不知道。我只是生她的气了。"蒂凡尼已经很难想起来那天晚上到底发生了什么。她记得她生气了，非常生气，然后整个世界……都变了。她比鹰更清楚地看到了这个世界，比狗更敏锐地听到这个世界的声音，她感觉到世界在她的脚下的变迁，感觉到山脉是活着的。她还记得当时她想，没有一个人能长时间这样做而最终还会是一个人。

"噢，你穿了一双合脚的靴子。"安娜格兰姆说。女孩们又发出了几声窃笑。"精灵女王，"她又说，"我肯定你打败过她。啊，梦想总是有益的。"

"我没有说谎。"蒂凡尼低声地说。但是没有人听见。

蒂凡尼愠怒而心烦意乱地退到了一旁，看着女孩子们在打开世界的四角，召唤魔法之圈。她们费了不少时间。要是每个人都知道怎么做情况会好些，但是和安娜格兰姆在一起，没有人知道该怎么做，因为她总是不断地纠正她们。她手里拿着一本大书，站在那儿。

"……现在你，格特鲁德，逆时针走，不对，走反了，我都告诉过你一千遍了。露西——露西在哪儿？唉，你应该站在那儿！把圣餐杯拿来——不是那只，是没有手柄的那只……对了。哈丽雅塔，把空气之棒再举得高一点儿，我是说，它必须是在空中，明白吗？看在上帝的份上，佩特拉，请努力看上去显得庄严一些。我理解你本人不那么庄严，但是也许你至少该让我看到你努力了。还有一点，我一直想要告诉你，除非我大错特错，书上没有一句咒语是从'呃'开始的。哈丽雅塔，这是海洋之釜吗？这看上去像海洋之釜吗？我认为不像，你说呢？那是什么声音？"

女孩子们低头往下一看，有人低声说："迪米蒂·哈伯巴伯踩坏了无极发箍，安娜格兰姆。"

"不是上面有小珠子的那只吧？"安娜格兰姆声音紧张地问。

"呃，是那只，"佩特拉说，"不过我肯定她感到非常抱歉。呃……要不要我泡一杯茶？"

书"啪"的一声合上了。

"这有什么意义？"安娜格兰姆冲所有人问，"这、有、什么、意义？你们想做一个乡村女巫度过一辈子吗？给人治疗脓肿和肉瘤，就为了得到一杯茶和一块饼干？嗯，你们想这样吗？"

女巫们一阵骚动，每个人都低声说："不，安娜格兰姆。"

"你们都读过伊尔维吉夫人的书，是不是？"她问，"啊，你们读过没有？"

佩特拉紧张地举起手。"呃……"她开始说。

"佩特拉，我都告诉过你一万遍了，不要一！说！话！就

'呃'！我没有告诉过你吗？"

"呃……"佩特拉紧张地颤抖着。

"看在上帝的份上，说吧！不要总是吞吞吐吐的！"

"呃……"

"佩特拉！"

"呃……"

"你们也许真的努力了，但是，坦白地说，我不知道你们都是怎么了！"

我知道，蒂凡尼心想。你像一条让羊群不安的狗。你不给她们时间完成你的命令，也不让她们知道什么时候她们做对了。你只是不停地叫。

佩特拉紧张得说不出一句话。

安娜格兰姆把书放到圆木上。"唉，我们完全是在浪费时间。"她说，"还是喝一杯你的茶吧，佩特拉，动作快一点儿。"

佩特拉松了一口气，拎起水壶。女孩子们也都放松了一些。

蒂凡尼看着书的封面。上面写道：

《高级魔珐》

女巫莱迪斯·伊尔维吉 著

"魔珐？"她念出了声，"珐？"

"故意这样写的。"安娜格兰姆冷淡地说，"伊尔维吉夫人说，如果我们要想取得进步的话，就必须区分出高级魔珐和日常魔法。"

"日常魔法？"蒂凡尼问。

"正是。我们没有人会在篱笆树丛里嘀嘀咕咕。用书上写下来的咒语，有体面的社交圈，有严格的等级制度，不能每个人想怎么干就怎么干。用真正的魔杖，而不是那些蹩脚的破树枝。有令人尊重的职业作风。绝不能长肉瘤。只有这样才能进步。"

"噢，我认为……"蒂凡尼说。

"我不在乎你怎么认为，你懂得还太少。"安娜格兰姆尖刻地说。她转向其他的女孩子，问道："你们是否都为今年的大赛做好准备了？"每个人都点着头，或低声说着"是的"。

"你怎么样，佩特拉？"她问。

"我想变一个猪的魔法，安娜格兰姆。"佩特拉胆怯地说。

"很好，干这个你差不多还行。"安娜格兰姆说，接着指着圆圈里的女孩子挨个儿问过来，并点头对她们的回答表示赞许，最后她走到了蒂凡尼的面前。

"软奶丽丝？"她说，她的话又引来女孩子们一阵窃笑。

"什么是女巫大赛？"蒂凡尼问，"蒂克小姐提起过，但我不知道到底是怎么一回事儿。"

安娜格兰姆用鼻子哼了一声。

"你告诉她，佩特拉，"她说，"毕竟，是你带她来的。"

佩特拉支支吾吾地，加了很多"呃"，并且不时地看一眼安娜格兰姆，终于向蒂凡尼解释清楚了什么是女巫大赛。

"呃，这是每年一次的聚会，女巫们从各自的山里赶来。呃，见见老朋友，呃，听听新闻，聊聊天。普通人也能参加。当天有一个集市，呃，还有一些演出。

"那是一场，呃，大比赛。下午，每个女巫，呃，都想要炫耀一下自己的魔咒或绝活。很多人会来看比赛。"

在蒂凡尼听来，那就像一场牧羊犬大赛，只是没有羊和犬。今年的牧羊犬大赛在离这儿很近的悬崖村举行。

"有评奖吗？"她问。

"呃，哦，没有，"佩特拉说，"只是为了开心，和兄弟——呃，姐妹情谊。"

"啊哈！"安娜格兰姆说，"甚至连威得韦克斯女士也不会相信什么姐妹情谊！无论怎样，每年的情形都一样。人们全向威得韦克斯女士鼓掌。无论她做什么，她总是赢。她只不过是搞糊涂了人们的思想，她骗他们认为她是最好的。如果和巫师交手，她坚持不了五分钟。他们会真正的魔法。她还穿得像一个稻草人！正是像她这样无知的老女人维护着女巫行业迂腐的陈规，就像伊尔维吉夫人在第一章中指出的那样！"

有一两个女孩似乎不太确信，佩特拉也扭头看着。

"呃，人们确实说她做过一些了不起的事情，安娜格兰姆。"佩特拉说，"还有，呃，他们还说她能看到几英里之外的事物……"

"没错，他们是这么说过，"安娜格兰姆说，"这是因为他们都怕她！她是一个暴君！她做的所有的事情就是威吓人，把人们的头脑搞糊涂！这就是老巫婆的本事，就是这样。在我看来，她离嘀嘀咕咕地说话只有一步之遥了。他们说，她现在声音已经变哑了。"

"她没有对我嘀嘀咕咕地说话。"

"是谁说的？"安娜格兰姆厉声问。

每个人都看着蒂凡尼，她真希望自己没有说过，但是现在，她只能继续说下去。

"她只是有点老，有点严厉，"她说，"但是她很……有礼貌。她没有嘀嘀咕咕地说话。"

"你见过她？"

"是的。"

"她和你说过话，是吗？"安娜格兰姆设下圈套问她，"在你打败精灵女王之前还是之后？"

"之后。"蒂凡尼说，她对这种事情还没有经验，"她骑着一把扫帚出现的，"她又加上一句，"我说的是实话。"

"当然，你说的是实话。"安娜格兰姆狞笑着说，"我猜，她还祝贺了你。"

"不全是这样。"蒂凡尼说，"她似乎很高兴，不过也很难说。"

接着，蒂凡尼说了一句实在是非常、非常愚蠢的话。很久以后，每当她想起这天晚上发生的事情，她就高唱着"啦啦啦"，想把这个晚上的所有记忆都统统抹去。

她说："她还给了我这顶帽子。"

然后她听见，所有的女孩子齐声问道："什么帽子？"

佩特拉把蒂凡尼送回了农舍，并尽全力保证，她相信她。可是蒂凡尼知道，她只是想表示友好。她奔上楼梯的时候，勒韦尔小姐想和她说说话，但是她关上门把自己锁在了屋子里。她踢掉脚上的靴子躺到床上，拉过枕头蒙在脑袋上，想要掩盖耳边回响着的女孩们的讥笑声。

楼下传来佩特拉和勒韦尔小姐压低了声音的谈话声，接着是关门声，佩特拉走了。

过了一会儿，房间里发出了东西在地板移动的声音，她的靴子被拖到了床底下，整整齐齐地摆放好了。奥斯沃德从不休息。

又过了一会儿，那些讥笑声渐渐地消失了，但是她肯定它们不会彻底消失。

蒂凡尼能摸到那顶帽子。至少，她曾经能摸到过。那顶实际上存在的帽子，真实地戴在她真实的头上。但是没人能看见它，即使佩特拉的手在蒂凡尼头上来回晃动着，她也碰不到它。

最糟糕的——没有比这更糟糕的了，它是那么让她丢脸——是她听见安娜格兰姆说："不，不要嘲笑她，这太残忍了。她只是愚蠢，就是这么一回事儿。我告诉过你们，那个老女人只会让人们的头脑变得糊涂！"

蒂凡尼的第一思维是她在跑步，一圈一圈地跑着。她的第二思维是她淋到了一场大雨。只有她的第三思维，轻轻地，在她的脑子里说：即使你的整个世界被彻底地摧毁了，并且再也不可能变好，无论是什么，即使你现在万分沮丧，如果你听见有人端着汤上楼来，这总还是一件好事……

第三思维使得蒂凡尼下了床，走到门口，又引导着她的手打开了门闩，接着，它又让她躺到床上去了。

几分钟后，楼梯上果真传来了上楼的脚步声。

勒韦尔小姐敲敲门，礼貌地等了一下，然后走进屋来。蒂凡尼听见托盘放到了小桌上，接着感到床晃动了一下，勒韦尔小姐坐在了床边。

"我一直认为佩特拉是一个能干的女孩，"过了一会儿，她说，"有一天，她会成为某个村子里很有用的女巫。"

蒂凡尼沉默着。

"她都跟我说了。"勒韦尔小姐说，"蒂克小姐从没提到过帽子的事情。不过，如果我是你的话，我也不会随便告诉她。这听起来像是威得韦克斯女士会做的那种事情。你知道，有时候，和人谈谈会有所帮助的。"

蒂凡尼一声不吭。

"实际上，也不是那么有帮助。"勒韦尔小姐又说，"不过作为一个女巫，我非常好奇，很想听你说说。"

还是没有一点儿反应。勒韦尔小姐叹了一口气，站起身："我把汤留在这儿，要是你让它变得太凉的话，奥斯沃德会把它拿走的。"

她下楼了。

大约有五分钟的时间，屋子里没有一点儿动静。接着，汤匙发出轻微的叮当声，汤盘开始移动了。

蒂凡尼一下子伸出手，紧紧地抓住了汤盘。这是第三思维的工作。第一和第二思维可能理解你当前的不幸，但是有一件事你必须记得：午饭后，你还没吃过东西。

不久后，等到奥斯沃德迅速地拿走空盘子后，蒂凡尼躺在黑暗中，睁着眼睛。

在过去的几天中，这片新奇的土地吸引了蒂凡尼所有的注意力，可是如今，这一切在一场讥笑的暴风雨中流逝殆尽，对家乡的思念又充满了她空虚的心灵。

她想念羊群的声音，想念白垩地的宁静。她想念从她的窗口看出去所见到的星空下群山黑色的剪影。她想念……过去的自己……

她们讥笑她。她们说："什么帽子？"等到她举手去摸那看不见的帽子却没有找到时，她们笑得更厉害了……

十八个月来，她每天都能摸到帽子，但是现在它不在了。她甚至做不成沙姆博。只有她穿了一件绿衣服，而其他的女孩子全都穿着黑衣服。安娜格兰姆戴了很多珠宝，有黑色的和银色的，所有其他的女孩子也都戴了漂亮的沙姆博。谁在乎它们只是被用来做装饰的呢？

也许她根本不是一个女巫。噢，她打败了精灵女王，在小个子和阿奇奶奶的记忆的帮助下，但是她没有用魔法。现在她不能肯定她用的是什么。当时她感觉有什么东西穿过了她的脚底，穿越了群山和岁月，又回来对着长天怒吼道：

"……你怎敢侵入我的世界、我的土地、我的生命……"

但是那顶实际上存在的帽子为她做过什么呢？也许那老女人骗了她，只是让她以为它在那儿。也许她的声音是有点哑了，就像安娜格兰姆说的那样，她只会把事情弄糟。也许蒂凡尼应该回家去，继续做她的软奶丽丝度过余生。

蒂凡尼下了床，爬到床底下打开了她的箱子。她拿出木盒子，在黑暗中打开了，摸到幸运石，握住了它。她希望幸运石能给她带来一点儿鼓励和安慰。但是没有。只有石块表面的粗糙感和石头裂口表面的平滑感，以及介于两者之间的锋利感。

那块羊毛也只是在她的手指上留下了羊的味道，这令她愈加想念家乡、愈加心烦意乱。那银马是冰冷的。

没有人听见她的哭泣声。蒂凡尼内心怀着巨大的痛苦，轻声地啜泣着，她想要，她渴望听到牧场上吹过的风的咝咝声，渴望感受脚底下踏着千百年岁月的感觉。她想念它们，她以前从来没离开过它们，那儿是阿奇家族生活了几千年的地方。她渴望看到蓝色的蝴蝶和辽阔的天空，渴望听到羊群的叫声。

当她感到不安的时候，她总是回家，回到残存的老牧羊小屋旁，在那儿坐上一会儿，这总能让她感觉好起来。

现在，她离它很远，太远了。此刻，她的心中满是绝望和忧伤，却无处倾吐。事情不应该是这样的。

魔法在哪儿？哦，她知道她已经学习了基本的、日常的手艺，可是，什么时候开始学习"女巫"的那部分呢？她一直很努力地在学习，真的很努力，而她就要变成……唉，一个好工人、一个干杂活的女孩和一个可以依靠的人了。可以依靠的人，就像勒韦尔小姐那样。

她曾经期待——唉，什么？噢……学习当女巫的重要技能，像骑扫帚、施魔法，她要以一种高尚而朴素的方式与邪恶的势力对抗，保卫世界。她也要为穷人做一些好事，因为她确实是一个好人。在她以前看到过的图画中，人们没有那么多的病痛，他们的孩子也没有流着那么长的鼻涕，画面上也没有威弗先生乱飞的脚指甲，那简直就是飞镖。

她骑在扫帚上，觉得要呕吐，每次都是这样。她甚至不会做沙姆博。她整日里忙碌着照顾别人，老实说，这些人有时也可以照顾一下自己。没有魔法，没有飞行，没有秘密……只有一些可怕的人物和他们的脚指甲。

她属于白垩地。每一天，她告诉群山它们是什么。每一天，群山告诉她她是谁。但是现在她听不见它们了。

窗外开始下雨了，雨下得很大，蒂凡尼听到了远处隆隆的雷声。

如果是阿奇奶奶，她会怎么做呢？即使是在绝望之中，蒂凡尼也知道这个问题的答案是什么。

阿奇奶奶从不放弃。为了寻找一只迷路的小羊羔，她曾寻找了整整一夜……

她又在黑暗中躺了一会儿，然后点燃了床边的蜡烛，站到了地板上。这件事不能等到明天。

蒂凡尼有一个小窍门，能让她看见那顶帽子。要是你的手在脑袋后面迅速地摆动，你就会看见一条细长的、疾速而模糊的闪光，好像你的手通过那顶看不见的帽子时划出的光亮。

它必须在那儿……

啊，蜡烛放出的亮光足够了。如果帽子还在那儿，那么不管别人怎么想，一切都会好起来……

她站在地毯中间。窗外，闪电在群山之间飞舞。她闭上了眼睛。

花园里，苹果树枝在风中摇摆着，捕梦器和诅咒网碰撞在一起，发出刺耳的声音……

"看见我自己。"她说。

整个世界变得非常安静。世界从来没有这么安静过。蒂凡尼踮着脚往前走，一直等到她已经走到了自己的对面，才收住脚，睁开了眼睛……

她就站在那儿，她的帽子也在那儿，和过去一样，她可以清楚地看到它戴在她的头上。

蒂凡尼的幻象——一个穿着绿裙子的女孩，睁开眼睛，笑着对蒂凡尼说：

"我们看见你了。现在，我们就是你。"

蒂凡尼想要喊"看不见我自己！"，但是她发不出声音……

不远处，一道闪电划破夜空。狂风吹开了窗子。蜡烛的火苗颤抖地跃动了几下，熄灭了。

世界一片黑暗，只听见沥沥的雨声。

第六章　蜂怪

在白垩地的上空，雷声隆隆作响。

珍妮小心地打开妈妈在她离开长湖部落那天给她的那个包裹。那是每一个年轻的凯尔达离家时都会收到的传统礼物。从此后她们不可以再回来。凯尔达永远不再回家。凯尔达所在的地方就是家。

这礼物就是回忆。

包里有一张三角形的羊皮鞣制的皮革、三根木柱子、一根用荨麻搓成的粗绳、一只小皮壶和一把锤子。

她知道怎么做，她见过她妈妈做过很多次。在一堆闷火的四周用锤子敲上三根柱子，再用绳子把羊皮革的三只角绑在柱子上，使它的中央部分适当地凹陷下去，正好能托住一小桶水，那水是珍妮亲自从深井里打来的。

她跪了下来，等到水慢慢地浸透了皮子，便点燃了火。

她意识到在她身后幽暗的地道里，所有菲戈人的眼睛都在注视着她。在她烧水锅的时候，没有人会走近她。每个人都知道，这是十分神秘的。

这其实就是皮锅，早在人类冶铜烧铁之前，它就已经神秘地存在了。它看上去像是魔法，它应该就是魔法吧。但是只要你掌握了窍门，你就知道怎样能在羊皮烧着前，把水烧开。

等皮锅里的水冒出了蒸汽，她熄灭了火。然后，她又加了一点儿小皮壶里的水在皮锅里面，这皮壶里的水有一部分取自她妈妈的皮锅。正是这样，从妈妈传到女儿，从最初开始，不断地传承下去。

等到皮锅凉了一些，珍妮拿出一个杯子，盛满水，喝了下去。地道里的菲戈人发出一声惊叹。

她向后靠着，闭上眼睛等着。什么也没有发生，只有隆隆的雷声在大地上滚过，闪电划过黑暗的天空，骤然闪过一片白光。

接着，在她还没有意识到回忆开始的时候，一切已经悄悄地发生了，她回到了对过去岁月的记忆中。在她的身边，是所有的老凯尔达，从她妈妈开始，她的外祖母、外祖母的妈妈……一直到没有人能记起来……这庞大的记忆之河只流淌了片刻，而这过去无数模糊的记忆却和山脉一般古老。

所有的菲戈人都知道这些。但是只有凯尔达才知道，真正的秘密在于：这记忆之河不是会逝去的河，它是记忆的海洋。

还未出生的凯尔达，在未来的一天也会回忆。在还未到来的夜晚，有那么几分钟的时间，她们也会站在皮锅旁，成为永恒的海洋的一部分。倾听还未出生的凯尔达回忆她们的过去，你能听到你的未来……

珍妮还没有学会捕捉到这些声音所需要的全部技能，但是她听到了一个声音。

又一道闪电划过黑夜，一片白光闪亮，这时珍妮陡然坐直了身子。

"它找到她了，"她低声说，"哦，这个纯洁的小东西！"

蒂凡尼醒来时，雨水已经渗进了地毯里，潮湿的日光泻进了屋中。

她起身关上窗。屋里有几片昨晚吹进来的叶子。

好吧。

她肯定那不是一个梦。发生了一些……奇怪的事儿。她的手指尖刺痛着。她感觉……不同了。不过，就她看来，不是变坏了，绝不是。昨晚她感觉很糟糕，但是现在，现在，她感觉……充满了活力。

事实上，她感到很高兴。她将不再受人控制，她要控制她的生活。她的勇气苏醒了。

她的绿裙子已经穿皱了，也真该洗一洗了。在五斗橱的抽屉里，她还有一件蓝外套，但是不知怎的，她觉得如今穿它似乎不太合适。在她弄到另一件新裙子前，她只能凑合着再穿几天这件绿裙子。

她穿上靴子，接着她站住了，看着它们。

现在她看它们也觉得不顺眼。她从箱子里取出闪闪发亮的新靴子换上了。

蒂凡尼在外面湿湿的花园里找到了穿着睡衣的两个勒韦尔小姐，她正在伤心地捡拾着捕梦器的碎片和落到地上的苹果。花园里的一些装饰物也被打碎了，然而那些疯狂大笑的小矮人却逃过了这次灾难，真是不巧。

勒韦尔小姐拂去遮着她眼睛的头发，说道："非常、非常奇怪。所有的诅咒网都爆裂了，甚至连无趣石也裂了缝。你有没有注意到什么？"

"没有，勒韦尔小姐。"蒂凡尼怯怯地说。

"工作室里所有的沙姆博都裂成了碎片！我是说，我知道它们只是装饰性的，几乎没有任何法力，但是一定发生了什么怪异的事情。"

两个勒韦尔小姐都躲躲闪闪地偷看了蒂凡尼一眼，似乎对她有些怀疑。

"我觉得昨晚的暴风雨有点像某种魔法。我想你们这些女孩子没做什么……怪事情吧，有没有，亲爱的？"

"没有，勒韦尔小姐。我认为她们有点傻。"

"因为，你看，奥斯沃德好像离开了，"勒韦尔小姐说，"他对周围的环境非常敏感……"

蒂凡尼好一会儿才明白了她说的是什么意思，惊讶地说："可他是一直住在这儿的！"

"是的，他从未离开过！"勒韦尔小姐说。

"你有没有试过把汤匙放进刀子的抽屉里？"

"当然！没有一点儿声音！"

"扔一只苹果核？他总是……"

"这是我试的第一件事儿！"

"那么盐和糖的游戏呢？"

勒韦尔小姐踌躇了一下。"哦，这倒没有……"她又快活了起来，"他最喜欢这个，他肯定会出现的，对吗？"

蒂凡尼找出一袋盐和一袋糖，把盐和糖都倒进了一只碗里，接着用手搅拌着这些细小的白色晶体。

蒂凡尼发现，这是她们在做饭时让奥斯沃德忙碌着有事干的一个好办法，他会快乐地花上一整个下午的时间把盐和糖分开，再放回原来的袋子里。但是现在，混合晶体静静地留在碗里，奥斯沃德没有出现。

"噢，好吧……我来把整个屋子找上一遍。"勒韦尔小姐说，好像那是寻找一个看不见的人的好主意似的，"你去照料山羊，行吗，亲爱的？然后接下来，我们必须回忆起饭后是怎样洗餐具的！"

蒂凡尼打开了羊棚的门。通常，母羊黑麦奇会立刻跑出来站到挤奶台上，期待地看着她，好像是在说：我想出了一个新花招。

但是今天不是这样。蒂凡尼往羊棚里一看，羊群一起挤在棚子里黑暗的角落里。她走向它们的时候，它们的鼻孔张开着，惊惶地四下里奔逃。蒂凡尼抓住了麦奇的项圈。她把它拖往挤奶台时，母羊扭动着身子和她对打。它最后还是爬了上去，因为它只能这样做，否则就会被拉断脖子。它站在那儿，喷着鼻息，咩咩地叫着。

蒂凡尼看着它。她的身体里充满了渴望，她想要……做一些事情，想要爬上高山，跃入天空，绕着世界奔跑。她想：这真是愚蠢，我开始我每天生活的第一件事儿就是和一只动物进行智力的较量！

好吧，就让这只母羊看看到底是谁听谁的……

她抓起了扫羊棚的扫帚。黑麦奇惊恐地瞪大了它的小眼睛。"砰"的一声，扫帚打了出去。

它打中了挤奶台，蒂凡尼没想到会打偏。她本想狠狠痛打麦奇一下——这只母羊活该挨打，可她手中的扫帚都打弯了。她再次举起了扫帚，可她眼中的神情和刚才的那声重击已经达到了她想要的效果，麦奇浑身哆嗦着。

"不许再耍花招！"她责骂道，放下了扫帚。

母羊像木头一样一动不动地站着。蒂凡尼给它挤了奶，然后把奶桶拎到牛奶房里称重，将总数记在门旁的石板上，再把羊奶倒进一个大桶里。

剩下的山羊和麦奇一样坏，不过，它们是一群学样学得很快的山羊。

总共收了三加仑的羊奶，这对于十头山羊来说，真是少得可怜。蒂凡尼毫无热情地记下了数字，站在石板前，手里拨弄着粉笔，盯着那数字。这事情有什么意义呢？昨天，她还一心计划着尝试做几种新奶酪，但是现在她觉得，做奶酪真是太乏味了。

为什么她要在这儿，干这些家务琐事，帮助那些愚蠢得不能帮助他们自己的人呢？她可以做……任何事情！

她低头看了看擦得干干净净的木桌子的桌面上。

救我

有人用粉笔写了两个字。可那支粉笔还在她的手里……

"佩特拉来看你了，亲爱的。"勒韦尔小姐在她身后说。

蒂凡尼迅速地将一只羊奶桶移到字的上面，心虚地转过身。

"什么？"她说，"为什么？"

"来看看你是否好些了，我想是这样吧。"勒韦尔小姐说，仔细地打量着蒂凡尼。

那个胖女孩紧张地站在门外的台阶上，手里拿着她的尖顶帽。

"呃，我想我应该来看看，呃，你怎样了……"她轻声说，眼睛盯着蒂凡尼的靴子，"呃，我想没有人真的想要对你不友好……"

"你不聪明，而且你太胖了。"蒂凡尼说。她瞅着佩特拉粉红色的圆脸蛋看了一会儿，知道了一些事情："你都这么大了还有一只泰迪熊……救我……还相信童话故事。"

她"砰"的一声关上门，回到了牛奶房里，直盯着奶桶和乳酪，好像她是第一次看见它们似的。

擅长做奶酪。这是每个人对她的印象：蒂凡尼·阿奇，棕色头发，擅长做奶酪。可是现在，牛奶房看上去是那么陌生，全然不对劲儿。

她咬着牙。擅长做奶酪——她真的想要成为这样的人吗？在世界上人们能做的所有事情当中，她只想成为一个可以依靠的人，一个人们以为她只会发酵牛奶的人吗？她真的想要整日擦桌子、擦地板、洗奶桶、洗盘子和……和那些古怪的线团，和——

"……切奶酪的阔面刀……"

——和切奶酪的阔面刀？她想要她的一生——

等一下……

"谁在那儿？"蒂凡尼问，"刚才有人在说'切奶酪的阔面刀'吗？"

她瞥了四周一眼，好像有人能藏在一包包干草药后面似的。不可能是奥斯沃德。他已经走了，而且他在任何情况下都从不说话。

蒂凡尼抓起奶桶，往右手吐了一口唾沫，想擦掉粉笔写的：

救 我

但是她的右手抓住了桌边，不管她怎样用力拉，它都紧紧地抓住不放。她用力挥打了一下左手，打翻了一桶羊奶，羊奶洗刷掉了那两个字……接着她的右手突然松开了。

门被推开了。两个勒韦尔小姐一起走了进来。当她让自己的两部分像这样肩并肩一同出现的时候，是因为她觉得她有重要的话要说。

"我必须告诉你，蒂凡尼，我认为——"

"——你刚才对待佩特拉的态度非常——"

"——恶劣。她哭着离开了。"

她瞅着蒂凡尼的脸看了一会儿："你还好吗，孩子？"

蒂凡尼颤抖着："嗯……是的，还好。刚才感觉有点奇怪，我听到头脑里有个声音。现在没有了。"

勒韦尔小姐左边的脑袋和右边的脑袋一起看着她。

"要是你真没事的话，那么我去换衣服了。我们最好早点出发。今天我们要做很多事儿。"

"要做很多事儿。"蒂凡尼虚弱地说。

"哦，是的。要去看看斯莱普威克的伤腿，还有格雷姆家生病的孩子。而且我已经有一星期没去看望瑟利·博顿了。让我想想，啊，普罗维又碰到了一些麻烦，我最好抽点时间和斯洛普夫人谈上几句……然后要给威弗先生做午饭，我得在这儿做好后，快点给他送过去。当然，还有范莱特夫人，她的时间不多了。"她叹了口气，"霍伯布洛小姐也一样，又是一个……今天会是很忙碌的一天。很难把所有事情全部做完，真的很难。"

蒂凡尼想：你这个愚蠢的女人，焦虑地站在那儿，只是因为没有足够的时间做人们所要求的一切！你以为你能给他们足够的帮助吗？这些吝啬、懒惰、愚蠢的人，永远只会提要求！格雷姆家生病的孩子？她有十一个孩子！谁在乎失去一个？

威弗先生已经死去了！他只是不想走！你以为他们很感激你，其实他们所做的一切就是为了确保你下回再来！这不是感激，这是以防万一！

这些想法令蒂凡尼自己也吓了一跳，但是它们就那样在她的头脑里冒了出来，差一点儿从她的口中冲了出来。

"这儿也有很多东西要收拾。"她轻声说。

"哦，等我们不在这儿的时候，我会干的。"勒韦尔小姐快活地说，"来吧，笑一个！我们有很多事儿要做呢！"

永远有很多事儿要做。蒂凡尼皱着眉头，跟在勒韦尔小姐后面走进了第一个村子。很多很多的事情。它们从来没有任何区别，没完没了。

她们从一间龌龊发臭的农舍走到另一间龌龊发臭的农舍，伺候那些笨得连肥皂也不会用的人，喝着那些裂了缝的茶杯里的茶，与那些牙齿已经没有脚指头多的老女人聊天。这一切都让她感到恶心。

这是一个晴天。但是当她们继续往前走的时候，天空似乎变得黑暗了，她感到头脑中正在酝酿着一场暴风雨。

接着白日梦开始了。在为某个摔断了胳膊的笨孩子夹夹板的时候，她瞥了一眼农舍的玻璃窗，看见了她自己在玻璃中的影像。

她是一只老虎，长着巨大的虎牙。

她惊叫了一声，蓦地站了起来。

"哦，小心。"勒韦尔小姐说，接着她看到了她的脸，"出什么事了？"

"我……我……被什么东西咬了一下。"蒂凡尼说谎道。这么说绝不会有错的。在这种地方，虱子咬老鼠，老鼠咬孩子。

她拖着身子走到了屋外的阳光下，她感到头晕目眩。几分钟后，勒韦尔小姐走了出来，发现她斜靠在一堵墙上哆嗦着。

"你看上去很不好。"她说。

"蕨草！"蒂凡尼说，"到处都是！大蕨草！还有一些大东西，像是用蜥蜴做成的母牛！"她冲着勒韦尔小姐咧开嘴大笑着，但却没有一点儿快乐的神情，勒韦尔小姐往后退了一步。"你能吃它们！"蒂凡尼眨着眼睛嘀咕，"发生什么事了？"

"我不知道，我刚才才出来。"勒韦尔小姐说，"我是来叫你的。我们要回去了！"

"我告诉她们我抓到了一个，她们嘲笑我。啊，现在是谁在笑了，告诉我，嗯？"

勒韦尔小姐担心的表情变成了一种近乎恐惧的表情。

"这听上去不像是你的声音，好像是一个男人在说话！你感觉还好吗？"

"我感觉……拥挤。"蒂凡尼咕哝着说。

"拥挤？"

"奇怪的……记忆……救我……"

蒂凡尼看着她的手臂。它上面长出了毛发。现在它又变成了光滑的、棕色的了，她的手中拿着一块——

"蝎子三明治？"她说。

"你能听见我说话吗？"勒韦尔小姐问，她的声音非常遥远，"你在说胡话。你确定昨晚你们这些女孩子没有吃魔药或者别的什么吗？"

勒韦尔小姐的扫帚从空中飞落下来，另一半勒韦尔小姐差一点儿从上面摔下来。两个勒韦尔小姐一句话没说把蒂凡尼带上了扫帚，其中一个坐在蒂凡尼身后。

她们很快飞回了农舍。整个飞行的时间里，蒂凡尼的头脑中想的全是热棉絮，迷迷糊糊地不知道自己在哪儿。但是她的身体知道她在飞，她又一次呕吐了。

她们降落在农舍外面的花园里，勒韦尔小姐扶着她下了扫帚，又把她扶到大门边的凳子上坐好了。

"现在你只是坐在这儿。"勒韦尔小姐说。在处理紧急事件时，她会不停地说话，还会在句子里用上过多的"只是"，因为她觉得这是一个能令人冷静的字眼。"我去给你拿杯水来，然后我们只是看看这是怎么一回事儿……"她停顿了一会儿，接着屋子里又传出一连串的话，勒韦尔小姐随着话语声走了出来，"……我'只是'……看看发生了什么。你'只是'喝了这杯水，来。"

蒂凡尼喝着水，她的眼角瞥见勒韦尔小姐正绕着一只鸡蛋织线。她想在蒂凡尼不注意的情形下做一只沙姆博。

奇怪的影像浮现在蒂凡尼的头脑中，一些声音，一些记忆的碎片……还有一个她自己的抵抗的声音，又细又轻，越来越微弱了：

"你不是我。你只是以为你是我！来人啊，救我！"

"那么，现在，"勒韦尔小姐说，"让我们来看看我们能看见……"

沙姆博爆炸了，不是裂成了碎片，而是烧成了火和烟。

"哦，蒂凡尼，"勒韦尔小姐说着狂乱地挥散了那股烟，"你还好吗？"

蒂凡尼慢慢地站起身。勒韦尔小姐觉得她似乎比她记忆中的样儿要高。

"是的，我想我很好。"蒂凡尼说，"我过去一直都不太好，但是现在我很好。而且我认为我一直在浪费时间，勒韦尔小姐。"

"什么？"勒韦尔小姐开始问。

蒂凡尼的一只手指指着她。"我知道你为什么不得不离开马戏团，勒韦尔小姐。"她说，"这件事和小丑弗洛波有关，特技梯子，还有……乳蛋糕……"

勒韦尔小姐的脸色变得苍白："你怎么会知道这些？"

"我只要看着你就能知道！"蒂凡尼说，推着她走进牛奶房里，"看看这个，勒韦尔小姐！"

她伸出一根手指。一把汤匙升到了离桌面一英寸的空中。接着它开始旋转，越转越快，直到发出噼啪的爆裂声，汤匙裂成了碎片。裂片打着转飞出了屋子。

"我还能做这个！"蒂凡尼叫道。她抓起一碗羊奶凝乳倒在桌上，然后一只手在那上面挥动着，凝乳变成了奶酪。

"从现在起，奶酪应该是这样做的！"她说，"想想我浪费了那么多年的时间学习那些愚蠢的方法！这才是一个真正的女巫的方法！为什么我们要在泥土里爬呢，勒韦尔小姐？为什么我们要围着草药转，给那些发着臭味的老男人包扎腿呢？为什么我们只能得到鸡蛋和不新鲜的蛋糕呢？甚至连像母鸡一样愚蠢的安娜格兰姆都能看出这是错误的。为什么我们不使用魔法呢？为什么你这么害怕呢？"

勒韦尔小姐努力笑了笑。"蒂凡尼，亲爱的，我们都要经历这一些的。"她声音颤抖着说，"虽然我不得不承认，我没有你……这么激烈。答案是……哦，那样做是很危险的。"

"是的，但是这是人们用来吓唬小孩子的话。人们总是讲一些可怕的故事来吓唬我们，让我们感到害怕！不要到可怕的大森林里去，那儿到处是吓人的东西……救我……人们就是这样告诉我们的。但是这不是真的，事实上，森林应该害怕我们！我要出去走走了！"

"我想这是一个好主意，"勒韦尔小姐无力地说，"直到你平静下来。"

"我没有必要听你的！"蒂凡尼吼叫着，重重地在身后关上了门。

勒韦尔小姐的扫帚就在不远处的墙上斜靠着。蒂凡尼站住脚，瞅着它。此刻她的情绪非常激动。

过去她总想远远地躲开它。勒韦尔小姐曾哄骗她试飞过一次，她手脚并用，紧紧地抓住扫帚。两个勒韦尔小姐都跟在她身旁跑着，手里抓着连着扫帚的绳子，嘴里说着鼓励她的话。等到她第四次呕吐的时候，他们放弃了。

好吧，那是过去的事情了！

她抓起了扫帚，一只腿跨了上去——但发现她的另一只脚像钉子一样，牢牢地钉在了地上。她想把扫帚拉起来，可扫帚疯狂地扭动着。当她终于将那只脚拖离了大地，扫帚又倒转了个儿，她头朝下地骑在扫帚上。这可不是开始一次美妙飞行的最佳姿势。

她缓缓地说道："我不会听你的，你要听我的。不然的话，下次我就带把斧子来！"

扫帚翻转了回来，轻轻地升到了空中。

"对了。"蒂凡尼说。这一次她没有害怕，这一次只有不耐烦。大地在她脚下疾速后退，她一点儿也不担心。要是扫帚不让这种畏惧的感觉远离她，她就打它……

扫帚渐渐地飞远了，从勒韦尔小姐花园的草地深处传出了低语声。

"啊，我们来迟了，罗伯。那是蜂怪，是蜂怪。"

"是的。但是你看见那只脚了吗？它还没有获胜——我们的小巫婆还在她身体的某个角落里！她正在和它对抗！在没有全部占据她之前，它还不能获胜！伍莱，你可不可以住手不要抓那些苹果了！"

"我很抱歉这么说，罗伯，但是没有人能对抗蜂怪。这就像你和你自己打仗。你越对抗，它就越多地占有你。等到它全部占有了你……"

"用刺猬尿擦擦你的嘴，大扬！这是不可能发生的——"

"天啊！那个大巫婆来了！"

半个勒韦尔小姐从屋里走了出来，走进了被毁坏的花园里。

她凝望着飞远的扫帚，摇了摇头。

傻伍莱为了抓一只掉在地上的苹果暴露在一片空地中。他转身要逃。要是他没有撞到一个陶瓷地精的话，他早就溜掉了。他一下子跳了起来，大吃一惊，蹒跚地跨着步子，尽力想看清楚他面前的这个又大又胖的圆脸家伙是什么。他实在太生气了，没有听见花园大门的咔嗒声和轻轻走近的脚步声。

遇到需要在逃跑和打仗之间作出选择的时候，一个菲戈人从不细想，根本不想。

"你笑什么呢，哥们儿？"他问，"哦，是啊，你以为自己是个大男人，嗯，就因为你有一根钓鱼竿？"他两只手抓住小矮人粉红色的尖耳朵，用头对准对方的鼻子撞了过去。结果证明那是一只坚硬的陶瓷鼻子，鼻子裂成了碎片，就像在这种情形下通常发生的那样。这一撞让小个子停了下来，摇晃着身子，打着转儿。

太迟了，他看见勒韦尔小姐正从门口向他冲来。他转身要逃，恰好撞进了另一个勒韦尔小姐的手里。她一把抓住了他。

"你知道，我是女巫。"她说，"要是你不马上停止挣扎的话，我会让你经受最严厉的折磨，你知道那是什么吗？"

傻伍莱惊恐地摇着头。多年玩杂耍的经历使得勒韦尔小姐的手像钢一样有力。在下面的草丛里，其他的菲戈人都竖起耳朵听着。

勒韦尔小姐嘴对着他，说道："我这就放了你，不会让你尝到我碗柜里的二十一年的麦克伯拉淡麦芽酒啦。"

罗伯跳了出来。"啊，天啊，夫人，你怎么能干这种事儿！你难道没有一点儿怜悯心吗？"他叫道，"你真是一个残忍的巫婆……"他停了下来。勒韦尔小姐微笑着看着他。罗伯朝四周看了看，把剑扔到了地上，叫道："啊，天啊！"

菲戈人尊敬女巫，尽管他们把她们称作巫婆。而这一位呢，拿出一条面包和一整瓶威士忌搁在桌上供他们享用，你更要尊敬这样的巫婆了。

"我当然听说过你们，蒂克小姐也提起过你们。"她一边说一边看着他们吃喝，他们吃得可真够多的，"但是我一直以为你们只是一个神话。"

"啊，是的，要是你不介意的话，我们很想一直都那样。"罗伯说着打了一个饱嗝儿，"真是太糟了，那些学考古的男士们想要挖我们的古墓，那些学民俗学的女士们又想拍我们的照片。"

"你们照看着蒂凡尼的农场，罗伯？"

"啊，是的，我们不拿一分报酬。"罗伯激动地说。

"是的，我们只是拿几个鸡蛋、一点儿水果和一些旧衣服……"傻伍莱开始说。

罗伯看了他一眼。

"嗯……我是不是又该闭上我的大嘴了？"傻伍莱问。

"没错，正是。"罗伯说。他又转向勒韦尔小姐，"可能我们会拿些苦啤酒——"

"它们都锁在橱柜里——"傻伍莱快活地补充道。

"但是我们没有拿柜子。"罗伯瞪了他兄弟一眼，"我们还照看那些船①。"

"你们从那儿能看到大海？"勒韦尔小姐说，感到一阵困惑。多数人和菲戈人说话时，都会有这种感觉。

"罗伯是指羊。"大下巴小比利说，游吟诗人对语言比其他人更精通一些。

"是的，我是说，船。"罗伯说，"不管怎样……啊，我们照看她的农场。她将像她奶奶一样，成为我们山里的巫婆。"他又骄傲地加上一句，"正是因为有了她，山才知道它们是存在的。"

"可蜂怪是……？"

罗伯犹豫了。"我不知道用巫婆的话应该怎么说。"他说，"大下巴小比利，你懂她们的语言。"

---

① 英文中，船（ship）的发音和羊（sheep）的发音相似。菲戈人经常将两者弄错。——编者注

比利咽了一口唾沫。"有一些古老的诗歌说到过它，夫人。有的说它像是没有身体的头脑，但是不会思想。有的说它什么也不是，只是恐惧，但它永远不会死。它到底是什么呢……"他的小脸皱了起来，"它就像是羊身上的一种东西。"他断言道。

菲戈人都停止了吃喝，一起来帮助他。

"羊角？"

"羊毛？"

"尾巴？

"脚？"

"椅子？"这是傻伍莱的声音。

"羊身上的虱子。"比利思索了一番之后说。

"你是说寄生虫？"勒韦尔小姐问。

"没错，就是这个词。"比利说，"它爬进你的身体，它寻找那些能力强大的宿主，你知道的，国王、巫师、领导人。他们说在很久很久以前，人类还没有出现的时候，它们活在野兽的身体里，最强壮的野兽，你知道的，长着很大很大的牙齿。等它找到了你，它就会寻找机会，溜进你的脑袋，最后它变成了你。"

菲戈人谁也不说话，他们都望着勒韦尔小姐。

"变成了你？"她问。

"是的。你还能有你的记忆，只是……它会改变你。它给你很多能力，但是它将取代你，把你变成它自己。你仅剩的那部分，可能，会和它对抗，再对抗，但是那一部分也会缩小，再缩小，直到一点儿不剩，真正的你自己则变成了一个回忆……"

菲戈人望着两个勒韦尔小姐。你永远不知道在这种时候，一个巫婆会怎么做。

"巫师曾召唤过魔鬼。"她说，"虽然我知道那件事发生在一千五百年前，可他们可能还在这么做。不过这需要运用许多魔法。我相信你们也能和魔鬼说话，而且万事总有规则。"

"从没听说过蜂怪会说话。"比利说，"它也从不遵守规则。"

"但是为什么会是蒂凡尼？"勒韦尔小姐说，"她的法力并不强大啊！"

"她的力量来自于在她身体里的那片土地。"罗伯激动地说，"那不是用来施小魔法的力量，当情况紧急时，这力量就会出现。我们见过的，夫人！"

"可是蒂凡尼不会任何魔法啊。"勒韦尔小姐不解地说，"她是很聪明，但是她甚至做不成一只沙姆博。你们肯定是搞错了。"

"小伙子们，最近你们有没有人见过小巫婆施魔法？"罗伯问。很多人都摇着头，许多珠子、甲虫、羽毛和各种各样的头饰阵雨似的从他们头上掉了下来。

"你们监视——我是说，你们一直都在守护着她？"勒韦尔小姐震惊地问。

"噢，是的，"罗伯快活地说，"当然不会在厕所里。进她的卧房也变得越来越困难了，不知什么原因，她把缝隙都给堵上了。"

"我想不出是为什么。"勒韦尔小姐谨慎地说。

"我们也想不出，我们认为可能是因为风太大了。"

"我猜也是这样。"勒韦尔小姐说。

"所以，多数人是从一个老鼠洞里钻进房间的，躲在她的旧娃娃屋里面，直到她睡着了才出来。"罗伯说，"你不要那样看着我，夫人。小伙子们都是十足的绅士，他们紧紧地闭着眼睛，一直等到她穿好了睡衣才会睁开。另外还有一个守卫在窗边，还有一个在门边保护她。"

"保护她什么？"

"任何事情。"

勒韦尔小姐的头脑中出现了这样一幅画面：月光下，一间安静的睡房里，一个孩子在睡觉。她看见，在月光照亮的窗边，有一个小个子在守护着，另一个站在门边的阴影里。他们在保护她什么呢？任何事情……

但是现在，那东西，那个怪物占有了她，她被锁在她体内的一个小角落里。但是她从未使用过魔法！如果是别的哪个胡乱折腾的女孩子，我能理解，可是……蒂凡尼？

一个菲戈人慢慢地举起了手。

"怎么了？"她问。

"是我，夫人，大扬。我不知道那算不算是使用魔法，夫人，"他紧张地说，"但是和大安格斯差不多大的安格斯和我有一回见过她做过件奇怪的事情，嗯，和大安格斯差不多大的安格斯？"他旁边的一个菲戈人朝他点了点头，说话者继续说，"那次她穿上她的新衣服，戴上她的新帽子……"

"她看上去也非常漂亮。"和大安格斯差不多大的安格斯说。

"是的，非常漂亮。她穿上这一身衣服，站到地板中央，接着她说——她说什么了，和大安格斯差不多大的安格斯？"

"'看见我自己'。"和大安格斯差不多大的安格斯马上说。

勒韦尔小姐看上去一片茫然。说话者似乎对自己提及此事感到有点抱歉，不过他继续说："过了一会儿，我们又听见她的声音说'看不见我自己'，然后她调整了一下帽子，你知道，可能是为了戴得更舒服一些。"

"哦，你是说她在我们称之为'镜子'的东西里看她自己吧。"勒韦尔小姐说，"那是一种……"

"我们知道什么是镜子，夫人。"和大安格斯差不多大的安格斯说，"她屋里有一面小镜子，但上面都是裂缝，很脏，不能照到她的全身。"

"偷东西时镜子非常有用。"罗伯说，"我们给我们的珍妮弄了一块石榴红边的银镜。"

"她说'看见我自己'？"勒韦尔小姐问。

"是的，接着又说'看不见我自己'。"大扬说，"在说这两句话之间的时间里，她像一座雕塑似的一动不动。"

"听起来她好像要发明一种隐身魔咒，"勒韦尔小姐沉思着，"但是它们的效果又不像。"

"我们认为她是想发射她的声音。"和大安格斯差不多大的安格斯说，"她的声音听起来好像是从别的地方发出来的，你知道的？我们打猎时，小伊恩就能让声音在树林里听上去那样。"

"发射她的声音？"勒韦尔小姐皱着眉头说，"你们为什么会这么想？"

"因为她说'看不见我自己'的时候，那声音不像是从她嘴里发出来的，她的嘴唇没有动。"

勒韦尔小姐盯着菲戈人看了一会儿，等到她开口说话的时候，她的声音变得有一点儿奇怪。

"告诉我，"她说，"当她站在那儿的时候，她是不是一动不动？"

"只是非常慢地呼吸，夫人。"大扬说。

"她的眼睛是不是闭着？"

"没错！"

勒韦尔小姐的呼吸开始变得急促起来。

"她走出了自己的身体！一百个女巫里没有——"

"——一个会这么干！"她说，"这是借用自己的身体，借用！这比马戏团里任何杂耍都要危险！它把你的大脑——"

"——带到了别处！在你尝试这么做以前，你必须先——"

"——学会如何保护自己！而她这么做只是因为她没有一面镜子？这个小傻瓜，为什么她不——"

"——说呢？她走出自己的身体，把它留在那儿，任何东西都可以占据它！我想知道——"

"——她认为她是在——"

"——做什么？"

过了一会儿，罗伯轻轻地咳嗽了一声。

"我们对于打架、喝酒和偷东西这些问题比较在行。"他咕哝着说，"我们不太了解魔法。"

第七章　布雷恩的遭遇

某种把自己叫作蒂凡尼的东西飞过树梢。

它以为它是蒂凡尼。它能记得关于蒂凡尼的所有的事情——几乎是所有的事情。它看上去像是蒂凡尼，它甚至能多多少少像蒂凡尼一样思考。成为蒂凡尼所需要的一切条件它都具备了……

……除了蒂凡尼。除了她仅剩下的一部分还是……她自己。

这一小部分的她努力想要用她自己的眼睛看，用她自己的耳朵听，用她自己的大脑思考。

蜂怪不是依靠武力占据它的受害者，它只是无声无息地侵入你，就像寄居象那样。[①] 它就那样一点点地把你占有了，直到它侵占了所有的地方，没有了你的位置……

---

① 生活在碟形世界霍华德地区的寄居象皮很厚（其实它们很害羞，脸皮很薄）。年轻的小象常常趁着泥屋的主人外出时，溜进小屋居住。它们是非常脑膜的动物，不会伤害人。但是大多数人在它们搬入后，很快就搬出了自己的小泥屋。原因是，寄居象总要把屋子卷离大地，背在它的背上，带着屋子在南部的大草原上游弋，在它找到的每一处丰茂的草地上安顿下来，这使得家务劳动变得非常难以预测。然而，一大群寄居象背着它们的小屋在草原上迁移的场面，是这片大陆上最壮观的景象之一。——作者原注

除非——

它现在碰上了麻烦。它像黑潮一样漫过她的身体，但是，还有一个地方，依然被密封着，紧紧地关闭着。如果它只有树的大脑，它会感到困惑。

如果它有人的大脑，它会感到害怕的。

在一片树林的上空，蒂凡尼的扫帚飞低了，她灵巧地降落在伊尔维吉夫人的花园里。这并没什么难的，她想。你只要想让它飞就行了。

接着她又吐了，或者说是想要吐。由于她在空中已经吐过两次，因此胃里已没剩下多少东西可吐了。这真是可笑！她已经不再害怕飞行了，但是她愚蠢的胃还害怕！

她仔细地擦干净嘴巴，环顾着四周。

她降落在一片草坪上。她曾经听说过"草坪"这个词，但从没见过一片真正的草坪。勒韦尔小姐的农舍周围全是草地，但那只是……嗯，长在空地上的草。她见过的其他花园，都是用来种蔬菜的，要是家中妻子坚持的话，可能会留出一小块地方种点花。一片草坪，意味着你足够奢侈，能够负担得起一大片土地不种土豆带来的损失。

这块草坪由深浅两色的草铺成了条纹图案。

蒂凡尼对扫帚说："待着别动！"然后大步走过草坪，朝大屋走去。这栋房子比勒韦尔小姐的农舍豪华多了，从蒂凡尼听说的情形来看，伊尔维吉夫人是位比较高级的女巫。她和一名巫师结了婚，虽然这些日子里那名巫师从没施过任何巫术。这真是一件好笑的事情，不过勒韦尔小姐说过，你很少能有机会碰到一个蹩脚的巫师。

她敲了门，然后等着。

门廊下挂着一个诅咒网。你也许会以为女巫不需要这样的东西，蒂凡尼猜想女巫们只是把它们当作装饰而已。门前也斜靠着一把扫帚，门上有一颗五角银星，是伊尔维吉夫人为自己做的广告。

蒂凡尼再次重重地敲了敲门，这回敲得更响了。

门立刻打开了，开门的是一个高高瘦瘦的女人，穿着一身黑衣。这是一件装饰繁复的深黑色衣服，处处是蕾丝和褶边，缀满了多得超出蒂凡尼想象的银饰珠宝。她的手指上不只戴着戒指，还特意戴了一种银指套，看上去就像爪子。她全身上下好像夜晚的天空一样闪闪发光。

她戴着尖顶帽，勒韦尔小姐在家的时候从来不戴。这顶帽子比蒂凡尼见过的任何一顶帽子都高，上面有一些星星，银色的帽针闪烁着。

所有这一切加起来应该能给人留下深刻的印象。但是没有。一部分原因是东西太多了，但是更主要的原因是伊尔维吉夫人她自己。她长着一张瘦削的长脸，那神情似乎想要责骂一只闯进她草坪的隔壁人家的小猫。她看上去似乎一直都像是那个样儿。在她开口说话前，她目光犀利地看了一下大门，查看了一眼刚才那记重重的敲门是否留下了刮痕。

"什么事儿？"她傲慢地问，或者说是她自以为自己很傲慢。实际上她的声音听起来像被勒住了脖子。

"保佑这屋子里所有的一切。"蒂凡尼说。

"什么？哦，是的。荣光的魔法照耀着你我。"伊尔维吉夫人连忙跟着说，"你有什么事儿？"

"我来找安娜格兰姆。"蒂凡尼说着心想：她身上的闪光实在是太多了。

"哦，你是她的朋友？"伊尔维吉夫人问。

"不……完全是，"蒂凡尼说，"我和勒韦尔小姐一起工作。"

"哦，她。"伊尔维吉夫人说，上下打量着她，"绿色是很危险的颜色。你叫什么，孩子？"

"蒂凡尼。"

"哼，"伊尔维吉夫人颇不以为然地说，"好吧，你最好进来。"她抬头看了一眼，嘴里发出"哧"的一声，"哦，你想不想看看这个？是我在斯莱斯的工艺品市场上买的。它非常贵！"

那个悬挂着的诅咒网裂成了碎片。

"不是你干的，是不是？"伊尔维吉夫人问。

"它太高了，伊尔维格夫人。"蒂凡尼说。

"念伊尔维'吉'[①]。"伊尔维吉夫人冷冰冰地说。

"请原谅，伊尔维吉夫人。"

"进来吧。"

这是一栋奇怪的屋子。你不可能猜到一个女巫会住在这样的屋子里，不只是因为每个门框上方都挖出了一个高高的尖形好让伊尔维吉夫人的尖顶帽通过。勒韦尔小姐的墙上只有马戏团的海报，而伊尔维吉夫人的墙上则挂满了大幅漂亮的图画，

---

① 伊尔维吉发音伊尔维格（Earwig）时，有小虫子的意思。——编者注

都是关于……女巫的。画面上有很多月牙儿，一些年轻的、显然衣服穿得不够多的女子和一些吹着号角还有其他乐器的男子。地上的瓷砖上还有太阳和月亮，蒂凡尼被带入的那间房间的天花板非常高，漆成了蓝色，上面画着一颗颗星星。伊尔维吉（不是伊尔维格）夫人指着一把狮身鹰头兽脚的椅子，那上面有几只月牙形靠枕，对她说：

"坐在那儿，我去告诉安娜格兰姆你来了。请不要踢椅子腿。"

她从另一扇门走了出去。

蒂凡尼环顾着四周。

蜂怪环顾着四周。

我要成为最强大的。等到我成为最强大的，我就安全了。那个女巫很弱，她以为魔法是买得到的。

"哦，真的是你，"她身后一个刺耳的声音说，"奶酪女孩。"

蒂凡尼站了起来。

这个蜂怪变成过许多东西，包括很多巫师，因为巫师时时刻刻在寻找更强大的法力，而他们发现，在他们那个暗藏危险的圈子里，有时候，一些愚蠢的恶魔会受到恐吓和谜语的欺骗。但是，蜂怪反而因为太愚蠢，无法被骗。这个蜂怪记得……

安娜格兰姆喝着一杯牛奶。一旦你见过伊尔维吉夫人，你就会理解安娜格兰姆身上的某种东西。她的神情就好像她正在给这个世界记笔记，为了制订出一长串改进的建议。

"你好。"蒂凡尼说。

"我猜你是来请求我允许你加入我们的吧，是不是？我想你是在开玩笑。"

"不，正相反，我也许可以让你加入我。"蒂凡尼说，"你的牛奶好喝吗？"

牛奶杯变成了一束蓟和草。安娜格兰姆慌忙松开了手。杯子砸到地上，又变成了一杯牛奶，杯子碎了，牛奶洒到了地上。

蒂凡尼手指着天花板，画出来的星星闪烁着，照亮了房间。但安娜格兰姆一直在盯着泼洒的牛奶。"你知道吗，他们说法力会出现的。"蒂凡尼在她身边一边走一边说，"啊，它走向了我。你想成为我的朋友吗？或者你想……听我的话吗？如果我是你，我会把牛奶擦干净。"

她集中意念。她不知道那力量来自哪儿，但是那力量似乎知道自己想要做什么。

安娜格兰姆升到了离地面几英寸的半空中。她挣扎着想逃，但结果她只是在空中打着转儿。让蒂凡尼最高兴的是，她开始哭了。

"你说我们必须使用我们的法力。"蒂凡尼边说边绕着安娜格兰姆走动起来，她努力想要挣脱，"你说如果我们有天赋，就应该让人们知道。现在你和你的脑袋一起转着。"蒂凡尼弯下身，看着她的眼睛说："要是它们转了不同的方向，后果是不是会很可怕啊？"

她挥了一下手，她的囚犯摔到了地上。安娜格兰姆很不高

碟形世界 ③

魔法很强大，但你自己更强大

兴，她可不是一个懦夫。她站起身，张开嘴巴准备喊叫，同时举起了一只手——

"当心，"蒂凡尼说，"我还会那样做的。"

安娜格兰姆也不笨。她放下手，耸了耸肩。

"好吧，是你运气好。"她不情愿地说。

"但是我仍然需要你的帮助。"蒂凡尼说。

"为什么你会需要我的帮助？"安娜格兰姆绷着脸生气地问。

我们需要联盟者，蜂怪通过蒂凡尼的大脑思考着，他们能保护我们。必要的时候，我们可以牺牲他们。人们都喜欢和能力强大的人交朋友，而这一个女巫，她热爱权力……

"首先，"蒂凡尼说，"我从哪儿能弄到像你一样的衣服呢？"

安娜格兰姆的眼睛亮了起来。"哦，你去萨莱特·威斯奥特村找扎克扎克·斯特因德阿姆吧，"她说，"他卖现代女巫的所有东西。"

"那么我就要所有的东西。"蒂凡尼说。

"他要收钱的。"安娜格兰姆继续说，"他是个矮人，矮人都能识别真金子和假金子。我们每个人都试过他一次，他只是笑笑。如果你试第二次的话，他会向你的女主人告状的。"

"蒂克小姐说一个女巫有足够用的钱就够了。"蒂凡尼说。

"没错，"安娜格兰姆说，"足够买下她所有的东西的钱！伊尔维吉夫人说我们没必要像农民一样生活，因为我们是女巫。勒韦尔小姐已经过时了，不是吗？她家里可能根本没有钱。"

但是蒂凡尼说："哦，我知道我能从哪儿弄到钱。明天下午我来这儿接你……请救救我吧！……然后你带我去扎克扎克那儿。"

　　"谁在说什么？"安娜格兰姆敏锐地说。

　　"我刚才说我会在……阻止我！……明天下午……"蒂凡尼说。

　　"又来了！好像是一种奇怪的……你的声音的回声，"安娜格兰姆说，"就像两个人想抢着一起说话。"

　　"哦，那个嘛，"蜂怪说，"那没有什么，它很快就会停止的。"

　　这是一个很有趣的头脑，蜂怪很享受它——但是总还有一个地方，一小块地方关闭着。这真是令人生气，就像一粒不肯消退的疥疮。

　　蜂怪没有思想。蜂怪的思想就是它曾经寄居过的头脑的记忆。它们就像是远去的音乐的回声。但是即使是回声，一个个音符交互弹跳着，也能唱出新的和声。

　　现在，它们发出了铿锵的声音，它们洪亮的声音像是在说：要配合。还不够强大，不能树敌。要交朋友……

　　扎克扎克天花板低低的、幽暗的小店里有很多东西能让你花掉不少钱。他的确是个矮人，矮人历来对使用魔法不感兴趣，但是他当然知道怎样展示商品，矮人在这方面是很在行的。

　　店里有很多魔杖，大多是金属的，剩下的是用珍稀的木头做成的。一些魔杖上镶着闪闪发亮的水晶，它们的价钱当然要贵一些。在魔药区域，放着一只只彩色的玻璃瓶子。奇怪的是，瓶子越小，价格越高。

"这是因为制作它们的原料非常稀有，比方说某些罕见的蛇的眼泪或者别的什么东西。"安娜格兰姆说。

"我不知道蛇还会哭。"蒂凡尼说。

"蛇不哭吗？哦，也许吧，我想这就是为什么它们这么贵的缘故吧。"

店里还有很多其他的东西。天花板上悬挂着的一只只沙姆博，比蒂凡尼见过的临时制作的沙姆博要漂亮得多、有趣得多。由于它们已经完全制作完成了，它们当然是死的，就像勒韦尔小姐那些当作装饰品的沙姆博一样。但是它们看上去真好看——好看是非常重要的。

甚至还有能看到里面的石头。

"水晶球。"安娜格兰姆说，蒂凡尼拿起了一个。"小心！它们非常贵的！"她指着一张指示牌说，那张牌子被周到地放置在闪光的圆球中间。牌子上写着：

看着好看

拿着愉快

要是砸了

野马分尸

蒂凡尼挑了一只最大的拿在手中，她看见扎克扎克离开他的柜台向她们走了几步，准备着一旦球掉了，就拿着账单朝她冲过来。

"蒂克小姐用的是一杯清水，往里面倒一些墨水。"她说，"她常要问人讨一点儿水和墨水。"

"哦，小儿科的做法。"安娜格兰姆说，"莱蒂斯——就是伊尔维吉夫人——说这样做会降低我们的身份。难道我们真的想要人们认为女巫就是一群像乌鸦一样的老女人吗？这也太'扮家家'了吧！在这些事情上，我们的确应该更专业一些。"

"嗯，"蒂凡尼说着把水晶球抛向空中，又一只手抓住了它，"也许我们应该让人们害怕女巫。"

"这个嘛，呃，他们当然应该尊重我们。"安娜格兰姆说，"嗯……要是我是你，我会很当心地拿着它……"

"为什么？"蒂凡尼说着将水晶球从肩膀上向后扔了出去。

"这是最好的石英！"扎克扎克叫着从柜台边冲了过来。

"哦，蒂凡尼。"安娜格兰姆吃惊地说，努力不让自己笑出声来。

扎克扎克冲过她们的身边，冲向那只砸到地上、碎成昂贵的碎片的水晶球。

那儿没有昂贵的碎片。

他和安娜格兰姆都回过头来看着蒂凡尼。

她的手指尖上，正转动着那只水晶球。

"手快得骗过了眼睛。"她说。

"可是我听见它碎了！"扎克扎克说。

"也骗过了耳朵。"蒂凡尼说着把球放回了原处，"我不要这个，我要……"她的手指着，"我要这条项链，还有这条，以及上面有猫的那条，还有那只戒指和这一套，还有两套，不，三套那个，还有——这是什么？"

"嗯，是黑夜之书。"安娜格兰姆说，"它是魔法日记簿用来记录你的工作……"

蒂凡尼拿起了那本皮本子。在厚重的皮封面的中央，镶着一对眼睛，它骨碌碌转动着看着她。这是一本真正的女巫的日记簿，比她从小贩手里买来的那本让人丢脸的廉价旧本子豪华多了。

"这是谁的眼睛？"蒂凡尼问，"是哪个有趣的家伙？"

"嗯，这是我从隐形大学①的巫师那儿弄来的。"扎克扎克说，他还在哆嗦着，"它们不是真正的眼睛，但是很聪明，它们一直转动着，直到看见另一个人的眼睛。"

"它刚才眨了一下眼睛。"蒂凡尼说。

"巫师是非常聪明的人。"那个矮人说，他知道买卖来了，"要我帮你包起来吗？"

"好的，"蒂凡尼说，"把所有的东西都包起来。现在……有人能听见我说话吗？……带我去服装部……"

……那儿有许多帽子，和所有其他的东西一样，都十分时髦。有一种螺旋式尖顶帽，融入了音乐厅的设计风格，尖顶的螺旋转得那么长，几乎垂到了地面。即使是最传统的帽子（直立式锥形，黑色）也有许多不同的款式，像"乡村女士"（内有口袋，防水）、"摩天楼"（扫帚飞行时阻力系数低），还有，很重要的一种，"四季平安"（对于倒塌的农舍，生存安全系数为80％）。

---

① 碟形世界中的一所巫师（男巫）大学。——编者注

蒂凡尼挑了一顶最高的直立式锥形帽。它有两英尺多高，上面缝着一颗颗大星星。

"啊，'摩天楼'，很适合你。"扎克扎克说，他忙乱地打开一个个抽屉，"它是专为向高级别发展的女巫设计的帽子。她们知道自己需要什么，也不在乎这要花上多少只青蛙，啊哈。顺便说一句，许多女士戴它的时候都喜欢穿上大斗篷。这儿，我们有'午夜时光'，纯羊毛，精纺，非常暖和，但是……"他很了解地看了蒂凡尼一眼，"我们新近刚进了一批限量供应的'轻风飞舞'，非常罕见，黑得像炭，轻得像影子，完全不能用来挡雨保暖，但是，即使只是一阵最弱的微风，也能让它看起来那么惊人。请看——"

他拿起斗篷，轻轻地一吹。斗篷几乎是水平地波浪般翻腾起来，好像大风中的一张薄床单一样起伏着，飘动着。

"哦，是的。"安娜格兰姆说。

"我要了。"蒂凡尼说，"我要穿着它去参加星期六的女巫大赛。"

"啊，如果你赢了，一定要告诉每个人你是从我这儿买的。"扎克扎克说。

"等我赢了，我会告诉她们我是以很高的折扣价买下它的。"蒂凡尼说。

"哦，我这儿不打折。"扎克扎克用一个矮人所能有的最高傲的态度说。

蒂凡尼瞅了他一会儿，然后从展示品中拿起一根最昂贵的魔杖。魔杖闪闪发光。

"这是'六号'，"安娜格兰姆轻声说，"伊尔维吉夫人也有一根。"

"我看见它上面写着一些神秘的咒语。"蒂凡尼说，她的语气中有某种东西让扎克扎克的脸变白了。

"哦，当然，"安娜格兰姆说，"你必须要有魔咒。"

"这些字是用欧甘文写的。"蒂凡尼说着阴险地冲扎克扎克笑了笑，"这是矮人的古老语言。要我告诉你它们写了什么吗？写着：'哦，挥动这根魔杖的人是多么无能啊。'"

"不要用这种卑鄙恶劣的腔调跟我说话，年轻的小姐！"那个矮人说，"你的女主人是谁？我知道你这种人！学了一句咒语，就以为自己是威得韦克斯女士了！我不能忍受这种行为！布雷恩！"

从珠帘那儿传来衣服的沙沙声，一个巫师从店后面走了出来。

你一眼就能看出他是一个巫师。巫师们从来不用你去猜。他穿着飘动的长袍，上面有一些星星和魔法记号，甚至还有一些金属圆片。要是他真能像别的年轻人那样留起长胡子，他的胡子也会是长长地飘动着的。但事实上，布雷恩长着一撮乱蓬蓬的胡子，还有点脏。巫师的整体形象还被他抽着的香烟和他手里拿着的大茶杯给破坏了，更何况他还长着一张奇怪的脸，活像生活在潮湿的圆木下面的某种动物。

那只茶杯缺了一个口，上面写着一些活泼的字："在这儿工作你不需要使用魔法，不过懂一点儿魔法是有所帮助的！"

"什么事儿？"他问，又不满地加上一句，"现在是我喝茶休息的时间，你知道的。"

"这位小姐……在找麻烦，"扎克扎克说，"乱用魔法，顶嘴，对我耍小聪明，总是这一套。"

布雷恩看着蒂凡尼，她微笑着。

"布雷恩上过隐形大学，"扎克扎克说，"就在那儿，"他发出一声假笑，"获得了学位。他会的魔法可以写满一本书！把这两位小姐带出去，布雷恩？"

"那么现在，小姐们，"布雷恩紧张地说，放下了手中的茶杯，"听斯特因德阿姆的话，离开这儿，好吗？我们不想惹麻烦，知道吗？走吧，这才是好孩子。"

"这地方有这么多护身魔符，为什么你需要巫师来保护你，斯特因德阿姆先生？"蒂凡尼甜蜜地说。

扎克扎克转向布雷恩。"你站在那儿干什么？"他问，"她又来了！我没有付你工资吗？给她们'施加一点儿影响'，随便干点什么。"

"哦，嗯……这可真是一个难对付的家伙……"布雷恩说着朝蒂凡尼点了点头。

"如果你学习过巫术，布雷恩，你应该知道质量守恒定律，对吗？"她说，"我是说，要是你把某个人变成一只青蛙的话，你知道事实上会发生些什么吗？"

"这个，呃……"布雷恩犹豫着。

"哈！这只是夸大的说法！"扎克扎克厉声说道，"我倒想看看你能把谁变成一只青蛙！"

"你的愿望会实现的。"蒂凡尼说，挥动了魔杖。

布雷恩开始说："你看，当我说我上过隐形大学，我是指——"

他最后说出来的一个字是："呱。"

蒂凡尼的魔力穿透了小店的屋顶，高高地射向了天空，漫过整个小村，一直蔓延到田野、树林和山脉交错的广袤的土地上。

魔法像投入水中的石块激起的涟漪一样扩散开来，方圆几英里内，它所经之处，沙姆博旋转着，诅咒网的线绷断了。渐渐地，它变得微弱了，就像是涟漪扩散到了远处。但是它还没有消亡，某些比沙姆博更加敏感的物体感觉到了它……

魔法扩散着，现在，它来到了这片树林，这块空地，这间小屋的上空……

房间里，墙壁上除了白色的涂料，没有任何其他东西，地板上只有冰冷的石块。偌大的炉子上甚至没有一个烹饪用的器具，一只黑色的水壶挂在一只黑色的钩子上，水壶下烧着的炉火微乎其微，只有几根胡乱堆在一起的树枝在烧。

这是一间简陋到只能维持生存的最基本条件的屋子。

楼上，一个老妇人，穿着一身褪了色的黑衣服，躺在一张小床上。不过你不会以为她已经死去了，因为她脖子上用绳子吊着一张大卡片，上面写着：

我
没有死

当卡片上这么写着的时候，你就不得不相信它。

她的眼睛闭着，她的双手交叠在胸前，她的嘴巴张开着。

蜜蜂在她的嘴里爬着，她的耳朵上和枕头上也都是蜜蜂。房间里飞满了蜜蜂，它们从打开的窗子里飞进飞出，窗台上不知是谁放了一排盛满糖水的碟子。

当然，没有两只碟子是一样的，女巫从来不用成套的陶器。蜜蜂们不停地工作着，飞来又飞去……就像那句俗语"像蜜蜂一样忙碌"。

当那阵魔法的余波经过的时候，蜜蜂的嗡嗡声变成了轰鸣。蜜蜂疾速地涌进了窗口，仿佛是一阵大风把它们吹了进来似的。蜜蜂落在一动不动躺着的老妇人的身上，她的头上和胳膊上都挤满了蜜蜂，好似一团沸腾着的灰色的小身体。

接着，蜂群又一阵风似的从窗口飞了出去。窗外，空气中到处飘散着梧桐树的种子。

威得韦克斯女士陡然坐直了身子，嘴里说着"卟兹兹特"！她把一根手指伸进嘴里，摸索了一会儿，拽出一只挣扎着的蜜蜂。她对着它吹了一下，"嘘"的一声把蜜蜂赶出了窗子。

刹那间，她的眼睛里好像有无数只复眼，就像一只蜜蜂一样。

"这么说，"她说，"她学会借用了，是吗？或许，是她自己被借用了！"

安娜格兰姆昏了过去。扎克扎克没有昏倒，但吓得目瞪口呆。

"你看，"蒂凡尼说，有什么东西在他们的头顶上咕噜咕噜地响着，"一只青蛙只有几盎司①重，而布雷恩，哦，大概有一百二十磅②重，是吧？所以，把一个大男人变成一只青蛙，你得想办法把那些装不进青蛙身体的部分处理掉，对不对？"

她弯下身了，捡起落在地板上巫师的尖顶帽。

"高兴吗，布雷恩？"她问

一只小青蛙趴在一堆衣服中，抬起头，叫了一声："呱！"

扎克扎克没有低头看青蛙，他在看头上那个咕噜咕噜响的东西。那像是一只装满了水的粉红色气球，十分漂亮，在天花板下摇摆着。

"你杀了他！"他低声问。

"什么？哦，没有。那只是他现在不需要的东西，只是……多余的布雷恩。"

"呱！"布雷恩叫道，其余的他咕噜咕噜着。

"那件斗篷，"扎克扎克慌忙说，"我给你打九折——"

蒂凡尼挥动着魔杖，在她身后，所有陈列着的水晶球都升到了空中，一个跟着一个盘旋起来 它们闪闪地发着光，最重要的是，它们很容易碎。

"这根魔杖不会那么干的！"扎克扎克说。

"它当然不能，它是一根废物。但是我能。"蒂凡尼说，"打一折。你听见我的话了吗？快点想好了，我可觉得累了，

---

① 盎司和克的换算公式为：1盎司≈28.35克。——编者注
② 磅和克的换算公式为：1磅≈453.59克。——编者注

而且，多余的布雷恩也越来越……重了。"

"它是你的了！"扎克扎克叫道，"不要钱！只要你别让他爆裂！求你了！"

"不，不，我是想和你做生意，"蒂凡尼说，"打一折就行了。我希望你把我当作你的……朋友……"

"是的！是的！我是你的朋友！我是个很友好的人！现在，我求你把他变……变回来！求你了！"扎克扎克几乎要下跪了，"求你了！他不是一个真巫师！他只是在大学里上夜校学浮雕细工！他们租用了那儿的教室，就是这样。他以为我不知道！不过他私下里念了一些魔法书，搜集了一些长袍，还会说上几句巫师的行话，所以你几乎看不出有什么不同！求你了！我付他的工资绝对请不起一个真巫师！不要伤害他，求你了！"

蒂凡尼挥了下手。接着有一瞬的时间，比方才多余的布雷恩变成撞着天花板的气球的刹那让人感到更可怕，然后，整个布雷恩站在了那儿，眨着眼睛。

"谢谢你！谢谢你！谢谢你！"扎克扎克喘着气喊道。

布雷恩眨眨眼："发生什么事了？"

他身边的扎克扎克又恐惧又欣慰，激动得发疯似的拍打着他。"你都在这儿吗？"他问他，"你不是一只气球？"

"嘿，别碰我！"布雷恩说着推开了他。

安娜格兰姆发出一声哀号。她睁开眼睛看见了蒂凡尼，立刻像一只爬行的蜘蛛，手脚并用往后爬去。

"请不要对我那样做！请不要！"她叫道。

蒂凡尼追上她。把她拉了起来。"我不会对你做任何事

情，安娜格兰姆。"她快活地说，"你是我的朋友！我们都是
朋友……求求你阻止我……岂不是很好……"

你必须记住小精怪不是棕仙，人们都知道，只要你给棕仙
留上一杯牛奶，他们就会帮你干家务活。

菲戈人……不会。

哦，他们会努力的，只要他们喜欢你，并且你不用牛奶去
羞辱他们，他们是很乐意帮忙的，只是他们不擅长干家务。譬
如，你不会为了擦干净盘子上一滴难擦的污渍，拿脑袋一次次
地去撞盘子。

你也不希望看见菲戈人挤满了你的水槽，或者摔坏你最好
的瓷器。或者，你最喜欢的罐子在地上滚来滚去，里面的菲戈
人对落进罐子里的灰尘发起攻势的同时，互相也对打了起来。

但是等到勒韦尔小姐把最好的瓷器收起来以后，她发现自
己其实很喜欢菲戈人。他们似乎是永远打不败的，而且他们对
一个有两个身体的女人丝毫不感到惊异。

"啊，这没什么，"罗伯说，"我们为女王①打仗的时
候，去过一个地方，那儿每个人都有五个身体，大小不同，你
知道，用来干不同的活儿。"

"真的？"两个勒韦尔小姐问。

"是的，最大的身体有一只粗壮的左手，是用来开泡菜罐
子的。"

---

① 菲戈人曾经是精灵女王的战士，详见《碟形世界：实习女巫和小小自由
人》。——编者注

"那些盖子的确很紧，这倒是真的。"勒韦尔小姐同意。

"哦，我们为女王打仗时还见过许多奇怪的地方。"罗伯说，"不过我们后来离开了，因为她是一个诡计多端、贪心又贪吃的老巫婆，她就是那样的！"

"是的，而且不是因为她在下午两点钟的时候被啐急了就把我们赶出了精灵国，但是任何人都有可能嗯唔嗯唔……"傻伍莱说。

"啐急了？"勒韦尔小姐问。

"是的……噢，是的，它的意思是……累极了。没错，累极了，它就是这个意思。"罗伯两只手紧紧地捂住了他兄弟的嘴巴，说道，"你不知道在女士面前应该怎样说话，你这个丢脸的讨人嫌！"

"嗯……谢谢你们洗了碗，"勒韦尔小姐说，"其实你们不必……"

"啊，这一点儿也不麻烦，"罗伯快活地说，放开了傻伍莱，"我保证只要用一点儿胶水，就能把所有的盘子和其他的东西都粘好。"

勒韦尔小姐看了一眼没有指针的钟。"现在太晚了。"她说，"无名氏先生，你们打算怎么做呢？"

"什么？"

"你们有计划吗？"

"噢，有！"

罗伯在他的小皮袋子里翻找着。许多菲戈人都在腰带上挂着这样的小包，包里装的东西常常是一个谜，有时候里面会有一颗有趣的牙齿。

他手里挥舞着一小团皱巴巴的纸。

勒韦尔小姐小心地展开了它。

"'计戈'？"

"是的，"罗伯骄傲地说，"我们是准备好来的！看，我们写下来了。'计戈'，计划。"

"嗯……怎么解释这……"勒韦尔小姐惊讶地说，"啊，明白了。你们一路赶来，为的是能从那个看不见、摸不着、闻不到、杀不死的怪物手中救下蒂凡尼。现在你们找到了它，你们打算怎么做呢？"

罗伯挠着头。

"我想，你可能说到了我们的一个弱点，夫人。"他承认道。

"你是说你们不管怎样，只管向前冲？"

"哦，是的，这就是我们的计划，这就足够了。"罗伯说着脸上露出了喜色。

"那么然后呢？"

"哦，然后，人们通常总想打败我们。等我们把对手痛打了一顿之后，我们就跟他们和解。"

"没错，罗伯特，但是怪物在她的脑子里！"

罗伯不解地看了比利一眼。

"罗伯特是罗伯的嗨奇嗨迪特的叫法。"游吟诗人向他解释说。他又转向勒韦尔小姐解释说："'嗨奇嗨迪特'就是优雅的意思。"

"啊，如果有必要，我们可以进入她的头脑。"罗伯说，"我本来希望能在那东西找到她之前赶到这儿，不过，我们还来得及。"

勒韦尔小姐的脸看上去像是一张看不懂的画——不，两张画——她愣住了。

"进入她的大脑？"

"哦，是的，"罗伯说，好像这种事情天天发生一样，"没有问题。我们能出入任何地方。可能除了小酒馆，因为要离开那儿，我们会有些困难。脑袋？太容易了。"

"对不起，我们是在谈一个真正的脑袋，是这样吗？"勒韦尔小姐惊恐地说，"你们怎么进去，从耳朵里？"

罗伯再次瞅着比利，比利看上去也有点为难。

"不，夫人，耳朵太小了，"他耐心地解释说，"但是你知道，我们能出入两个世界。我们是小精怪。"

勒韦尔小姐的两个头一起点着。这是真的。但是看着眼前这一队菲戈人，很难想起他们——确实是——小精怪。这就像看着企鹅在水中游泳，你很难想到它们是鸟类一样。

"还有呢？"她问。

"我们还可以进入她的梦，你知道……大脑不就是一个梦的世界吗？"

"不，我绝对不允许你们这么做！"勒韦尔小姐说，"我不能允许你们在一个小女孩的脑子里乱闯！我是说，看看你们！你们都是成年的……啊，你们都是男人！这就像，像……啊，这就像你们在看她的日记！"

罗伯看上去很困惑。"哦，什么？"他说，"我们看过她的日记许多次，没有造成任何伤害。"

"你们看过她的日记？"勒韦尔小姐惊恐地问，"为什么？"

她后来想，她其实应该料到他们会怎么回答。

"因为它是锁着的。"傻伍莱说，"要是她不想让别人看她的日记，那她为什么把日记本放在袜子抽屉里？不管怎样，反正那上面全是许多我们不认识的字和一些画着心和花朵的图画。"

"心？蒂凡尼？"勒韦尔小姐说，"真的吗？"她摇着头，"但是你们不应该那样做！进入别人的大脑更是大错特错！"

"蜂怪在那儿，夫人。"大下巴小比利怯怯地说。

"你们说过你们对它也毫无办法！"

"可是她也许有办法，要是我们能找到她的话。"游吟诗人说，"找到她还剩下的那一小部分她。她是一个勇猛的战士，只要我们能唤醒她。你看，夫人，一个大脑就像是一个它自己的世界，她藏在它的某个角落里，用她自己的眼睛看，用她自己的耳朵听，努力想让人们听见她的声音，尽力不让那个怪物找到她……而它一直在寻找她，想要击败她……"

勒韦尔小姐沉思着。五十张鼻子都带伤的小脸，满怀着希望和焦虑，抬头看着她。她知道她没有更好的计划，连"计戈"也没有。

"好吧，"她说，"但是至少你们该洗个澡。我知道这很傻，但是，这样会让我对整件事的感觉好一点儿。"

他们全都叫了起来

"洗澡？但是我们不到一年前刚洗过一次，"罗伯说，"在那个可以行船的大池塘里！"

"啊，天啊！"铁头人扬说，"你不能让一个男人这么快就再洗一次澡，夫人！我们会被洗得一点儿都不剩的！"

"用热水和肥皂！"勒韦尔小姐说，"我是说真的。我去放水，我会在边上放一根绳子，这样你们就可以爬进爬出了。你们会变得干干净净的。我是一个女——巫婆，你们最好照我的话去做！"

"噢，好吧！"罗伯说，"为了我们的小巫婆。但是你不准偷看，行吗？

"偷看？"勒韦尔小姐手指着浴室说，"现在就给我进浴室去！"

不过，勒韦尔小姐还是在门边偷听来着，这种事女巫是会做的。

起初只听见轻轻的泼水声，接着听见了说话声：

"啊，没我想的那么糟！"

"是的，很舒服？"

"嘿，这儿有一只黄色的鸭子。你的大嘴冲着谁呢，你这讨人嫌——"

那只橡皮鸭子沉下去的时候，传来了嘎嘎的叫声和汩汩的水泡声。

"罗伯，我们应该带点这东西回家。冬天里用非常暖和。"

"没错，可是对'船'（羊）不好，我们洗过澡的水，它们还得喝进肚里呢。'船'（羊）吐唾沫的声音真难听。"

"啊，这东西会让我们变得柔弱！要是你脑袋上的水没有冻成冰，那样的洗澡对你身体没好处！"

"你说谁柔弱呢？"

接着传来了更多的泼水声，水从门缝下渗出来。

勒韦尔小姐敲门了。"擦干身子，马上出来！"她命令道，"她每一分钟都可能会回来。"

结果他们还是洗了近两个小时。在这段时间里，勒韦尔小姐紧张极了，她的几根项链一直叮叮当当地响着。

在魔法方面，由于有两个身体的缘故。她比多数正常女巫入门要晚些。不过她也从不热衷魔法。实际上，大多数女巫在她们的一生中从来不需要施用重大、明确的魔法。做沙姆博、诅咒网和捕梦器不能算是真正的魔法，它们更像是工艺品。其余的工作，多是医药实践、运用常识，以及戴着尖顶帽，看上去一副严厉的模样。女巫头上的尖顶帽就像是警察的制服，如果你是一名警察，人们看到的其实是你的制服，而不是你。遇到手持斧头的疯子跑到大街上时，你不可以退缩逃跑，咕哝着说："你能找别人吗？实际上，我主要干的是——你知道——帮人找迷路的狗，维持道路安全……"你就在那儿，你头上戴着帽子，你要做你应该做的事。这是女巫职业的基本准则：这是你的责任。

当蒂凡尼回来的时候，勒韦尔小姐就像是两只紧张的大口袋，肩并肩地站着，握着自己的手，给自己增添一点儿信心。

"你去哪儿了，亲爱的？"

"外面。"

"那你干什么去了？"

"没什么。"

"我看到你买了一点儿东西。"

"是的。"

"和谁？"

"没有人。"

"啊，是这样，"勒韦尔小姐不知所措地说，她的声音颤抖着，"我记得我也常常一个人出去，什么事也不干。有时候你自己是你最好的同伴。相信我，我知道……"

但是蒂凡尼已经拖曳着长裙，身姿婀娜地上了楼。

似乎并没有人在走动，而房间各处都出现了菲戈人的身影。

"唉，我们本来能够阻止这一切的。"罗伯说。

"她看上去完全变了！"勒韦尔小姐叫了起来，"她走路的样儿也不一样了！我不知道要怎么办！看那些衣服！"

"是的，像一只年轻的渡鸦，闪闪发亮。"罗伯说。

"你们看见那些大袋子了吗？她从哪儿弄到了那么多钱？我肯定没有——"

她停下了，接着两个勒韦尔小姐同时说道：

"哦，不——"

"——千万不要！她不会——"

"——那么做吧，她会吗？"

"我不知道你在说什么。"大下巴小比利说，"不过，她会怎么做并不重要。是蜂怪在思考和行动！"

勒韦尔小姐痛苦地握紧了四只手："哦，天啊……我必须去村子里查看一下！"

一个她冲向了大门外。

"啊，至少她把扫帚带回来了。"留下来的勒韦尔小姐轻声说。每当她的两个身体不在一处的时候，她脸上总带着某种走神的神情。

他们能听见楼上传来的声音。

"我建议我们只是轻轻地敲敲她的脑袋。"大扬说，"要是怪物睡着了，它是不会找我们麻烦的，对吗？"

勒韦尔小姐紧张地握紧了拳头，然后又松开。"不，"她说，"我要上楼去和她认真地谈一谈。"

"我告诉过你，夫人，这不是她。"大下巴小比利担心地说。

"我知道，不过我至少要等到我看过威弗先生以后，"勒韦尔小姐站在厨房中间说，"我就要到了……啊……他睡着了。我会小心地、轻轻地把那只盒子移出来……要是她偷了他的钱，我会非常生气——"

这是一顶好帽子，蒂凡尼想。它和伊尔维吉夫人的帽子一样高，黑得发亮，上面的星星闪烁着。

地板上和床上堆满了袋子。她取出一条镶满蕾丝的黑裙子，还有那件斗篷。她抖开了斗篷。她是真喜欢这件斗篷。它好像被风吹动了似的，在房间里平静得没有一丝风的空气里起伏着，飘动着。倘若你想成为一个女巫，你首先看上去要像一个女巫。

她穿着它转了一两圈，然后想也没有想，她就说了一句话，因此蜂怪丝毫没有察觉到。

"看见我自己。"

蜂怪猛然被推出了她的身体。蒂凡尼自由了。她完全没有料想到……

她又彻头彻尾地感觉到了她自己。她冲向床边，抓起扎克扎克最好的魔杖，像在危急中抓起了一件武器，挥动着它。

"你待在外面！"她说，"待在外面！这是我的身体，不是你的！你让它做了可怕的事情！你偷了威弗先生的钱！瞧瞧这些愚蠢的衣服！你知道人们需要吃喝吗？你待在外面！不许再进来！你不敢！我有法力，你知道的！"

"我们也有，"她自己的声音在她自己的头脑里说，"你的法力。"

他们在对打。如果有一个旁观者，他只是看到一个穿着黑裙子的女孩在屋子里旋转着，甩动着手臂，好像被什么东西蜇了似的。其实蒂凡尼全身从头到脚都在打仗。她从这堵墙上弹回来，撞到五斗橱上，又"砰"的一声撞到另一堵墙上。

门猛地被推开了。

一个勒韦尔小姐站在那儿，她不再紧张，因为狂怒而全身战栗着，她用一只颤抖的手指着蒂凡尼说：

"听我说，不管你是谁！你有没有偷威弗先生的……"她开口问。

蜂怪转过身。

蜂怪出击了。

蜂怪……使出了杀手锏。

第八章　秘地

死亡已经是够糟的了。可当你醒来时，看到一个菲戈人站在你的胸口上，在离你仅仅一英寸的地方紧张地看着你，这感觉更可怕。

勒韦尔小姐哀号了一声。她觉得自己好像躺在地板上。

"啊，这一个是活的，没错。"那个菲戈人说，"你记住了，你欠我一个黄鼠狼脑壳！"

勒韦尔小姐睁开一双眼睛，接着她惊恐地僵住不动了。

"我怎么了？"她轻声问。

那个菲戈人被推到了一旁，罗伯的脸出现在她面前，她的感觉也没有好多少。

"我举着几根手指？"他问。

"五根。"

"是吗？啊，没错，你会好起来的，你还会数数。"罗伯放下手说，"你遇到了一点儿意外，你知道，你差一点儿死去了。"

勒韦尔小姐的头倒了下去。在一阵似乎像是疼痛的感觉里，她听见罗伯在对某个她看不见的人说：

"嘿，我是很温和地对她说的！我说了两次'一点儿'，对吗？"

"这感觉好像是，一部分的我离我……很远。"勒韦尔小姐咕哝着说。

"是的，你会好起来的。"罗伯像医生安慰病人那样对她说。

在勒韦尔小姐混沌的脑海中，浮现出一些记忆。

"蒂凡尼杀了我，是吗？"她说，"我记得一个穿着黑衣的人向我转过身，她的表情很可怕——"

"那是蜂怪。"罗伯说，"那不是蒂凡尼！她在和它对打！它还在她的身体里！只是她忘了你有两个身体！我们必须帮助她，夫人！"

勒韦尔小姐挣扎着坐了起来。她感到的不是痛，那是……痛的幽灵。

"我是怎么死的？"她虚弱地问。

"有一点儿像爆炸，就像是一阵烟。"罗伯说，"不难看，真的。"

"哦，是吗？不管怎样，还算幸运。"勒韦尔小姐说着又倒了下去。

"是的，就像是一大片紫色的烟雾，像粉末。"傻伍莱说。

"我感觉不到……我的另一半身体在哪儿？"

"啊，就是那片烟雾，爆炸了。"罗伯说，"幸亏你有两个身体，嗯？"

"她的脑袋还有些糊涂。"大下巴小比利轻声说，"要温和地说，嗯？"

"你们怎么能，只看到事物的一面呢？"她做梦似的对着他们所有的人说，"我怎么能只用一双手和腿去做所有的事情呢？任何时候都待在一个地方……人们是怎么做到的？这是不可能的。"

她闭上了眼睛。

"勒韦尔女士，我们需要你！"罗伯对着她的耳朵喊。

"需要，需要，需要。"勒韦尔小姐咕哝着说，"每个人都需要女巫。没有人关心女巫的需要。付出，永远是付出……一个精灵教母从来没有过自己的愿望，让我来告诉你……"

"勒韦尔女士！"罗伯叫道，"你现在不能死去！"

"我累了，"她低声地说，"我非常非常累了。"

"勒韦尔女士！"罗伯嚷着，"小巫婆像个死人一样躺在地板上，她冷得像块冰，却像马一样在流汗！她和她体内的怪兽在战斗，女士！她就要输了！"他看着她的脸，摇了摇头。"她昏过去了！来吧，小伙子们，把她抬上去。"

像许多小动物一样，以菲戈人小小的身体来看，他们的力气真是大得惊人。不过还是需要十个菲戈人才能把勒韦尔小姐抬上狭窄的楼梯。除非必要的时候，他们没让她的脑袋多挨撞，不过他们用她的脚推开了蒂凡尼卧室的门。

勒韦尔小姐像一个娃娃一样被撑了起来。

蒂凡尼躺在地板上，肌肉偶尔抽搐一下。

"我们怎么才能弄醒大巫婆呢？"铁头大扬问。

"我听说要把一个人的头放到他们两腿中间。"罗伯不太肯定地说。

傻伍莱叹了一口气，拔出了他的剑。"虽然听上去有一点儿可怕，"他说，"但是如果有谁能帮我抬着她……"

勒韦尔小姐睁开了眼睛，这样正好。她神情茫然地看着菲戈人，露出一个奇怪的幸福的微笑。

"哦哦，精灵！"她咕哝着。

"啊，现在她清醒了。"罗伯说。

"不，她不是说我们。"大下巴小比利说，"她说的是生活在花朵里的小精灵，身上叮当响，能飞起来，蝴蝶会围绕着他们转的那种。"

"什么？人们没见过那种精灵的真面目吗？他们都是脾气最暴躁的家伙。"大扬说。

"我们没时间争论这个了！"罗伯厉声说。他跳到了勒韦尔小姐的膝盖上。

"是的，女士，我们是精灵，来自……"他停了下来，询问地看着比利。

"叮当国？"比利建议道。

"是的，叮当国，你知道，我们发现了这个纯洁的小……"

"公主。"比利说。

"是的，公主，她受到了一帮讨人嫌……"

"恶魔。"比利说。

"是的，恶魔的袭击，没错。她现在情况很糟，所以我们想，你是否能告诉我们怎样照顾她——"

"一直等到英俊的王子骑着披着织毯的白马出现，给她一个魔吻，然后唤醒她。"比利说。

罗伯严厉地看了他一眼，又转向了勒韦尔小姐。

"是的，就像我的朋友精灵比利说的那样。"他最后说道。

勒韦尔小姐尽力想看清楚眼前的人物："你们这些精灵长得可真丑。"

"是的，没错，你们通常看到的都是漂亮的花朵精灵，"罗伯说，越发严厉了，"我们是多刺的荨麻、旋花蓟的精灵，明白吗？只有漂亮的花有精灵，这是不公平的，对不对？可能也是犯法的，嗯？现在，能不能请你帮帮我们的小公主，在那帮讨人嫌……"

"恶魔。"比利说。

"是的，在他们赶回来以前。"罗伯说

他注视着勒韦尔小姐的脸，心脏剧烈地跳动着。她似乎想了一会儿。

"她的心跳快吗？"勒韦尔小姐咕哝着问，"你说她皮肤很冷，却在流汗？她的呼吸快吗？听上去好像是受到了刺激。保持她的体温，抬高她的腿，小心地看护着她，要想办法消除……根源……"她的脑袋倒了下去。

罗伯回头看着比利。"披着织毯的白马？"他说，"你是从哪儿听到这些屁话的？"

"长湖边上有一座大房子，里面的人常念故事给小孩子听，我躲在一个老鼠洞里一起听。"比利说，"有一次我溜了进去，看到一本图画书，上面画着盾、盔甲，还有披着织毯的马……"

"呃，虽然是一堆屁话，它起作用了。"罗伯说。他看着躺在地上的蒂凡尼，他几乎和她的下巴一样高，她好像一座小山似的。"天啊，看到纯洁的小东西弄成这副模样，我可真是不好受。"他摇着头说，"来吧，小伙子们，把床罩拉下来，再把那只垫子垫在她脚下。"

"呃，罗伯？"傻伍莱说。

"什么事儿？"罗伯一直瞧着昏迷不醒的蒂凡尼。

"我们打算怎么进入她的脑袋呢？得有什么东西带我们进去才行。"

"没错，伍莱，我知道怎么做，因为我会用我的脑袋想问题！"罗伯说，"你经常能看到小巫婆，没错吧？那么，你看到这根项链了吗？"

他伸手抓住了蒂凡尼的银马项链。她躺在地上，在那些护身符和闪闪发亮的东西的中间，项链松松地挂在她脖子上。

"怎么了？"伍莱问。

"这是男爵的儿子送给她的礼物。"罗伯说，"她一直带在身边。昨晚她努力想把自己变成另一个人的时候，她还戴着它。这说明这东西对她很重要。它一定在她的大脑里。我们只需要给它装上轮子，它就能带我们找到她①。"

傻伍莱挠着脑袋。"可是我认为她觉得他是一个大麻烦，"他说，"我看见她离家的时候，他骑着马走过来，她却扭头看着别的方向。事实上，有几次她故意等了二十多分钟，让他先走，然后她才走的。"

"啊，这个嘛，没有一个男人知道女人脑子里想的是什么。"罗伯高傲地说，"我们跟着银马走。"

---

① 如果谁知道这句话的意思，那说明他对菲戈人的做事方式是非常了解的。——作者原注

以下摘自珀西皮卡齐娅·蒂克女士的著作《精灵大全及防御指南》：

> 没有人确切地知道菲戈人是怎样从一个世界进入另一个世界的。据亲眼见过的人说，他们挺起胸，向前伸直一条腿，扭动着脚就不见了。这被称为"爬步"。就这个问题，菲戈人发表的唯一说明是："全都是一些脚踝骨的运动，你知道。"他们似乎能神奇地出入各种不同的世界，但是不能一起和睦地待在同一个世界里。为了让人们相信这一点，他们用打架向人们保证，他们是有"脚"的。

天空中一片漆黑，虽然太阳高高地悬挂在天上。太阳是炎热的夏日的太阳，明晃晃地照耀着大地，但天空是午夜黑色的天空，星星闪烁。

这是蒂凡尼·阿奇头脑中的景象。

菲戈人环顾着四周。这儿似乎是山脚下一片起伏的绿色牧场。

"她告诉大地它是什么，大地告诉她她是谁。"大下巴小比利说，"在她的脑袋里，她真的拥有这片土地的灵魂……"

"啊，是这样的。"罗伯轻声说，"但是这儿没有动物，你知道，没有船（其实是羊），没有牛。"

"可能……可能它们被什么东西吓跑了。"傻伍莱说。

真的，这儿没有一丝生命的迹象，四下里笼罩着一片无声无息的寂静。事实上，蒂凡尼很注重用词的准确性，她会说是一片宁静。宁静和寂静是不一样的，宁静是你午夜时走进教堂的感觉。

"好了，小伙子们，"罗伯轻声说，"我们不知道会遇到什么，所以我们要尽可能轻地走路，明白吗？走，我们去找小巫婆。"

他们点了点头，像幽灵一样轻声向前走去。

前面的地势微微有些隆起，像是某种人工制造的东西。他们小心向前，警惕着周围的伏兵。结果他们安全地通过了两座长长的十字形古墓。

"人工制造的，"他们登到最高处时，大扬说，"就像古时候的那样。"他的声音立刻被四周的寂静吸了进去。

"这是在小巫婆的脑袋的深处。"罗伯说，警惕地看着周围，"我们不知道是什么制造了它们。"

"我不喜欢这儿，罗伯，"一个菲戈人说，"这儿太安静了。"

"是的，有点像圣乔治大教堂，那是——"

"你是我的阳光，我唯一的阳光——"

"傻伍莱！"罗伯厉声喝道，眼睛仍盯着眼前这片奇怪的地形。

歌声停止了。"什么事儿，罗伯？"他身后的伍莱问。

"你知道我对你说过，当你行为愚蠢、举止不当的时候，我会告诉你的，记得吗？"

"是的，罗伯。"伍莱说，"我是不是又该闭嘴了？"

"是的。"

他们继续向前，仍然保持着警惕。四周依然是一片寂静。这是乐队演出前的间歇，是雷声轰响前的平静。群山中所有细小的声音似乎都没有了，留出空间，等待着那个巨大声音的爆发。

接着他们看到了马。

他们曾在白垩地上看到过它。现在它躺在这儿，不是凿刻在山腰间，而是在他们的面前伸展着。他们都惊讶地看着它。

"大下巴小比利？"罗伯招呼他过来，"你是游吟诗人，你懂得诗和梦。这是什么？这是怎么一回事儿？马不应该在山顶上！"

"这是一个重要的问题，罗伯先生，"比利说，"重要的问题。我需要想一想。"

"她了解白垩地，她怎么会犯这种错误呢？"

"我正在想，罗伯先生。"

"你能不能想得快一点儿，嗯？"

"罗伯？"铁头大扬急切地喊道，他一直走在最前头做侦察。

"怎么了？"罗伯忧郁地问。

"你最好来这儿看看……"

在一座圆圆的小山的山顶上，立着一座带有四个轮子的牧羊小屋，弧形的屋顶上有一根大肚子火炉的烟囱。屋子里面，墙上贴满了数百包快乐水手牌烟草的黄蓝相间包装纸，还挂着几只旧帆布袋。门的背面满是阿奇奶奶用粉笔写下的计算日子和羊的个数的记号。屋里还有一张单人铁床架，上面铺着一些舒服的羊毛和饲料袋。

"你看明白这个了吗，大下巴小比利？"罗伯说，"你能不能告诉我们小巫婆在哪儿？"

年轻的游吟诗人看上去非常焦虑："嗯，罗伯先生，你知道我才当上游吟诗人不久。我是说，我懂诗和歌，但是这方面我不是非常有经验……"

"什么？"罗伯说，"在你之前，有多少个游吟诗人走进过巫婆的梦境？"

"嗯……我一个也没听说过。"比利坦白地说。

"啊，那么现在你比他们所有人都知道得多了。"罗伯说着冲男孩笑了一下，"尽你的全力，小伙子。我只要你做到这一点就行了。"

比利看着牧羊小屋的门外，深吸了一口气："那么我要告诉你，罗伯先生，我认为她像一只被追猎的小动物一样，藏在这附近的某个地方。这儿是她的一点儿记忆，她奶奶生活的地方，总能让她感到安全的地方。我认为我们在她灵魂的中心。这一点儿就是她。但是我很为她担心，非常担心。"

"为什么？"

"因为我看到了那些影子，罗伯先生，"比利说，"太阳在移动，它从天空中滑落下去了。"

"是的，没错，太阳是这样的——"罗伯说。

比利摇了摇头。"不，罗伯先生，你不明白！我告诉你这个太阳不是外面世界里的太阳，它是她灵魂的太阳。"

菲戈人看看太阳，又看看影子，然后一起看着比利。他勇敢地抬着他的下巴，但是他全身颤抖着。

"黑夜到来时她会死去，对吗？"罗伯问。

"比死亡更糟，罗伯先生，蜂怪将取代她，从头到尾——"

"这是不会发生的！"罗伯嚷道。比利突然掉头往后走去："她是一个坚强的巫婆！她拿着一个平底锅就打败了精灵女王！"

大下巴小比利没有回答。他有很多事情要做，那些事情比他就这么正脸对着罗伯重要得多。接着，他又开口说话了：

"对不起，罗伯先生，但是我要告诉你，那时候她在她自己的牧场上，她像铁一样坚强。现在她离家很远，很远，等到蜂怪找到这儿，它就会挤进来，不给她留下一点儿空间，黑夜就会降临，然后……"

"请原谅，罗伯。我有一个主意。"傻伍莱说，他紧张地绞着双手。每个人都扭头看着他。

"你有一个主意？"

"是的，要是我告诉你，我不想听到你说它是——行——为不——当——的，行吗，罗伯？"

罗伯叹了一口气。"好的，伍莱，我向你保证。"

"好吧，"伍莱说，他的手指拧在一起，松开，又拧在一起，"要是这儿不是她自己的地方，不是她自己的牧场，那么这还能是什么地方？如果她不能在这儿和怪物对打，她也没法在其他地方和它打！"

"但是它不会到这儿来的。"比利说，"它没必要来。只要她变得越来越弱，这个地方就会消失。"

"哦，天啊，"傻伍莱咕哝着，"好吧，我刚说的也是一个好想法，对吗？即使没有用上。"

罗伯没有听见。他环视着牧羊小屋。我的男人遇事要用脑子，不要像一个只会捡坚果的笨蛋，珍妮曾经说过。

"傻伍莱是对的，"他平静地说，"这是她最安全的地方。在她的记忆中，她拥有这片土地。怪物不能在这儿伤害她。在这儿，她拥有强大的力量。她必须在这儿和怪物决战，否则这儿会成为囚禁她的牢狱。她会一直被关在这儿，看着她的生命在云层后面消失。她只能像一个囚犯一样从小窗子里看到外面的世界，同时感受着内心的厌恶和恐惧。因此我们要逆着蜂怪的意愿，把它引到这儿来，它将在这儿被打败！"

菲戈人一阵欢呼。他们不太明白到底是怎么一回事儿，可他们喜欢欢呼的声音。

"怎样才能做到呢？"比利问。

"你一定要问这个问题吗，嗯？"罗伯痛苦地说，"我得好好想想——"

他转过身，从他头顶上的门板上传来擦刮的声音。

那上面原先的一行行字迹被擦去了，一个接一个地出现了新写的粉笔字，好像有一只看不见的手正在书写着。

"字！"罗伯说，"她想要告诉我们一些事情！"

"是的，上面写着……"比利刚要念。

"我知道上面写了什么！"罗伯厉声说，"我已经学会读字了！上面写着……"

他又一次抬起头："啊，写着……第一个字母是一条蛇，第二个有点像大门，旁边是一把梳子，有两把，它们旁边是一个站着不动的胖家伙，接着又是蛇。然后是'空格'，接下来的字母像一把锯子的齿，还有两个像太阳一样的圆圈和一个坐着的人。下一行是……一个伸着手臂的人，那个意思是'你'的字母，又是那个胖家伙，不过这次他在走路，下一个他又站着不动了，接着是一把梳子和一个躺倒的'之'字形，又是一个伸着手臂的人，然后是那个意思是'我'的字母和躺倒的'之'字，这一行最后一个字母又是一把梳子……再下一行头一个字母是一个弯钩，接着是像太阳的圆圈，两个坐着的人，一个伸手向天的人，然后又是空格，接着又是蛇，一个像房子形状的字母，接下来又是意思是'我'的字母，又是一个坐着的家伙和另一个大圆圈，最后一个，哈，可怜的老朋友，又是那个在走路的胖男人！完了！"

他背着手往后蹾了几步，问道："你们看！我全都读下来了，不是吗？"

又是一阵欢呼声，有一些菲戈人还鼓起了掌。

大下巴小比利抬头看着那几个粉笔字：

然后他看到了罗伯的表情。

"是的，没错。"他说，"你读得很好，罗伯先生。羊毛、松节油和快乐水手牌烟草。"

"啊，是的，任何人都能连起来读。"罗伯不以为然地说，"但是你也可以把字母一个个分开来读，更要能读懂整体的意思。"

"什么意思？"比利问。

"它们的意思是，游吟诗人，你要去偷！"其他的菲戈人再次发出了欢呼，他们没怎么全听明白，但是他们听懂了那个字。

"这会是一次历史性的偷窃！"罗伯嚷道，欢呼声再次响起，"傻伍莱！"

"在！"

"由你来负责！我的兄弟，你还没有一只甲虫有脑子，但是要说到偷，你是这世界上最棒的！你去搞些松节油、新羊毛和快乐水手牌烟草，把它们交给那个有两个身体的大巫婆！告诉她必须让蜂怪闻到它们的味道，明白吗？这些味道会把它引到这儿来的！你一定要快，因为天上的太阳在不停地往下落。你一定要在它落下去之前——知道吗？你有什么问题吗？"

傻伍莱举起了一根手指。

"一个问题，罗伯，"他说，"你说我没有一只甲虫聪明，这话听起来真有一点儿伤人……"

罗伯犹豫了一下，但他没有犹豫很久："是的，傻伍莱，你说得对。我那样说是不对的。我非常抱歉，我是一时冲动。现在我站在你的面前，我要对你说：傻伍莱，你肯定和一只甲虫一样有脑子，要是有谁不同意的话，我非得和他打一架不可！"

伍莱的脸上绽放出一个大大的笑容，可接着他又皱起了眉头："但是你是头儿，罗伯。"

"但不是这次偷窃行动的，伍莱。我留在这儿。我完全相信你会是这次行动的优秀的指挥者，你不会像之前十七次那样把事情搞砸的！"

人群中发出了一片哀号声。

"你们看看那个太阳！"罗伯指着天空说，"我们在说话的时候，它一直在往下落！必须有人和她在一起！我不会留下她，让她一个人孤独地死去！现在，出发吧，你们这些讨人嫌，不然就尝尝被我打扁的滋味！"

他举起剑，怒吼着。他们逃跑了。

罗伯小心地放下剑，坐到牧羊小屋的台阶上，望着太阳。

过了一会儿，他觉察到有什么东西……

飞行员哈密什不信任地看了一眼勒韦尔小姐那把悬在离地几英尺的空中的扫帚，他有一点儿担心。

他背上背着一只装有降落伞的背包。事实上那应该叫作降落内裤，因为它是用一截绳子和蒂凡尼的一条最好的内裤做的，洗得很干净，内裤上还有些花朵的图案。这是让一个菲戈人能安全着陆的最好的东西。他有一种预感，背包会派得上用场的。

"扫帚没有羽毛。"他抱怨说。

"听着，我们没有时间争论了！"傻伍莱说，"我们很着急，你也知道，而你是唯一一个会飞行的人！"

"扫帚不是飞，"哈密什说，"那是魔法。它没有翅膀！我不懂这样的东西！"

大扬已经在扫帚的尾部拴了一根绳子，正在往上爬。其他的菲戈人一个个跟着他。

"还有，他们怎么控制这玩意儿？"哈密什继续说。

"啊，你和鸟一起飞的时候你是怎么干的？"伍莱问。

"哦，那很容易。你只要移动你的重心就行，可是……"

"啊，你会看到我们也行的。"伍莱说，"飞行没有那么难，连鸭子也会飞，它们根本没有脑子。"

争论其实毫无意义。几分钟后，哈密什一步步地爬上了扫帚柄。其他的菲戈人都聚集在扫帚的另一头，聊着天。

扫帚上还牢牢地系着一团破布和几根树枝、一顶破帽子，在另一头，是一撮偷来的胡子。

这把重心失衡的扫帚尾部高高翘起，头朝着苹果树中间的一道豁口。哈密什叹息了一声，深深地吸了一口气，戴上护目镜，一只手抓住了扫帚柄上一处磨得发光的地方。

慢慢地，扫帚飞起来了。菲戈人爆发出一阵欢呼。

"看见了？我说过很容易的吧！"傻伍莱叫嚷着，"不过你能不能让它飞得快一点儿？"

小心地，哈密什再次碰了一下那块发亮的地方。

扫帚颤巍巍地在半空中晃动了一会儿，接着就向前蹿了出去，它身后发出了一长串嘈杂的声音：

"啊喏喏喏喏喏格格格格格嗬嗬嗬嗬嗬嗬嗬……"

在蒂凡尼脑中寂静的世界里，罗伯又捡起了他的剑，在越来越暗的牧场上蹑手蹑脚地走着。

那边有一样东西，小小的，但在动。

那是一小簇荆棘丛。它长得那么快，几乎能看得见它的嫩枝的生长，它的影子在草地上跳着舞。

罗伯瞅着它。这一定有什么意义。他仔细地瞧着它，生长着的小灌木丛……

接着他想起了老凯尔达在他还是一个小男孩时告诉过他的故事。

曾经，大地上到处都是森林，葱茏繁茂、浓荫蔽日的森林。然后人类来了，他们砍伐树木，让阳光照射进了森林。空地上长起了草。人们带来羊群，羊吃草，也吃掉了生长在草中的树苗。于是浓密的森林消亡了。那儿只留下很少的生命，再也不是从前繁茂的森林了。曾经，你的身旁总是环绕着一棵棵大树；曾经，高高的树叶遮挡住了大山，那儿就像海底一样幽暗。有时候，你能听见树枝坠落的声音，或者橡树籽滚落的嗒嗒声，那是松鼠弄掉落下来的，它们蹿上蹿下，从一根树枝跳到另一根树枝上，一直跳进树林的阴暗中。在其他多数的时间里，只有炽热和寂静。在森林的边缘，是许多动物们的家。而在那无穷无尽的森林的深处，是树木的家。

但是，牧场是生活在阳光下的，它上面长满了绿草和花朵，生活着无数的昆虫和小鸟。菲戈人生活在离牧场那么近的地方，他们非常了解它。眼前这个好像是绿色的沙漠里疾速生长着的一小片喧闹的丛林……

"啊，"罗伯说，"这又是你耍的一个花招，没错吧？噢，你休想也霸占这儿！"

他用剑砍下那纺锤形的植物，接着退后了几步。

他身后传来了树叶的沙沙声，他转过身。

那儿又长出了两棵树苗。又是一棵。他放眼望去，草地上，有一打——不，是一百棵小树比赛似的向上生长着。

虽然他很焦虑，非常焦虑，但是罗伯龇牙咧嘴地笑了。如果有一件事情是菲戈人最喜欢的，那就是无论你往哪里打，你都能击中敌人。

罗伯向它们发起了冲锋。

"啊喏喏喏喏喏格格格格格格嗝嗝嗝嗝嗝嗝嗝……"

好多位见证人（那些受惊后在空中盘旋的猫头鹰和蝙蝠不算，惊吓了它们的是一群尖叫着的蓝色小个子驾驶的一把扫帚）见证了菲戈人搜寻他们需要的气味的过程。

其中一位是公羊九十五号，它的主人是一个不太有想象力的农夫。它记得半夜里忽然有一阵噪音，它的背上感到了几丝凉风。对于九十五号来说，这没有什么可以激动的，于是它又继续想着它的食物——草。

"啊喏喏喏喏喏格格格格格格嗝嗝嗝嗝嗝嗝嗝……"

下一个是公羊九十五号的主人的女儿，七岁的米尔德莱德·普舍尔。很久以后，等她长大了当上了奶奶，有一天，她告诉她的孙儿们，那天晚上，她点着一支蜡烛下楼去喝水，她听见了水槽下的声音……

"那下面有小声说话的声音，你们明白的。一个声音说：

'啊，伍莱，你不能喝，看，瓶子上写着毒药！'另一个声音说：'没错，游吟诗人，他们这样写是为了吓走想喝酒的男人。'第一个声音说：'伍莱，这是老鼠药！'第二个声音又说：'那正好，因为我不是老鼠！'这时我打开了水槽下的碗柜，你们猜是怎么一回事，那里面全是小精灵！他们看着我，我也看着他们。他们中间的一个说：'嘿，小女孩，你正在做梦！'马上他们所有的人都同意了！那一个又说：'那么，在这个梦里，你能否告诉我们松节油放在哪儿吗？'于是我就告诉他松节油在外面的谷仓里。他说：'是吗？那么我们要告辞了。这儿有一样礼物是精灵送给小女孩的，你要乖乖地回去睡觉！'然后他们就消失了！"

有一个孩子，一直张着大嘴仔细听着，他问："奶奶，他们给了你什么？"

"这个！"米尔德莱德举起了一把银汤匙，"奇怪的是，它很像我妈妈的汤匙，就在同一天晚上，它们全都神秘地从抽屉里消失了！从那以后，我一直都把它藏得好好的！"

孩子们都崇拜地看着他们的奶奶。接着又有一个孩子问道："奶奶，精灵们长得什么样儿？"

米尔德莱德奶奶想了一下。"没有你想象的那么漂亮，"她最后说，"但是他们一定比你想象的臭。他们离开不久后，传来了一种声音，就像是——"

"啊喏喏喏喏喏格格格格格格嗬嗬嗬嗬嗬嗬嗬……"

在一家名叫"国王的长腿"的小酒馆（店主注意到有许多客栈和酒馆都叫国王的脑袋或者国王的手臂，他就钻了这个市场的空子）里喝酒的人们听到了外面的嘈杂声，都抬起了头。

一两分钟后，门猛地被推开了。

"晚上好，你们这些家伙。"一个人影在门口叫道。

房间里顿时陷入了一片可怕的寂静。一个稻草人似的人物笨拙地摆动着双腿，摇摇摆摆地走向吧台，感激地抓住了吧台，坐下来的时候还紧紧地抓着。

"一大杯你们这儿最好的威士忌，我的好伙计。"帽子下面的某个地方发出声音说。

"你好像已经喝得够多了，朋友。"服务生说，一只手偷偷去摸那根藏在柜台下、用来对付特殊顾客的短棍。

"你叫谁'朋友'呢，哥们儿？"那人吼叫道，挣扎着想站起身来，"这是挑衅，挑衅！我还没有喝够，哥们儿，因为，如果我喝够了，为什么我还会有这么多钱呢，嗯？回答我！"

他的手伸进了外衣口袋，迅速掏出一把东西，"啪"的一声摔在柜台上。古金币向各个方向滚着，还有几把银汤匙从袖口上掉了下来。

屋子里更安静了。几十双眼睛盯着那些闪亮的金币，它们滚落到地上，转动着。

"我还要一盎司快乐水手牌烟草。"那人说。

"噢，当然，先生。"服务生说。他所受到的教育令他对金币充满了敬意，他在柜台下摸索着，可是他的表情变了。

"哦，我很抱歉，先生，我们卖完了。快乐水手，很受欢迎的。不过我们还有很多——"

那人已经转向了屋子里的其他人。

"好吧，哪个讨人嫌第一个给我一烟斗快乐水手牌烟草，我就给他一把金币！"他喊道。

酒馆里爆发了一场混乱。桌子碰倒了，椅子踢翻了。

那个稻草人抓住了第一只抢递过来的烟斗，朝空中扔了一把金币。这又引发了一场争夺。他转过身坐在吧台前，说："我走之前要喝上一杯威士忌，服务生。'不，不要喝了，大扬！你真丢脸！' '嘿，你们腿也给我闭嘴！喝一点儿酒对我们没有害处！' '哦，是吗？是谁支撑着你，让你成为一个人的，嗯？' '听着，你这讨人嫌，我们的罗伯还等在那儿呢！' '没错，要是他在这儿的话，他也会喝上一杯的！'"

酒馆里那些正在彼此推挤着争抢金币的人住了手。他们站起身看着面前这个整个身体都在和自己吵架的人。

"'不管怎么说，我是脑袋，对不对？脑袋负责管理。我不想听一帮膝盖的话！我说过这不是一个好主意，伍莱，你也知道我们离开酒吧会有困难！' '噢，我代表双腿说话，我们是不会站在一边眼看着脑袋喝醉的，多……多……多谢你了！'"

让人们惊恐的是，那人整个下半身转身朝门的方向走去，这使得他的上半身向前倒了下去。他慌忙抓住了吧台，终于说道："好吧！吃一只煎鸡蛋总没问题了吧？"接着就看见那人——分成了两半。双腿蹒跚着朝门边走了几步，倒了下去。

在一片惊恐的寂静中，裤子里发出的一个声音说道："天啊！出发的时间到了！"

一团模糊的影子闪过，门"砰"的一声关上了。

一个顾客小心谨慎地向前走了几步，戳了一下那个奇怪的客人留下的那堆旧衣服和树枝，那顶破帽子滚落了下来，吓得他跳了起来。

那只还搭在吧台上的手套"啪"的一声落到了地上，声音很响。

"噢，这样想吧，"服务生说，"不管那是什么东西，它至少留下了它的外衣——"

外面，传来了声音。

"啊喏喏喏喏喏格格格格格格嗬嗬嗬嗬嗬嗬嗬……"

扫帚重重地撞在勒韦尔小姐的茅草屋顶上，插进了茅草里。菲戈人一个个摔了下来，一边仍然不停地打斗着。

在上楼的一路上，他们继续打着游击战，撞头，踢屁股，一直打进了蒂凡尼的卧房，留在那儿守着睡着了的女孩和勒韦尔小姐的菲戈人不问缘由地也加入了战斗。

渐渐地，战士们觉察到了一种声音。那是鼠笛吹奏出的乐声，它好像一把利剑切断了这场战役。掐着脖子的手停住了，挥出去的拳头和踢出去的脚都停留在了半空中。

大下巴小比利吹着这首全世界最忧伤的歌曲《美丽之花》，泪水从他的脸颊上滑落下来。歌曲诉说的是家乡、妈妈、过去的美好时光和逝去了的亲人。菲戈人都松了手，低头瞧着自己的脚。这凄凉的曲调刺伤了他们，它讲述了背叛、出卖和违背誓言……

"你们真丢脸！"大下巴小比利高声叫道，笛子从他的嘴中拿了下来，"你们真丢脸！卖国贼！叛徒！你们应该为自己感到羞愧！你们的巫婆正在为她的灵魂而战！你们没有羞耻感吗？"他狠狠地摔了笛子，笛子呜咽了几声，没有了声响。

"我诅咒我的脚，它让我站在了你们的面前！你们让你们头上的太阳蒙受了耻辱！你们也让生育了你们的凯尔达蒙受了耻辱！我还在你们这帮流氓中间干什么？有人想要打架吗？那就和我打！是的，和我打！我以象牙竖琴的名义发誓，我要把他带到大洋的底下，再一脚把他踢到月亮的火山上，我要看着他骑在刺猬做的马鞍上，骑到地狱的底层！我告诉你们，我愤怒的力量像暴风雨一样，能把高山撕扯成细沙！你们有谁想和我打？"

铁头大扬的个头是大下巴小比利的三倍，可这一会儿，当矮小的游吟诗人站在他的面前时，他哆嗦着往后退着。为了自己的生命安全考虑，没有一个菲戈人敢举手。看到一个游吟诗人发怒真是可怕，他的每句话都像是一把利剑。

傻伍莱拖着脚向前走了几步。"我明白你很心烦，游吟诗人，"他低声说，"这都是我的错，因为我真的是一个大笨蛋。在酒馆里我应该记着我们的任务。"

他看上去是那么沮丧，大下巴小比利平静了一些。

"那么好吧，"比利说，不过语气很冷淡——如此巨大的怒火不可能瞬间完全平息，"这些我们不说了。可是我们不会忘记它的，对不对？"他指着熟睡的蒂凡尼，"现在，捡起羊毛、烟草、松节油，明白吗？打开松节油瓶，倒在一小块布上。任何人，我先说清楚，一口都不许喝！"

菲戈人听从了命令，马上行动起来。勒韦尔小姐的裙摆处发出了撕扯的声音，"一小块布"就是这样取得的。

"行了，"比利说，"傻伍莱，把这三样东西放到小巫婆胸口上她能闻到的地方。"

"她的身体很冷了，怎么还能闻得到呢？"伍莱问。

"她的鼻子没有睡着。"游吟诗人平静地说。

那散发着牧羊小屋的气味的三件东西被恭敬地放在了蒂凡尼下巴的下面。

"现在我们开始等，"比利说，"等待着，并且期待着。"

不大的卧房里挤着两个沉睡的女巫和一群菲戈人，屋子里很热。羊毛、松节油和烟草的味道很快就散发了开来，空气中飘满了它们的味道……

蒂凡尼的鼻子抽动着。

鼻子也是一个大思想家。它有很好的记忆——非常好。这种出色的能力使得它只要凭借着某种气味，就能带着你回到那难以重回的过去的记忆中。大脑无法阻止它，它对此毫无办法。这就好像蜂怪能控制大脑，可是当它乘着扫帚飞行的时候，它却不能控制胃，让它不呕吐。对鼻子，它也无能为力……

羊毛、松节油和快乐水手牌烟草的味道也带走了大脑，一直把它带到那片寂静的土地上，那儿又温暖又安全，不会受到任何伤害……

蜂怪睁开了眼睛，环顾着四周。

"牧羊小屋？"它问。

它坐了起来。红色的日光透过打开的门照射进来，也透过到处生长着的幼树树干间的缝隙照射进来。现在，大部分树苗已经长得很大了，太阳落到了树林的后面，一棵棵树木拖着长长的影子。

"这是一个骗局！"它说，"这样做是没用的！我们就是你。我们像你一样思考。我们甚至能比你更像你自己地思考。"

什么也没有发生。

蜂怪看上去和蒂凡尼一模一样，只是稍微比她高了一些，因为蒂凡尼以为自己有那么高。它走出小屋，走到了牧场上。

"太迟了。"它对着眼前的寂静说，"看看这些树吧！这地方就要死亡了。我们不需要逃跑。这儿很快就将成为我们的了。所有你想要的东西都会是你的。你会为你的那片土地感到骄傲。我们还记得世界之初，它一片荒芜的模样！我们——你挥动一下你的手就能够改变世界！你想要它们是对的，它们就是对的，你想要它们是错的，它们就是错的，你能决定它们的命运！你将永远不会死去！"

"那么你为什么在流汗呢，你这个家伙？啊，你真是一个讨人嫌！"它身后的一个声音说。

蜂怪的身体颤抖起来，它的外形变了。在短短的数秒钟之内，它身体的各部分变成了鱼鳞、鳍、牙齿、尖顶帽、爪子……接着它又变成了蒂凡尼，微笑着。

"哦，罗伯，我们很高兴见到你。"它说，"你能帮助我们吗——"

"你骗不了我！"罗伯叫道，狂怒地上下跳动着，"我一看见蜂怪就能认出来！天啊！你等着挨踢吧！"

蜂怪又一次变形了。它变成了一只牙齿锋利如剑的狮子，对着他吼叫着。

"啊，就像这样，是不是？"罗伯说，"你等着！"他往前冲了几步，转眼间消失了。

蜂怪再次变回了蒂凡尼的形状。

"你的小朋友走了。"它说，"现在出来吧。现在出来吧。为什么要害怕我们呢？我们就是你。你不会像其他人那样的，那不会说话的动物、愚蠢的国王、贪婪的巫师。一起来吧——"

罗伯回来了，后面跟着……啊，所有的人都来了。

"你不会死，"他叫喊着，"但是我们希望你会！"

他们发起了冲锋。

在多数的战斗中，菲戈人总能占据优势。他们个子小速度快，比他们高大的对手很难打到他们。蜂怪一直以不停的变形与他们对抗。剑划在鱼鳞上发出铿锵的声音，头撞在尖利的牙齿上——蜂怪急速地在草地上旋转着，一会儿号叫，一会儿尖叫，召唤着它过去的种种形象，来反击它遭受到的每一次进攻。然而菲戈人是不容易被打死的。被打倒了，他们还会跳起来；被踩倒了，他们还会一跃而起。他们也能容易地躲过牙齿和爪子。双方激烈地对打着——

——突然间，大地剧烈地颤抖起来，蜂怪跌倒在地。

牧羊小屋吱嘎吱嘎地开始往草地里陷，四周的草地好像软软的黄油奶酪似的起伏着。树苗战栗着，一棵接着一棵地倒了下去，仿佛它们在草下的根被一刀切断了。

大地……在上升。

菲戈人从峭壁上滚落下来，他们看见群山向着天空往上长着。山脚下的牧场，那片永远在那儿的牧场，显得更加平坦了。

在黑沉沉的天空中，升起了一个人头，接着是手臂、胸膛……这个巨人原先平躺在牧场之上，她的胳膊和腿就是这丘陵地上的群山和山谷。她现在缓缓地、慢慢地坐了起来，在她四周，百万吨重的山脉发出吱吱嘎嘎的巨响，向上生长着。那两座长长的十字形的古墓变成了两条巨大的绿色的手臂，展开了。

一只巨手伸了下来——它的手指甲有几座房子那么长，它抓起蜂怪，把它抛向了空中。

远处，似乎是从外面的世界里，传来了三下重击声。菲戈人站在巨人女孩一只小山似的膝盖上，望着眼前发生的一切。女孩没有注意到他们。

"她告诉这片土地它是什么，这片土地告诉她她是谁。"大下巴小比利说，泪水从他脸上滑落了下来，"我没法把这一切写成一首歌！我还不够好！"

"是小巫婆梦见她是山，还是山梦见它们是小巫婆？"傻伍莱问。

"也许，都是。"罗伯说。他们看着那只巨手合起来，收了回去。

"可是蜂怪是杀不死的。"伍莱说。

"没错，但是你能吓跑它。"罗伯说，"这是小巫婆的世界，如果我是蜂怪，我不会再来招惹她了！"

远处又传来三下击锤声，这次声音更响了。

"我想，"他继续说，"我们应该离开这儿了。"

在勒韦尔小姐农舍的屋外，有一个人重重地敲着前门。

"砰！砰！砰！"

第九章　灵魂和核心

　　蒂凡尼睁开了眼睛，脑子里还记着刚才发生的那一幕，她想：那是一个梦呢，还是真的呢？

　　她转而又想：我怎么知道我是我呢？假如我不是我，只是我以为是我呢？我怎么才能知道"是"还是"不是"呢？问这些问题的人又是谁呢？是我在想这些问题吗？如果那不是我，我怎么才能知道呢？

　　"不要问我，"她脑袋边的一个声音说，"这又是什么花招？"

　　说话的是傻伍莱，他正坐在她的枕头上。

　　蒂凡尼瞥了一眼四周，她睡在勒韦尔小姐农舍的床上。一条绿色的被子盖在她身上。被子，绿色的。不是牧场，不是山脉……不过，它们挺像这里的。

　　"我全说出声来了？"她问。

　　"哦，是的。"

　　"呃……那么这一切都是真的，是吗？"

　　"哦，是的。"伍莱快活地说，"大女巫刚才也在这儿，不过她说你可能还不会马上醒来。"

就好像炽热的岩石坠落到平静的星球上，更多的记忆出现在她的脑海中。

"你们全都没事儿吧？"她问。

"哦，都没事儿。"

"勒韦尔小姐呢？"

这记忆仿佛是一座熊熊燃烧的火山，让无数恐龙仓皇地四散逃生。蒂凡尼一下子用手捂住了自己的嘴巴。

"我杀了她！"她说。

"不，不是这样，你没有——"

"我有！当时我的脑中就是那样想的。她让我很生气！我只是像这样挥动了一下手，"——十来个菲戈人立刻低头掩护自己——"然后她就爆炸不见了！那是我！我记得！"

"是的，但是大女巫说那是蜂怪利用你的脑子思考——"伍莱说。

"可我全都记得！那是我，用这只手！"

抬起头的菲戈人又马上低下了头。

"我还记得……灰尘，变成了星星，星星……其他东西……热量……血……鲜血的味道……我记得……记得'看见我自己'！哦，不！事实上是我把它请了进来！我杀死了勒韦尔小姐！"

她眼前浮现出一个个幻影，她耳朵里有声音鸣响着。蒂凡尼听见门被"砰"的一声推开了，一双手抓起了她，仿佛她轻得像一个气泡似的。她被背在肩上，被快步地带下楼，带到外面早晨的亮光中，接着她被扔到了地上。

"……是我们……一起杀死了她……拿一只银锅……"她

轻声说。

有人严厉地掴了她一记耳光。蒂凡尼双眼蒙眬地盯着站立在她面前的高大的黑影。一个奶桶的把手被坚定地递到了她手中。

"现在去给山羊挤奶去，蒂凡尼！快，蒂凡尼，你没有听见吗？这些信任你的小家伙都看着你呢，他们在等你！给山羊挤奶去，蒂凡尼，快去！你的手还记得怎么做，你的大脑跟着会记起来的，接着它会变得坚强起来，蒂凡尼！"

她被推到了挤奶台上，在她混沌的意识中，她辨认出了面前那团哆哆嗦嗦的东西是……黑麦奇。

她的手还记得怎么做，它们放好了奶桶，抓住了乳头。当麦奇抬起一条腿，又玩起"脚踢奶桶"的把戏的时候，她的手一把抓住那条腿，迫使它安全地站回到了挤奶台上。

她慢慢地工作着，她的头脑里迷迷糊糊的，听任她的双手自己在行动。奶桶装满了又倒空了，被挤过奶的山羊分到了一桶食物槽里取来的饲料。

敏感·巴斯特不明白自己的手怎么会在挤奶。他停了下来。

"你叫什么名字？"他身后的一个声音问。

"敏感·巴——"

"不！这是那个巫师的名字，蒂凡尼！他是最强大的回声，但是你不是他！到奶房里去，蒂凡尼！"

她听从那声音的命令，踉跄地走进了凉爽的奶房。桌子上有一块发着恶臭的奶酪，已经开始融化了。

"这是谁放在这儿的？"她问。

"是蜂怪，蒂凡尼。它想要用魔法来做奶酪，蒂凡尼！"

那个声音说，"而你不是它，蒂凡尼！你知道奶酪应该怎么做，对不对，蒂凡尼？你确实知道的！你叫什么名字？"

……这儿全是一些她不明白的东西和一些奇怪的味道。她感到很恐慌，像老虎一样吼叫了起来。

她又被掴了一记耳光。

"不，那是长着虎牙的老虎，蒂凡尼！它们只是蜂怪遗留下来的过去的记忆，蒂凡尼！它利用过许多生物，但它们都不是你！你要向前看，蒂凡尼！"

她听见了这些话，但是没有完全理解。有什么东西阻隔着她，那些幻影还在她的眼前晃动。她无法不听从他们。

"可恶！"她面前那个模糊的高大身影说，"那个蓝色的小个子在哪儿，无名氏先生？"

"在这儿，夫人！我是罗伯，夫人。我请求你不要我做什么不道德的事情，夫人！"

"你说过她有一只放纪念品的盒子。马上把它拿到这儿来。恐怕我们只能这么做了。我讨厌做这种事情！"

一双手有力地抓住了蒂凡尼的胳膊，她转过身，再次看见了那张模糊的脸。一双蓝色的眼睛看着她的眼睛，好像一对蓝宝石在她眼前的迷雾中闪烁着亮光。

"你叫什么名字，蒂凡尼？"那个声音问。

"蒂凡尼！"

那双眼睛盯着她的眼睛："是吗，真的？唱一首你听过的歌儿，蒂凡尼！快！"

"哈赞，哈赞纳，姆嗒扎——"

"停下！白垩地上从没有人唱过这样的歌！你不是蒂凡

尼！我想那是沙漠女王，她用蝎肉三明治杀死了她的十二个丈夫！我要找的是蒂凡尼！你给我回到黑暗中去！"

她又感到了一阵迷糊。朦胧中她听见了低声的讨论，最后那声音说："好吧，这也许能行。你叫什么名字，小精怪？"

"大下巴小比利·菲戈，夫人。"

"你可真小啊。"

"这只是说我的身高，夫人。"

抓着蒂凡尼胳膊的手又一次抓紧了。蓝眼睛闪闪发光。

"在古老的菲戈的语言里，你的名字是什么意思，蒂凡尼？好好想一想……"

从她记忆的最深处，穿过记忆的迷雾和吵闹的回声，摆脱了幽灵们的纠缠，这个问题的答案浮现在她的脑海中。眼前的云雾散去了。

"我的名字是波涛下的大地。"蒂凡尼说完后向前扑倒了。

"不，不，不行，我们不能再睡了。"抓着她的那个人说，"你已经睡够了。好啦，你知道你是谁了！现在你必须清醒起来！你必须尽你的全力做蒂凡尼，其他的声音会离开你的，这取决于你自己的努力。"

她确实感觉好多了，她叫出了自己的名字。她脑中的吵闹声平静了，尽管还有一些窃窃低语声，让她不能清楚地思考，但至少她能看清楚了。这个抓着她、穿着黑衣的人并不高，但是她很擅长表演，骗过了人们的眼睛，让人觉得她好像很高。

"哦……你是……威得韦克斯女士？"

威得韦克斯女士慢慢地扶着她坐在一张椅子里。厨房里乱糟糟的，每一处能站的地方都站了几个菲戈人，他们全都在瞧着蒂凡尼。

"是我。我们先休息下，然后我们必须出发——"

"早上好，女士们。嗯，她怎么样了？"

蒂凡尼转过头，看见勒韦尔小姐正站在门口。她看上去很苍白，手里拄着一根拐杖。

"我睡在床上想，哦，我没有理由一直躺在那儿，为自己感到难过。"她说。

蒂凡尼站了起来。"我非常抱………"她想说，但是勒韦尔小姐轻轻地摇了摇手。

"不是你的错。"她说着重重地坐到餐桌边，"你怎么样了？嗯……你是谁？"

蒂凡尼脸红了。"我想，我还是我。"她轻声说。

"我昨晚赶到这儿来照顾勒韦尔小姐，"威得韦克斯女士说，"还有你，孩子。你在睡梦中说话，或者说，是敏感·巴斯特在说话，说他残留下来的一些属于他的记忆和习惯。"

"我不了解那个巫师，"蒂凡尼说，"还有那个沙漠女王。"

"你不了解吗？噢，蜂怪收集各种人物，想要把他们变成自己的一部分，也可以这样说，它利用他们来思考。几百年前，巴斯特一直在研究它们，他设置了一个陷阱抓住了一个蜂怪。结果蜂怪反而得到了他，愚蠢的笨蛋。最后它杀死了他。最后它总是把他们都杀死。它令他们变得疯狂。他们忘记了什么是他们不应该做的事情。但是它留下了他们的……苍白的复制品，一种活着的记忆……"威得韦克斯女士看着蒂凡尼困惑的表情，耸了耸肩，"就像是幽灵。"

"它在我的头脑里留下了幽灵？"

"是更像幽灵的幽灵。我们还没有描述它的词语。"

勒韦尔小姐颤抖着，颤巍巍地说："噢，感谢上帝，至少你已经摆脱了它。有人想喝杯茶吗？"

"啊，让我们来吧！"罗伯跳起来叫道，"傻伍莱，你和男孩们为女士们沏杯茶！"

"谢谢你。"勒韦尔小姐虚弱地说。她身后已经响起了碗碟声和说话声："我觉得我太笨拙……什么？我以为你洗餐具的时候把茶杯都打碎了！"

"哦，是的，"罗伯快活地说，"但是伍莱在另一个锁着的柜子里找到了一整套旧茶具——"

"这些非常宝贵的漂亮的瓷器是我最好的朋友留给我的！"勒韦尔小姐喊道。她跳起来冲向洗涤槽。对一个部分已经死去的人来说，她的速度真是快得惊人。她一把从惊讶的菲戈人的手中抢走了茶壶、茶杯和茶托，把它们高高地举在半空中。

"天啊！"罗伯说，直盯着那些瓷器，"我说，你们看，这就是巫术！"

"对不起，我无礼了，但是从情感方面来说，它们对我真的非常珍贵！"勒韦尔小姐说。

"无名氏先生，能否请你和你的人远离勒韦尔小姐，并且闭嘴！"威得韦克斯女士厉声说，"请你们在她沏茶的时候不要打扰她。"

"但是她手里拿着……"蒂凡尼诧异地说。

"让她一个人安静地干吧，你也不要说话，女孩！"女巫严厉地对她说。

"是的，可是她拿茶壶，没有……"一个声音说。

老巫婆转过头。菲戈人像树木对着大风弯腰一样往后退去。

"傻伍莱，"她冷酷地说，"我的井里还能放下一只青蛙，要不是你还不如一只青蛙有脑子！"

"啊哈哈哈，你完全错了，夫人。"伍莱说着高傲地昂起他的头，"这回我可骗到你了！我有一只甲虫的脑子！"

威得韦克斯女士怒视着他，然后转向蒂凡尼。

"我把一个人变成了青蛙！"蒂凡尼说，"真是太可怕了！他太大了，所以还有一个粉红色的大——"

"现在不要想这些了。"这一会儿威得韦克斯女士的声音又变得和平常一样悦耳了，好像铃铛发出的好听的叮当声，"我想你觉得这儿和家里有点不一样，嗯？"

"什么？噢，是的，在家里我从来没有……"蒂凡尼吃惊地开始说，她看见老巫婆在膝上不停地画着圆做手势，那意思仿佛是在说"继续说下去，当作什么事儿也没有发生一样"。

于是她们热烈地谈论起了羊。威得韦克斯女士说羊毛茸茸的，不是吗？蒂凡尼说是的，绝对是的。老巫婆又说，她听说它们绝对是毛茸茸的……与此同时，屋子里的每双眼睛都看着勒韦尔小姐。

用四只手在沏茶，其中两只其实已经不存在了，但是她自己并没有意识到。

黑色的水壶飘过房间，斜着壶身把热水倒进了茶壶里。茶杯、茶托、调羹和糖钵都飘浮了起来，一一各就各位。

威得韦克斯女士向蒂凡尼俯过身子。

"我希望你觉得你还是……一个人？"她低声说。

"是的，谢谢你。我是说，我能……感觉到……它们在那儿，但是它们不再挡在我面前……呃……迟早勒韦尔小姐会发现的……不是吗？"

"人的大脑是很有意思的东西。"老巫婆悄声说，"我曾经照料过一个可怜的年轻人，一棵倒下来的大树砸在他的腿上，从膝盖以下，两条腿都没了，不得不装上木制的假腿。它们就是用那棵大树做的，我想这多少让他感到了一点儿安慰，他恢复得很好。我记得他说过，'威得韦克斯女士，有时候我还能感觉到我的脚指头。'这是因为大脑不愿意接受发生的事情。而她的情况……和常人又不一样，她一直习惯用她看不见的手……"

"好啦，"勒韦尔小姐一边说一边忙碌着三套茶具和糖钵，"一杯是你的，一杯是你的，还有一杯——哎哟……"

糖钵从一只看不见的手中掉落了，糖泼撒到了桌子上。勒韦尔小姐恐惧地瞅了它们一会儿，在另一只不存在的手中，一杯茶摇晃着悬空在那儿。

"闭上你的眼睛，勒韦尔小姐！"这声音里有某种东西，某种严厉而特别的语气，令蒂凡尼也闭上了眼睛。

"对了！现在，你知道杯子就在那儿，你能感觉到你手臂的存在。"威得韦克斯女士站起来说，"信任你的感觉！你的眼睛看不到所有的真相！现在，慢慢地把茶杯放下……对对，这就对了。现在你可以睁开眼睛了。但是我想要你做的是，对，我想请你帮我一个忙，把你能看见的双手平放在桌子上不要动。对，好的。现在，不要去想这双手，请你走到食品柜那儿，帮我把那只蓝色的饼干盒拿来，好吗？我喝茶时喜欢吃上一块饼干。非常感谢你。”

"可是……可是现在我不能——"

"不要说'我不能'，勒韦尔小姐，"威得韦克斯女士厉声说，"不要去想它，只要去做！我的茶快凉了！"

怎么说话也是女巫的本领，蒂凡尼心想，就像阿奇奶奶和动物说话那样。秘诀全都在声音里！一会儿严厉，一会儿温和，只用很少的几个字来命令或鼓励，你不停地说，动物满脑子里都是你的说话声，于是牧羊犬服从了，于是紧张的羊群平静了。

饼干盒从食品柜那儿飘移了过来。当它飘到老巫婆的面前时，盒盖旋开了，停留在她身旁的半空中。她的手灵巧地伸了进去。

"噢，下午茶的花色小点，我买了许多留着，"她一边说一边取出了四块，又迅速往口袋里放了三块，"非常好吃。"

"这么做真是太难了！"勒韦尔小姐哀号道，"这就像努力不去想一头粉红色的犀牛！"

"什么？"威得韦克斯女士说，"不去想一头粉红色的犀牛，什么意思？"

"如果有人告诉你不可以去想某件事情，你很难做到不去想它。"蒂凡尼解释说。

"不，不是这样的，"威得韦克斯女士坚决地说，"你完全能做到不去想它，我向你保证。你要控制你的大脑，勒韦尔小姐。你失去了一半的身体，是吧？你那一半身体都曾说了一些什么、做了一些什么呢？只是多了许多的开销，多了一张嘴吃，多了一个身体穿，一句话，没必要。你好好想想，勒韦尔小姐，这个世界是你的……"她弯下身对蒂凡尼耳语道："那种生活在海里的、小小的、人们爱吃的东西，叫什么？"

"虾？"蒂凡尼有些困惑地说。

"虾？没错，世界是你的一只虾，勒韦尔小姐。现在这样不仅节省下了大量的衣服和食物，这些在困难的时候是非常需要的；更重要的是，当你在空中移动东西的时候，人们会说，'她真是一个了不起的女巫，准没错！'他们是对的。你要坚持你的这种能力，一定要坚持。想想我说的话吧。现在你留在这休息一下，今天的事情我们来做。你只要列一张名单给我，蒂凡尼认识路。"

"好吧，我是觉得有点……发抖。"勒韦尔小姐一边说，一边下意识地用一只看不见的手拂去遮在眼前的头发，"让我想想……你们可以去看看温布利尔先生、特维女士和男孩雷德，再查看一下汤尼夫人的挫伤，给德罗夫先生带一瓶五号药膏，还可以去探望一下快活角的老亨特夫人……我看看，我还忘了谁……"

蒂凡尼屏住了呼吸。她刚刚经历了可怕的一天和可怕的一夜。但是，从勒韦尔小姐口中报出的一长串名字却比这一天一夜更糟糕。

"……啊，对了，要和上崖的奎克莉小姐谈一谈，要是可能的话，你也可以和奎克莉夫人谈一谈。一路上还要送几个包裹，都在我的篮子里，上面写了名字。我想就是这些了……哦，不，我真糊涂，我差点忘了……你们还需要去探望一下威弗先生。"

蒂凡尼呼出了一口长气。她真不想去。她宁可从此后不再呼吸，也不想面对威弗先生，在他面前打开那只空盒子。

"你肯定你现在……整个儿是你自己了吗，蒂凡尼？"勒韦尔小姐问，蒂凡尼马上抓住了这根救命稻草，想找一个借口不去。

"哦，我确实感到有点……"她刚要说，但是威得韦克斯女士打断了她，说："她没事儿，勒韦尔小姐，只是一些回声罢了。蜂怪已经不在这座房子里了，我向你保证。"

"真的吗？我不想无礼，可你怎么能这么肯定呢？"

威得韦克斯女士低头瞧着桌面。

泼撒了的糖一粒一粒地滚过茶壶边，跳回了糖罐里。

勒韦尔小姐紧握着双手。

"哦，奥斯沃德，"她说，脸上露出了一个大大的笑容，"你回来了！"

勒韦尔小姐，可能还有奥斯沃德，一起看着威得韦克斯女士和蒂凡尼走出了大门。

"她有你的小个子陪着，不会有事儿的。"威得韦克斯女士说，这时她们转了一个弯，顺着林子里的小路走着，"她这样可以让她获得重生，你知道，在她死去一半以后。"

蒂凡尼震惊极了："你怎么能那么残忍？"

"当人们看到她在空中移动东西时，她会赢得他们的尊重。对一个女巫来说，尊重是水和食物。没有人的尊重，你就什么也不是了。我们的勒韦尔小姐，她得到的尊重不多。"

这话是真的。人们不尊重勒韦尔小姐。他们喜欢她，然而他们确实不怎么尊重她。威得韦克斯女士是对的，虽然蒂凡尼希望她是错的。

"那么，为什么你和蒂克小姐要把我送到她这儿来？"
她问。

"因为她喜欢人。"巫婆说着大步向前走去，"她关心他们。即使是那些愚蠢、吝啬、口角流涎的人，那些流着鼻涕的孩子的没有头脑的妈妈们，还有那些不中用的人、那些蠢人和傻瓜，他们把她看作仆人一般。这就是我称为魔法的东西——看明白这一切，忍受这一切，并且坚持这样做。当一个可怜的老人快要离开这个世界的时候，整夜地守在他的身边，尽可能地减轻他的痛苦，安慰他的恐惧，看着他安心地上路……接着帮他清洗，替他换上衣服，让他能干净体面地出现在葬礼上，帮助哭泣的寡妇拆洗被子——这些事情，让我告诉你，绝不是懦夫的差事——第二天夜晚再次熬夜，在葬礼前夕为逝者守灵。然后你回到家里，才坐下五分钟，一个叫嚷着的焦虑的男人猛敲你的门，他的妻子头胎生孩子难产，接生婆束手无策了。你站起来，抓起你的包，再次冲出门……我们每个人全都做过这样的事情，而凭良心说，她比我做得更好。这是女巫这一行的根本、灵魂和核心，是的，灵魂和核心！"威得韦克斯女士一只手握成了拳头，猛击另一只手的掌心，她的声音回荡着，"灵魂……和……核心！"

回声从树林中返了回来，刹那间四周一片寂静，连路边的蚱蜢也停止了它们唧唧的声音。

"可伊尔维吉夫人，"威得韦克斯女士说，她的声音降低了，"伊尔维吉夫人教她的女孩子们宇宙的平衡、圆形阵、星星、色彩、魔杖，还有……玩具，只不过是一些玩具！"她嗤之以鼻，"哦，我想作为装饰品，它们都非常好，那是一些你工作时看着好看的东西，摆着给人看的东西。但是，最基础最根本的是，自始至终地帮助那些处境艰难的人，即使是你不喜欢的人。用星星做装饰是容易的，帮助人们是不容易的。"

她停止了说话。几秒钟后，小鸟们才再次唱起了歌儿。

"不管怎么说，我是这样想的。"她又添上了一句，似乎疑心自己表达得过于偏激。

蒂凡尼什么也没有说，女巫转过身，看见她站在小路上，失魂落魄地好像一只落水的母鸡。

"你没事儿吧，孩子？"她问。

"它是我！"蒂凡尼哭起来，"蜂怪就是我！它利用的不是我的大脑，它利用的是我的思想！它利用它在我头脑中发现的那些思想！我的蔑视、我的厌恶，所有这些……"她哽咽着说，"这些……全都是我……"

"但是你有你锁起来的那一小部分。"威得韦克斯女士厉声说，"记住这个吧。"

"是的，但是如果——"蒂凡尼还想说，她想把心中所有的痛苦都倾吐出来。

"你锁起来的那一小部分是最重要的一小部分。"威得韦克斯女士说，"学会不做不该做的事情和学会怎样做该做的事情一样难，也许更难。如果我不知道不该把人们变成青蛙的话，世界上可能会有更多的青蛙。粉红色气球，也是一样的。"

"不该做。"蒂凡尼战栗着说。

"这就是为什么我们都四处流浪、制药行医的缘故。"女巫说，"噢，当然，这些事对人们有好处。而这样做，更使得你接近了你的核心，于是你不再犹豫不决。它为你定下了方向。保持你的人性，阻止你咯咯地发笑。这就像你的奶奶和她的羊，在我看来，羊和人类一样愚蠢、任性、忘恩负义。你觉得你看清了自己，发现你很坏是不是？哈！我见过坏人，你还差得远呢。现在，你能不能不要号哭了？"

"什么？"蒂凡尼厉声问。

让她生气的是，威得韦克斯女士突然笑了。

"没错，你从头到脚整个就是一个女巫。"她说，"你很伤心，你看着你自己伤心，心里想，'哦，可怜的我'，你还在心里生我的气，因为我没有安慰你说，'哎哟，哎哟，可怜的人儿'。让我和你的第三思维说话吧，因为我想听见那个只带了一把平底锅和精灵女王对决的女孩说话，而不是听一个'为自己感到伤心，陷入了痛苦之中的'小孩子说话！"

"什么？我没有陷入痛苦之中！"蒂凡尼喊道。她大步走向女巫，站到她的面前，"对人好有什么意义，嗯？"在她头顶上，树叶从树上飘落下来。

"对于有些女巫来说是毫无意义，尤其是对于像你这样的！"威得韦克斯女士严厉地说，一根手指像一截木头般重重地戳在她的胸口上。

"哦？哦？这又是什么意思？"一头鹿从树林里疾驰而过，搅起了一阵风。

"有人不注意观察，孩子！"

"哎哟，有什么你看到，而我却没有看到的东西吗……老女人？"

"我可能是一个老女人，但是我告诉你，蜂怪还在这周围！你只是把它赶了出去！"威得韦克斯女士大声说。鸟儿惊恐地从树林中飞起。

"我知道！"蒂凡尼尖叫道。

"哦，是吗？真的吗？你是怎么知道的？"

"因为有一部分我还在它里面！一部分我真不想知道的我，谢谢你了！我能够感觉到它在那儿！不管怎样，你是怎么知道的？"

"因为我是一个非常棒的女巫，这就是原因。"威得韦克斯女士怒吼道，兔子们钻进地洞深处躲了起来，"你坐在那儿哭鼻子，你要我怎么对付那个怪物呢，嗯？"

"哪敢劳驾你呢！哪敢劳驾你呢！这是我自己的责任！我会对付它的，多谢你了！"

"你？蜂怪？这可比平底锅复杂多了！它是杀不死的！"

"我会找到办法的！一个女巫能对付各种事情！"

"哈！我倒要你试试看！"

"我会做到的！"蒂凡尼叫道。天空中开始下雨了。

"哦？那么你知道怎样向它发起进攻了，是吗？"

"别傻了！我不可能知道！它会躲开我的！它甚至能躲到地底下去！但是它会来找我的，明白吗？是我，不是别人！我知道它会的！这一次我会做好准备的！"

"你会吗，真的吗？"威得韦克斯女士抱着胳膊说。

"是的！"

"什么时候？"

"现在！"

"不对！"

老巫婆举起了一只手。

"这儿安宁吧，"威得韦克斯女士轻轻地说。风住了，雨停了。"不是现在，还没到时候。"她继续说，四下里越发寂静了，"它还没攻击你。你是不是觉得有点奇怪？它正在舔自己的伤口呢，要是它也有舌头的话。而你也还没有准备好，不管你怎么想。现在，我们还有其他的事情要做呢，不是吗？"

蒂凡尼无话可说。她内心的怒火是如此狂热，灼烧着她的耳朵。然而威得韦克斯女士正微笑着。这两种印象无法统一起来。

她的第一思维想：我刚才和威得韦克斯女士激烈地吵了一架！他们说如果你刺她一刀，她也不会流血，除非她想流。他们说吸血鬼咬过她后，都会开始渴望茶和甜饼干。她能在任何地方做任何事情！可我却叫她老女人！

她的第二思维想：哦，她是一个老女人。

她的第三思维想：是的，她是威得韦克斯女士。她想要让我生气。如果你的心中充满了怒火，你就不会感到害怕了。

"你留着这怒火，"威得韦克斯女士说，好似读懂了她所有的思想，"把它好好地藏在你的心里，记住它来自哪儿，记住它的模样，留着它直到你需要它的时候。不过现在，野狼已经在林子里出没了，你得去照料羊群了。"

就是这声音，蒂凡尼心想。她对人说话的样儿真的很像阿奇奶奶对羊说话的样儿，只是她几乎从不诅咒。但是我觉得……好多了。

"谢谢你。"她说。

"我们还要去看望威弗先生。"

"是的，"蒂凡尼说，"我知道。"

第十章　迟开的花朵

那真是……很有意思的一天。山里的每个人都知道了威得韦克斯女士。她常说，倘若一个人得不到别人的尊重，那他便一无所有。今天她可是得到了充分的尊重，连蒂凡尼也顺带沾了光。

她们被人们视为皇室贵族一般——不是被人拉出去斩首或是经受炽热的火钳那类卑劣的皇室，而是另外一种。从她们身边走过的人们，乐得目眩神迷："她真和我打招呼了！非常优雅高贵。这只手我再也不洗了。"

在蒂凡尼看来，她们接触的人里有好多人压根儿就不洗手，可比不得在奶房里工作的她干净，人们挤在农舍的门外东张西望。还有人讨好地挨近了蒂凡尼，有意无意地说："她要不要喝水呀？我的杯子已经洗好了呢。"当她们经过每个村庄的花园时，蒂凡尼都注意到，那儿的蜂窝会霎时变得热闹起来。

她走在一边，想安静一会儿，回想一下自己都做了些什么。给人看病上药的事情，已经干得很熟练了，假如还有什么不够完美的话，想想若能不干这些事情，生活该有多么美好。她觉得威得韦克斯女士未必会赞成她的这种态度。但蒂凡尼还

219

不怎么喜欢她呢，她总是撒谎——她从来没说过真话。

就拿雷德家的厕所来说吧，勒韦尔小姐已经多次细致地向雷德夫妇说明了厕所离水井太近了，所以他们喝的水里有很小很小的细菌，孩子们喝了这样的水会生病的。他们听得非常认真，回回如此，但却从未照办。而威得韦克斯女士告诉他们说，那都是厕所的气味招来的妖怪们作的怪。当他们离开时，雷德先生已经带着他的三个朋友动手在花园的另一头挖新井了。

蒂凡尼坚持认为是水里的小生物引发了疾病。她曾经付给一个流浪教师一个鸡蛋，排队等候着，然后通过那个"令人惊奇的显微装置"看到了"每一滴水里的动物园"。第二天，她一整天没敢喝水，差一点儿晕倒了。那些小生物有的还长着毛呢。

"是这样的吗？"威得韦克斯女士略带讽刺地说。

"是的，正是这样。勒韦尔小姐相信应该告诉人们真相。"

"不错，她是一个诚实的好心人。"威得韦克斯女士说，"但是，和人们交流，你需要用他们能听懂的话才行。就像刚才，要想让雷德先生相信孩子们生病是因为他们喝了看不见的小生物，你得把这个世界给改变了，或许再把他那个肥肥的笨脑袋往墙上撞上几下。在你说服他的当儿，孩子们病得更重了。假如你说是小妖怪，他们立刻就懂了。编一个小故事，问题都解决了。等我明天见到蒂克小姐，我会告诉她那些流浪教师就快要来了。"

"好吧，"蒂凡尼不情愿地承认，"但你告诉鞋匠温布利尔先生，要是他能每天走到通波尔·克拉格村的瀑布那儿，走上一个月，再往池子里扔三个小石子献给水仙子，他的胸口就不会再痛了。这哪儿像看病啊！"

"是不太像，但他得到了处方。他这人整天弓腰坐着，运动的时间太少。每天散步五英里，一边呼吸着新鲜的空气，走上一个月，我保证他健壮如牛。"威得韦克斯女士回答说。

"噢，那么剩下的故事呢？"

"随你怎么想了，"威得韦克斯女士说道，眼睛闪闪发亮，"谁知道呢，没准儿水仙子很感激那些小石子呢。"

她瞥了一眼蒂凡尼的表情，轻轻拍着她的肩膀，安慰说：

"这没有关系，小姐。我们要这样看问题：明天，你的责任是让这个世界变得更加美好；而今天，我的任务是让每个人都能治愈。"

"嗯，我想……"蒂凡尼想说一点儿什么，却又闭上了嘴巴。她抬头望着山谷中小块田地和山上陡峭的草坪之间的那排树林，接着说道："它还在那儿。"

"我知道。"威得韦克斯女士说。

"它就在这附近，但和我们保持着距离。"

"我知道。"

"它觉得自己在做什么？"

"它里面有你的一小部分，你觉得它在做什么？"

蒂凡尼努力地想着，它为什么不进攻呢？哦，这一次她一定会做好准备，但它是强大的对手。

"也许它要等到我再次心烦意乱的时候再动手。"蒂凡尼说，"不过我一直有一种想法，虽然也许没有什么意义。但是我一直在想……三个愿望。"

"什么愿望？"

"我也不知道。听起来有一点儿傻。"

威得韦克斯女士站住了。"不，一点儿也不傻。"她说，"你的内心深处正在试图给你发送信息。那就先记下它。因为现在……"

蒂凡尼叹了一口气："是的，我知道。威弗先生。"

在一片杂草丛生的花园中间，是威弗先生的农舍。

蒂凡尼在大门口停了下来，回头一看，却发现威得韦克斯女士不见了。可能她去找人讨一杯茶和一块甜饼干了，她可离不了它们！

蒂凡尼打开门，沿着园中的小路向前走去。

你不能说，这不是我的错。你也不能说，这不是我的责任。

你必须说，我会对这件事负责。

你可以不想做，但你必须去做。

蒂凡尼深深地吸了一口气，步入了漆黑的房间。

威弗先生在屋子里。坐在他的椅子上睡得正香，嘴巴大张着，露出满嘴黄牙。

"呃……你好，威弗先生，"蒂凡尼战战兢兢地轻声地说，"我，嗯，只是来看一下你是否一切……一切都还好？……"

威弗先生轻哼了一声，醒了，他咂了咂嘴巴把瞌睡虫赶走了。

"啊，是你啊。"他说，"下午好。"然后他靠直了身体让自己更舒服一点儿，接着开始盯着门外，不再理蒂凡尼。

也许他不会问的，她一边想一边洗碗，掸灰，拍松靠垫，还有，倒便桶。但是突然间一只胳膊伸了出来，抓住她的手腕，令她几乎尖叫起来，老人露出一张讨好的表情。

"你走之前检查一下这只箱子好吗，玛丽？我昨天晚上听到一些动静，没准儿哪个卑鄙的小偷进来过了。"

"好的，威弗先生。"蒂凡尼应道，同时心里想：我不要在这儿，我不要在这儿！

但是她别无选择。她拉出了箱子。

箱子很重，她站了起来，掀开盖子。

盖子吱嘎吱嘎响，周围一片静寂。

"怎么样，朋友？"威弗先生问。

"唔……"蒂凡尼支吾着。

"钱都在里面，是不是？"老人着急地问。

蒂凡尼的脑子现在好似一团乱麻。

"呃……都在这儿，"她终于说，"呃……它们都变成了金币，威弗先生。"

"金币？哈，别取笑我了，小朋友，我是不会有金币的！"

蒂凡尼轻轻地把箱子放到老人的膝盖上，他呆呆地瞅着箱子里面。

蒂凡尼认出那是一些旧币，是小精怪在古墓里挖出来的金币。那上面原来有图案的，如今年深日久就看不清了。

不管有没有图案，金子还是金子。

她突然一扭头，看到一个红头发的小家伙消失在阴影中，她肯定自己看见了。

"好啦，"威弗先生说，"好啦。"他又说了一遍，好像他再也没有什么可说的了。过了好一会儿，他说道："这笔钱用作埋葬费也太多了。我不记得我积攒下了这么多钱。我估摸着这些钱足够埋葬一个国王了。"

蒂凡尼深吸了一口气。她不能让事情变得像这样。她不能容忍这样。

"威弗先生，有一些事我一定要告诉你，"她说。接着她把事情的经过告诉了他，不是只拣好的说，而是统统都告诉了他。威弗先生静静地坐着，仔细地听着。

"好啊，这不是很有意思吗。"等蒂凡尼全说完了，他说。

"唔……我很抱歉。"她想不出其他的话可说。

"那么你的意思是说，那个怪物让你偷走了我存的钱，对吧？你认为是你的那些精灵朋友又把金子放到了我的箱子里，对吧？这样你就没有麻烦了，对吧？"

"我想是的。"蒂凡尼说。

"好啦，看来我得谢谢你。"威弗先生说。

"什么？"

"啊，我可不是得谢谢你。倘若你不是把银币和铜钱拿走了，哪有放这些金子的地方呢。"威弗先生说，"我想那丘陵地坟墓里死去的国王现在并不需要它们。"

"是的，但是……"

威弗先生在箱子里摸索了半天，拿起一枚金币，这枚金币足以买下他的庄园。

"姑娘，这是给你的一点儿小礼物。"他说，"给自己买一条发带什么的吧。"

"不，我不能要。那样是不对的。"蒂凡尼坚决地拒绝了，事情完全不对了。

"哦，怎么了？"威弗先生明亮的眼睛意味深长地看着蒂凡尼，"好啦，就算是我要你帮我办事的报酬如何？我爬不动楼梯了，我要你替我到楼上跑一趟，把挂在门背后的一件黑色礼服拿下来，再从床头的柜子里拿一件干净的衬衣，还要你帮我把靴子擦干净，扶我站起来。别的嘛，我想我自己还能走过走廊。因为，你知道，用这么多钱给一个人办一次葬礼也太过奢侈了，我琢磨着给自己办一场婚礼还不错。所以，我打算向寡妇塔西求婚，请她和我成婚。"

最后一句话起了一点儿作用，蒂凡尼问道："你要结婚？"

"是的，"威弗先生挣扎着站起身，继续说，"她是一个好女人，她会做可口的牛排洋葱饼，另外她牙齿一颗都不缺，她给我看过的，所以我很清楚。那一口牙齿是她小儿子大老远从大城市的店里给她买来的呢，她戴上后好看得很。有一回我吃肉嚼不下，她还把她的牙齿借给我用了呢。一个人对这样的好心可是永远都忘不了的。"

"呃……你不觉得这事儿你应该再想一想吗？"蒂凡尼问。

威弗先生笑了："想一想？年轻的小姐，我可不能再想了。像我这么一大把年纪的人还有时间想吗？我今年九十一岁了，九十一了！要马上行动。而且，我相信她对我的提议是不会嗤之以鼻的，因为我瞧见过她眼里闪动的光芒。这些年来我可是见了不少这种眼光，这是好事。我敢说突然有了一箱子金币让我更招待见了，我老爹也会这么说的。"

威弗先生费了一点儿力气，唠唠叨叨地说着话，花了十来分钟打扮妥当。他没要蒂凡尼帮忙，让她背过身去，用手捂住耳朵。接着，蒂凡尼搀着他走进了花园里。他扔掉了一根拐棍，摆动着手，指着那些杂草，得意地大声说道："明天我要把你们统统都割掉！"

在花园的门口，他抓住柱子，伸了伸腰，喘了一口气，让自己站得更加挺拔一点儿。

"就这样了，"他说，略微有一点儿紧张，"要么现在，要么永不。我看上去不错，是吧？"

"很好，威弗先生。"

"干干净净？整整齐齐？"

"呃……当然。"

"头发怎样？"

"呃……威弗先生，你没有头发啦。"她提醒他。

"啊，是的，我头发都没啦，我得去买一顶，怎么称呼来着，那种用头发做的帽子？你觉得我的钱能买得起吗？"

"一顶假发？你买得起成千上万顶假发！威弗先生。"

"哈！没错。"他双眼闪闪发光，环视着花园，"有没有已经开了的花？看不大清……啊……眼镜，我见过一次，用玻璃做的，让你看得清清楚楚。我要副眼镜……我能买得起吗？"

"威弗先生，"蒂凡尼说，"你什么都买得起。"

"啊，上帝保佑你！"威弗先生说，"但是，姑娘，现在我需要一束花。我总不能不带花就去求婚吧，这哪儿有花啊？你瞧见了吗？"

在花园的石楠和草丛里开了几朵玫瑰。蒂凡尼去厨房拿了一把剪子，然后把它们修剪成一把花束。

"啊，好，"他说，空出来的那只手紧紧地拿着玫瑰花，"迟开的花朵，就像我一样。"忽然，他皱起眉头，一声不吭，像一尊雕塑似的站住不动了。

"要是我的托比和玛丽能来参加我的婚礼就好了。"他平静地说，"但是你知道，他们已经死了。"

"是的，"蒂凡尼回答，"我知道，威弗先生。"

"我也希望我的南希还活着，虽然我现在希望和另一个女士结婚，这可能不是一个明智的愿望。哈！我认识的人几乎都死了。"威弗先生瞅着手中的花看了好一阵子，接着又站直了身子，说，"但我们毫无办法，即使我们有满满一箱子金币也没有用。"

"不，威弗先生。"蒂凡尼哽咽地说。

"哦，不要哭，小朋友！阳光在照耀，鸟儿在唱歌，过去的事永远无法弥补，对吧？"威弗先生快活地说，"寡妇塔西还在等着我们呢。"

有那么一刻，威弗先生似乎有一点儿惊慌失措，接着他清了清喉咙。

"我身上没有什么异味吧？"他问。

"呃……有一点儿樟脑球的味，威弗先生。"

"樟脑球？樟脑球味就樟脑球味吧。我们在浪费时间呢。"

威弗先生一手拄着剩下的那根拐杖，一只手挥舞着花束保持着平衡，以惊人的速度一个人出发了。

这时蒂凡尼听见威得韦克斯女士的声音说："啊，这真好，不是吗？"

蒂凡尼迅速地环顾着四周，没有看见她的身影，但她肯定就躲在附近的什么地方。蒂凡尼瞥了一眼身旁那堵爬满了常春藤的老墙。一直等到威得韦克斯女士走动起来的时候，她才看到了她。她并没有改变自己的衣服，也没施用任何蒂凡尼知道的法术，她就是那样……慢慢地出现了。

"呃，是的。"蒂凡尼应声说，拿出手绢擦了擦鼻子。

"但这让你不安。"威得韦克斯女士说，"你觉得事情的结果不应该是这样的，对不对？"

"对。"蒂凡尼激动地说。

"如果他被埋在便宜一点儿的棺材里会好些，是不是？"威得韦克斯女士说话比针尖还要尖锐。

"不！"蒂凡尼绞着双手，"但是……这样的话，似乎不大……公平。我是说，要是菲戈人没那样做就好了。不管怎样，我肯定我能弥补……我可以自己存钱……"

"孩子，这不是一个公平的世界。你应该为有这样的好朋友而高兴。"

蒂凡尼抬头望着树林。

"没错，"威得韦克斯女士说，"但是不在那儿。"

"我要离开这儿。"蒂凡尼说，"我一直在想蜂怪，我必须离开这儿。"

"用扫帚怎么样？"威得韦克斯女士说，"蜂怪走不快的——"

"不！我能飞到哪儿去呢？家吗？我不想把它带回家。

我不愿它在我周围荡来荡去。当它……当我和它见面时，我不想旁边还有其他人，你明白吗？我知道我……它一生气会怎么做。它几乎把勒韦尔小姐杀死了。"

"要是它跟着你呢？"

"好啊！我就把它带到那儿的某个地方去。"蒂凡尼指着群山说。

"就一个人吗？"

"我有其他选择吗？"

威得韦克斯女士瞅着她打量了许久。

"是啊，"她说，"你没有其他选择。我也没有，所以我会跟着你。不用争，小姐。你有办法阻止我吗，嗯？哦对了，我想起来了，汤尼夫人那些神秘的淤青是汤尼先生打的。还有奎克莉小姐，她孩子的父亲是弗雷德·特维。你可以向勒韦尔小姐提提这事儿。"

她说话的当儿，一只蜜蜂从她的耳朵里飞了出来。

我是一个诱饵——几个小时后，当蒂凡尼从勒韦尔小姐的庄园里走出来向沼泽地走去时，她想——我不知道自己是不是做了诱饵，就像古时候，猎人常拴上一头山羊或一个小孩，来引诱附近的狼。

她制订了一个计划要杀死蜂怪，我知道的。她都算计好了。它会来找我的，而她只需要挥动一下手。

她肯定认为我蠢极了。

她们当然起过争执。威得韦克斯女士发表了一通颇不悦耳的言论。她是这样说的：你才十一岁，你要蒂克小姐跟你的父母怎么说呢？蒂凡尼的事我们实在是抱歉，我们让她一个人去和一个无法被杀死的古老的怪物对抗，现在她只剩下了这一点，都在这个坛子里了。

勒韦尔小姐也含泪说了几句。

倘若蒂凡尼不是一个女巫，她或许会抱怨每个人，一切是那么不公平！

然而事实上她们是公平的，她知道这一点。她们不只是考虑她一个人，还考虑其他人。蒂凡尼讨厌自己——噢，就那么一点儿——因为她不曾考虑其他人。但在这一刻她们选择公平，真有点让人恶心。这一点是不公平的。

当她带着平底锅去精灵国时没人告诉她她才九岁。当然，除了菲戈人，没人知道她去了那儿，而她比他们高出好多。要是她知道那儿有什么，她还会去吗？她不知道。

是的，我会的。

即使你不知道该如何对付那个蜂怪，你还是会做这件事的。

是的，我会的。我仍然有一部分在它身上，我也许能做些什么。

但是当威得韦克斯女士和勒韦尔小姐赢了那场争论的时候，你就没有感到一点儿的高兴吗？现在你想勇敢地去了，然而与你的愿望相反，你身边有一个伴，而且陪伴你的是那个在这个世界上活着的最强大的女巫。

蒂凡尼叹了一口气。当你自己的思想想说服你自己的时候，那真是非常可怕。

菲戈人不反对她去找蜂怪，他们反对的是她不许他们跟着去。她知道他们觉得受到了侮辱。但是，就像威得韦克斯女士说的一样，那是真正的巫术，没有菲戈人的用武之地。假如蜂怪来了，不是在梦中，而是真的来了，它可是不怕被踢着或打着头的。

蒂凡尼本想说点什么以对他们的帮助表示感谢，但罗伯已经抱起胳膊别过身子去了。事情又出错了，虽然老巫婆说得没错，但他们可能会受到伤害。问题是如果你向菲戈人解释一件事有多么多么危险，只能引起他们更大的热情。

她只好让他们自己去继续争论。

但现在这一切全都留在了身后。小径旁的树林不怎么茂密，却很尖。倘若蒂凡尼懂得一些树的常识的话，她就会明白这是因为冬青树长得太过茂盛，把橡树的长势给抑制了。

她感觉到了蜂怪的存在，它正跟着她们，但是距离还很远。

假如让你猜谁是女巫的首领，你不会想到威得韦克斯女士，你可能以为是伊尔维吉夫人，她穿着浓黑的黑礼服，像脚下生有轮子似的优雅地滑过地板。而威得韦克斯女士只是一个穿着暗黑色衣服的老妇人，长着一张严峻的脸和一双粗糙的手。她的衣服从来没有人们想象的那么黑，总是沾满了灰尘，裙摆也破破的。

然而，她的第二思维想：你曾经给阿奇奶奶买过一个瓷制的牧羊女，还记得吗？蓝白相间，闪闪发光。

她的第一思维想的是：哦，是的，那时候我还很小。

她的第二思维又想：是的，但是哪一个才是真的牧羊女呢，是那个衣着干净、穿着带扣的鞋子、闪闪发光的小姐，还是那个脚踏草鞋、肩披麻袋、在雪地里蹒跚而行的老妇人？

威得韦克斯女士差点绊了一脚，不过她很快恢复了平衡。

"小路上松动的石子很危险。"她说，"当心。"

蒂凡尼低头瞧了瞧，地上的石子不多，也不是特别松动，似乎并不太危险。

威得韦克斯女士有多大年纪了？这是一个她希望自己没有想到的问题。她瘦骨嶙峋，却很硬朗，和阿奇奶奶一样，一直健康地活着。阿奇奶奶就直到有一天上床睡觉后，再也没有起来……

太阳往下落着。蒂凡尼能感觉到蜂怪在跟着她，就像有人盯着你看时你能感觉到一样。它还在小树林里，树林像围脖一般环拥着山。

最后，威得韦克斯女士在一片有好多大石块的地方停了下来，这些石头像柱子一样从草丛中拔地而起。她靠着一块石头坐了下来。

"我们只能停在这儿了。"她说，"天马上就要黑了，在这些松滑的石子上走路，你会崴着脚的。"

四周的巨石有房子般大小，它们都是从前从山上滚下来的。不远处的山峰仿佛一堵堵起伏的石墙悬在蒂凡尼的头顶之上。四下里荒无人烟，每一点响动都有回声。

她在威得韦克斯女士旁边坐下了，打开勒韦尔小姐为她们准备的小包裹。

在这种事儿上，蒂凡尼没有很多经验，按照童话里写的，通常冒险时吃的都是面包和奶酪。

勒韦尔小姐为她们准备了火腿三明治、泡菜，还有餐巾。她脑子里一直有这么一个奇怪的想法：我们要想办法杀死一个可怕的怪物，至少我们自己不能被面包屑埋了。

包里还有一瓶凉茶和一包饼干。勒韦尔小姐很了解威得韦克斯女士。

"我们要不要烧堆火？"蒂凡尼提议。

"为什么？到下面林子里去拾木柴还有很远的路呢，况且，再等上二十分钟，半个月亮就要爬上来了，月光很明亮。你的朋友一直跟着我们，可在这儿它是不会袭击我们的。"

"你肯定？"

"我在我的山里，当然是最安全的。"

"山里没有野兽吗，狼啊什么的？"

"哦，有的，很多。"

"它们不袭击你？"

"绝不会。"黑暗中一个自豪的声音答道，"请把饼干递给我！"

"给。你要不要来点泡菜？"

"吃泡菜，嘴里会有一股怪味道。"

"这样的话……"

"哦，我没说不吃。"威得韦克斯女士一边说一边拿起了两根大个儿的腌黄瓜。

呵，很好。蒂凡尼心想。

她随身带了三只鲜鸡蛋。她学了很长时间还没有学会做沙姆博。她真是笨。别的女孩子都会做，而且她相信她的做法没有错。

她在包里放了好些乱七八糟的东西。她看也不看，把东西全都倒了出来，熟练地绕着鸡蛋织线，好像她已经做过一百次了似的，然后抓住碎木片，转动起来……

"砰！"

鸡蛋碎了，蛋液流了出来。

"我告诉过你。"威得韦克斯女士说，一直睁着一只眼睛看着，"这些棍子、石子都是玩具。"

"你有没有做过？"

"没有，我做不好。它们有它们的方式。"威得韦克斯女士打着哈欠说。她把毯子裹紧了一些，哼哼了几声，似乎是想让自己靠着石头睡得更舒服一点儿。没过一会儿，她的呼吸变得均匀了。

蒂凡尼躺在毯子里静静地等待着。月亮出来了。她本指望感觉能好一些，但是没有。方才，这儿是一片漆黑，而现在，她看到了重重影子。

她的身边传来了打鼾声。四周如波浪似的石块仿佛一幅粗犷的油画。

寂静降临了。它驾着银色的翅膀，穿过黑夜，仿佛一片轻盈的羽毛，悄无声息地飞来了。它幻化作了一只猫头鹰，飞落在近旁的一块石头上，歪着脑袋瞧着蒂凡尼。

它的神情似乎不只是一只鸟儿的好奇。

老妇人又打起了鼾声。蒂凡尼盯着那只猫头鹰，伸手轻轻地摇了摇她。没有动静，她只好再使劲摇了摇。

好似有三头小猪一起嘟囔着，威得韦克斯女士一声高高的鼾声之后，睁开了一只眼睛问："唔？"

"有只猫头鹰在盯着我们！就在这儿！"

刹那间，猫头鹰眨着眼睛瞧着蒂凡尼，好像看见她感到非常奇怪，接着展开翅膀，飞入夜幕中。

威得韦克斯女士抓着她的喉咙，咳嗽了一两声，声音嘶哑地说："当然是一只猫头鹰，孩子，我花了十分钟才把它引得这么近！现在你要安静一点儿，我要再试一次；否则，我只好借用一只蝙蝠了。每次我借用蝙蝠飞出去时，我总想着我是在用我的耳朵看东西（因为蝙蝠是瞎子），一个体面的女士是决不能这样做的！"

"但是你刚才在打鼾！"

"我没有打鼾！我只是稍稍休息了一下，一边引着那猫头鹰靠得近一点儿！要不是你摇醒我把它吓走了，我已经飞到了空中，这一片就已全都在我的眼皮子底下了。"

"你……占用了它的身体？"蒂凡尼紧张地问。

"不！我可不是你的蜂怪。我只是……借它带我一程，只是……偶尔逗引它一下，它甚至都没发觉我在它身上。现在，你快睡吧。"

"可是，万一蜂怪……"

"一旦它靠近，我马上会告诉你的！"威得韦克斯女士嘘了一声躺下了。她又挪了挪头，补充说："我不会再打鼾了！"

可半分钟后，她又开始打鼾了。

几分钟后，那只猫头鹰又飞了回来，或者也许是另一只。它飞落到同一块石头上，停了一会儿，接着又飞走了。巫婆不再打鼾了，事实上，她几乎连呼吸都没有了。

蒂凡尼靠近了她瘦削的胸膛，俯下身子听了听她的心脏是否还在跳动。

她感觉自己的心紧张得像握紧了的拳头——

她想起了她在牧羊小屋里发现阿奇奶奶的那一天。她安详地躺在窄窄的铁床上，然而一踏进小屋，蒂凡尼就察觉到有些不对劲。

"咚。"

蒂凡尼数到了三。

"咚。"

还好，她的心还在跳。

缓慢地，像一根生长着的树枝，有一只僵硬的手在移动，犹如迟缓的冰河在运动，它慢慢地滑动着，伸进了口袋，又伸了出来，举着一张写着字的大的卡片，卡片上写着：

蒂凡尼决定不再和她争辩。她替老妇人披了披毯子，然后用毯子把自己裹紧了。

借着月光，她又做起了沙姆博。她应该能够用它来做些什么，也许如果……

借着月光，她非常非常小心地……

"砰！"

鸡蛋碎了。鸡蛋总是碎掉，现在她只剩下一个鸡蛋了。蒂凡尼不敢拿甲虫来做，即使能找到她也不愿意，那样太残酷了。

她坐直了，望着银灰色的地平线，她的第三思维想：它不会到这儿来的。

为什么？

她想：我不确定为什么我知道。但我觉得是这样，它不敢靠近。它知道威得韦克斯女士和我在一起。

她又想：它是怎么知道的，它没有思想，它连威得韦克斯女士是什么都没有概念。

蜂怪还在思考。蒂凡尼的第三思维想。

蒂凡尼靠着石头躺下了。

有时候，她脑袋里的思想太……拥挤了……

早晨来临了，阳光照耀，她的头发上沾着露水，薄雾宛如轻烟在大地上漫游……一只鹰停在昨晚猫头鹰停落的石头上，正吃着什么毛茸茸的东西。蒂凡尼能看清它翅膀上的每一根羽毛。

它一边吞咽着，一边用它那双野性十足的鸟眼瞪着蒂凡尼，然后拍拍翅膀飞进了雾中，搅得轻雾一阵轻轻地颤动。

在蒂凡尼身旁，威得韦克斯女士又开始打鼾了，听着那鼾声，她能感觉到威得韦克斯女士在她的身体里。她轻轻地推了推老妇人，那规则的"格那啊啊格雷格雷格雷"的鼾声突然止住了。

老妇人坐了起来，咳嗽了几声，急切地挥着手让蒂凡尼把茶水递给她。她一口气喝下半瓶水然后才开口说话。

"啊，说说看你喜欢吃什么。不过兔子烧熟后可比生吃好吃，"她喘了一口气，把水瓶盖好，"还得把皮扒去。"

"你利用……借用了鹰的身体？"蒂凡尼问。

"当然，你总不能指望可怜的猫头鹰天亮后还飞来飞去，只是为了看看这附近都有谁吧。它整夜在捉田鼠，相信我，即使是生兔子也比田鼠好吃。千万别吃田鼠。”

“我不会的。”蒂凡尼说，她真的不会去吃，“威得韦克斯女士，我想我知道蜂怪在做什么。它正在思考。”

“我可觉得它是没脑子的！”

蒂凡尼让她的思想自己说话。

“但它有我的回声，不是吗？肯定有，它能收到曾经它占据过的每个人的回声。我还有一小部分肯定还在它里面。我知道它就在这附近，而它也知道我和你在一起。所以，它和我们保持距离。”

“哦？为什么会是这样？”

“我想，是因为它害怕你。”

“哈！它干吗怕我？”

“它怕你，”蒂凡尼简单地说，“是因为我，有一点儿，怕你。”

“孩子，你怕我吗？”

“是的。”蒂凡尼接着说，“它就像一条挨了打的小狗，但是不会逃走。它不理解是哪儿做错了。不过关于它……我心里有一个模糊的想法……”

威得韦克斯女士什么也没说，她的脸色变得苍白起来。

“你还好吧？”蒂凡尼问。

“我只是想给你留一点儿时间，让你把那个念头想清楚。”威得韦克斯女士回答。

“对不起。可那念头现在又消失了。不过……我们可能把蜂怪想错了。”

"哦，是吗？怎么讲？"

"因为……"蒂凡尼努力想把自己的想法说出来，"我想，是因为我们不愿意把它往好的一面想。这跟……第三个愿望有关。不过我还不知道那到底是什么意思。"

"继续朝着这个思路想。"巫婆说着抬头看了看，又说了一句，"我们有伴儿了。"

蒂凡尼费了几秒钟才在森林的边缘处找到了威得韦克斯女士所说的伴儿：一个小小的黑影正往这边飞来，不过还看不太清楚是谁。

渐渐地，她看清那是佩特拉的身影，她紧张地飞在离地几英尺的半空中。有时候她从扫帚上跳下来，用手抓住扫帚变换着方向。

她在蒂凡尼和威得韦克斯女士身边又一次跳了下来，匆忙间她抓住扫帚指向了一块大石头。扫帚轻轻地撞在石头上，戳在石头的缝隙里，好似想要从那石块中飞过去。

"呃，抱歉，"她喘着气说，"但我总是没法让它停下来，如果扫帚有锚就好了……呃。"

她向威得韦克斯女士行着屈膝礼，但行到一半，她想起自己是一个女巫，于是又改作鞠躬。这真是一个少见的行礼，你就是花钱也未必能看到呢。她几乎一躬到底，弯着身子声音细细地说："呃，是否能够帮一个忙，我的'八克三峰'项链勾住了我的九药草袋？"

帮她解开这些复杂的玩意儿可费了一些工夫，威得韦克斯女士一边摘下佩特拉的手镯和项链，一边嘀咕着说："玩具，都是些玩具罢了。"

佩特拉羞红了脸，她站直了身体，看到威得韦克斯女士的表情，于是摘下她的尖顶帽，把它举到她的面前。这是一个表示尊敬的动作，但同时也意味着把一个一头尖尖的、两英尺的东西对准了她们。

　　"呃……我去见过勒韦尔小姐，她说你们经历了一些可怕的事情，现在到这儿来了。"她说，"呃……我想我应该来看看你们怎么样了。"

　　"呃……你真是太好了。"蒂凡尼回答，而她多虑的第二思维却想：倘若我们遭到了蜂怪的袭击，你会怎么做？她想起了有一回佩特拉站在一个狂怒的怪物面前的模样，不过现在想来没有当初觉得的那么可笑了。佩特拉会战栗地站在它面前，那些无用的护身符叮当作响，她几乎会吓得魂飞魄散……但是她不会逃走。她会想，总要有人面对这可怕的一切，不管怎么说，她得来。

　　"你叫什么名字，小姑娘？"威得韦克斯女士问。

　　"呃，佩特拉·格雷斯特，夫人，我的老师是格威妮弗·布莱克凯布。"

　　"老妈妈布莱克凯布？"威得韦克斯女士说，"很好。她是一个治猪病的好手。你能来这儿真是很好。"

　　佩特拉紧张地瞧着蒂凡尼："呃，你没事儿吧？勒韦尔小姐说你……病了。"

　　"我已经好多了，谢谢你的关心。"蒂凡尼沮丧地回答，"瞧，我很抱歉……"

　　"没关系，你生病了嘛。"

　　这是佩特拉性格的另一面，她总是想到每个人最好的一面。但是倘若你发现她绞尽脑汁地要想出某人的优点，而那人正是你，这多少让你感到有一点儿不自在。

"在大赛之前你还打算回去吗？"佩特拉又问。

"大赛？"蒂凡尼茫然地问。

"女巫大赛。"威得韦克斯女士提醒她说。

"就在今天。"佩特拉说。

"我完全忘了这回事儿。"蒂凡尼说。

"我可没忘。"老巫婆平静地说，"在过去的六十年里，我从没错过任何一次大赛，从没错过。格雷斯特小姐，你能不能帮我这个可怜的老太婆一个忙？骑着你的扫帚，飞回去告诉勒韦尔小姐说威得韦克斯女士向她表示问候，我们打算直接去参加女巫大赛。啊，她还好吧？"

"呃，她正在耍球呢，不用手！"佩特拉兴奋地说，"而且，你猜怎么着？我在勒韦尔小姐的花园里看到了一个精灵，蓝色的精灵。"

"真的？"蒂凡尼的心往下一沉。

"是的！不过他可有一点儿邋遢。我问他真是精灵吗，他说他是……呃……从一个叫'叮当国'的地方来的，他们是一大片臭烘烘的、可怕的、尖尖的、刺人的荨麻的精灵，他还叫我'讨人嫌'。你知道那是什么意思吗？"

蒂凡尼望着那张圆圆的满怀期待的脸，她张开嘴巴想说："它的意思是一个喜欢精灵的人。"然而她终究没有这么说。这样做是不公平的。她叹了一口气。

"佩特拉，你见到的是噼啪菲戈人。"她说，"他们是一种精灵，虽然不是可爱的那一种，我真抱歉。但他们……总体来说……是善良的精灵，虽然他们算不得十分的善良。'讨人嫌'是一句骂人的话，不过我觉得也不是什么特别恶劣的话。"

佩特拉发了一会儿呆，然后问："那，他是一个精灵，对不对？"

"啊，对，是这样的。"

粉红的小圆脸上露出了笑容："那就好，我还纳闷呢，因为它，呃，你知道……他正在踢勒韦尔小姐花园里的那些小地精……"

"他肯定是一个菲戈人。"蒂凡尼说。

"哦，不错，我想一大片臭烘烘的、可怕的、尖尖的、刺人的荨麻也需要一个精灵，就像别的植物一样。"佩特拉说。

第十一章　亚瑟

等到佩特拉离开后，威得韦克斯女士站起了身，说："我们走吧，小姐。这儿离悬崖村还有八英里呢。等我们赶到那儿，她们多半已经开始了。"

"那么蜂怪呢？"

"哦，它要来就来吧。"威得韦克斯女士微笑着说，"噢，不要那样皱着眉头。会有三百多个女巫来参加女巫大赛，她们都快到了，那儿绝对安全。或者，你想现在见它？也许也行，它似乎走得不快。"

"不！"蒂凡尼高声喊道，她没想到自己会叫得那么响，"不，因为……事情并非总是看上去的那样。我们会做错事。呃……我没法解释。也许是因为第三个愿望吧。"

"你不知道它是什么吗？"

"不知道。但我很快就会知道的，我希望是这样。"

女巫瞅着她。"我也这么希望。好啦，站在这儿没有意义。我们走吧。"她说着收拾好毯子，立刻迈步出发了，好像被一根绳子拉着似的。

"我们还什么都没有吃呢！"蒂凡尼说着跟在她后面跑了

起来。

"昨晚我吃了很多田鼠。"威得韦克斯女士回头说了一句。

"没错，但是你没有真的吃它们，不是吗？"蒂凡尼说，"其实是猫头鹰吃了。"

"确实是这样的，"威得韦克斯女士承认道，"但是如果你假想一下自己整晚都在吃田鼠，你会诧异地发现第二天早晨什么都不想吃了，甚至再也不想吃任何东西了。"

蒂凡尼向着不远处佩特拉离去的身影点了点头。

"她是你的朋友？"她问。蒂凡尼和她一起继续往前走着。

"呃……如果她觉得是的话，我配不上她。"

"嗯，"她说，"噢，有时候我们会得到我们不配得到的东西。"

对于一个老女人来说，威得韦克斯女士走得非常快。她迈着大步走过荒野，好像长距离是对她的侮辱似的。而且她还懂得许多别的事情。

她懂得沉默。她默默地走着，长裙绊住欧石楠时发出的窸窣声成为她们走路的背景音。

在一片寂静中，蒂凡尼仍然能听见那些记忆的声音。蜂怪留下了成百个记忆。多数都极其微弱，只不过在她头脑中产生了一些不快的感觉。但是那只远古的老虎，在她头脑的后部，鲜明地灼烧似的存在着。在老虎的后面，是那条巨蜥蜴。它们曾经是杀戮的机器，是它们那个世界中最强大的动物——曾经是。蜂怪占据了它们两个，后来它们都死了，却还在打斗着。

永远都在侵占新的身体，永远都会令那些寄主疯狂，对于权力的欲望最终杀死了他们……就在蒂凡尼想着这是为什么的时候，某个寄主留下的记忆说：因为它害怕。

害怕什么呢？蒂凡尼想，它是如此强大！

谁知道？但是它肯定害怕得发疯了。十足的贝蛋！

"你是敏感·巴斯特，是你吗？"蒂凡尼问。她的耳朵告诉她，她说出了声音。

"他话很多，是吧，"威得韦克斯女士说，"你睡着的那个晚上他一直在说话。他过去始终自视很高。我认为这就是为什么他的记忆能持续这么长久的原因。"

"但是他把笨蛋错念成了贝蛋。"蒂凡尼说。

"嗯，记忆会衰退。"威得韦克斯女士说着停了下来。她靠在一块石头上，大口地喘着气。

"你还好吗，夫人？"蒂凡尼说。

"健康得很呢。"威得韦克斯女士说，呼哧呼哧地大喘气，"我的呼吸很快就会恢复正常的，无论如何，只有六英里了。"

"我注意到你走起路来有点费力。"蒂凡尼说。

"你注意到了，真的吗？那么不要去注意！"

一副命令的语气，叫声在悬崖下回响着。

当回音渐渐消失的时候，威得韦克斯女士又咳嗽了。蒂凡尼脸色变得苍白。

"我只是心里有一点点不舒服，多半是因为那些田鼠。"老巫婆咳了几下又说，"这儿的人都认识我，或者听说过我，他们都叫我威得韦克斯奶奶。要是你也这么叫我的话，我是不会见怪的。"

"威得韦克斯奶奶？"蒂凡尼说。听到这令她吃惊的话语，她震惊得无法形容。

"不是真的是他们的奶奶，"威得韦克斯女士紧接着说，"这是他们的某种敬语，像某某老妈妈，或者是某某家长、某某保姆，以此来表示一个女巫得到了……充分的……"

蒂凡尼不知道是想哭还是想笑："我知道。"

"你知道？"

"就像阿奇奶奶，"她说，"她是我的奶奶，但是白垩地上的每个人都叫她阿奇奶奶。"

她知道，只被叫作"阿奇夫人"是不行的，阿奇奶奶还需要一个更威严、更热情、更有力、更具开放性的词语。每个人都叫她阿奇奶奶。

"她就像是每个人的奶奶。"她加上一句。不过不是会讲故事的那种，她想。

"哦，没错，大概就是这样，威得韦克斯奶奶也是这个意思。"威得韦克斯奶奶说，紧跟着又加了一句，"不是真的是他们的奶奶。现在我们最好快点往前走。"

她站直了身子，又一次迈开了步子。

威得韦克斯奶奶，蒂凡尼试着默念了一次。她从没见过外婆，她在她出生前就过世了。称呼另一个人奶奶是有点奇怪，但是，奇怪的是，感觉似乎很好。你能拥有两个奶奶。

蜂怪一直跟着她们。蒂凡尼能感觉到。但是它始终保持着距离。好吧，到女巫大赛上来一场较量吧，她想。奶奶——当她想到这个词时，她不由一阵战栗——奶奶心里已经有了主意，她准是有了主意。

但是……她感到事情有点不太对劲。她不能很确定，她每次这么想的时候，这感觉就溜掉了。但是她觉得蜂怪的行为不对劲。

她一直紧跟在威得韦克斯女士身后走着。

当她们离女巫大赛的地点又近了一些时，她们看到了一些大赛的迹象。她至少看见三把扫帚飞过天空，全都朝着一个方向飞去。她们也跟着拐上了一条小路，三五成群的人们纷纷朝同一个方向走去。人群中有不少人戴着尖顶帽，这又是一个明确的迹象。小路向下倾斜，延伸到树林中，接着穿行在田野里，一直通往一道高大的篱笆，那后面传来了铜管乐队演奏的杂乱的乐声，几乎没有两名乐手演奏出来的曲调能完全一致。

一阵风刮走了一只气球，当她看见它飘过树梢时，蒂凡尼跳了起来。不过结果证明那只是一只气球，而不是傻大个儿布雷恩。她知道这一点是因为紧接着她听见了一个小孩长长的尖叫声，带着气恼的愤怒："啊啊啊气气气球球飞飞飞飞走走了了！"小孩子手中的气球飞走的时候常常会这样哭喊着，不过这就像在生活中他将遇到的其他事情一样，让他知道了什么时候不可以放掉手中的东西。气球存在的意义就在于教会了小孩子这一点。

好在这时候一个头戴尖顶帽的游客乘上扫帚飞到树上，抓住气球，把它带回到了地面。

"从前不是这样的。"她们走到大门前时，威得韦克斯奶奶咕哝着说，"当我还是一个小女孩的时候，我们就在草地上聚会，可只有我们女巫。但是现在，哦，不，它已经成了所有家庭的节日。哈哈！"

人们拥挤在通往田野的入口边，然而听到这一声仿佛有某种魔力的"哈哈",人群分开了,女人们把孩子们拉到自己的身边,让奶奶通过。她们径直走到了大门口。

那儿站着一个男孩在卖票,但是他现在真希望自己没有生出来过。

威得韦克斯奶奶瞅着他。蒂凡尼看到他的耳根红了。

"年轻人,两张票。"奶奶说,她像冰一样刺耳的声音回响着。

"好的,呃,是,呃……一张儿童票,一张年长的?"小伙子声音颤抖地说。

奶奶凑近了他,说:"什么是年长的,年轻人?"

"就是像……你知道……老年人。"男孩低声说。这会儿他的手也颤抖了。

奶奶又向前凑近了一点儿。男孩真的,真的想要往后退一步,但是他的脚好像在地上生了根一样。他只能身子向后仰着。

"年轻人,"奶奶说,"我现在不是,也永远不会是'老年人'。我们要两张票,我看见那块板上写着一便士一张。"她一只手像一条小蛇一般快速地伸了出来。那男孩惊恐地叫着,往后一跳。

"这是两便士。"威得韦克斯奶奶说。

蒂凡尼看着奶奶的手。她的食指和拇指捏在一起,但是显而易见,两根手指之间并没有硬币。

然而,那个年轻人,龇牙咧嘴地难看地笑着,小心地用他的食指和拇指拿走了那两枚完全看不见的硬币。奶奶从他的手里抽出了两张票。

"谢谢你，年轻人。"说完，她朝田野里走去。蒂凡尼追上了她。

"那是怎么……"她刚想问，但是威得韦克斯奶奶的一只手指按在了她的嘴唇上，另一只手抓住了她的肩膀，将她扳过身去。

卖票人还在盯着他的手指看着，甚至捻了一下那两根手指。接着他耸耸肩，把手放进了皮钱包里，松开了手指。

看不见的硬币发出了"叮当"的声音……

聚集在门边的人群发出了惊叹声，有一两个人鼓起了掌。男孩看看人们，不屑地咧嘴笑了一下，好像他早就知道事情是这样的。

"好啦，"奶奶快活地说，"现在我想喝上一杯茶，也许，再吃上两块甜饼干。"

"奶奶，这儿有很多孩子！不全是女巫！"

人们都看着她们。威得韦克斯奶奶一把抬起她的下巴，看着她的眼睛说："看看周围，嗯？你不是为了护身符、魔杖和诸如此类的东西到这儿来的。离它们远点，好吗？"

蒂凡尼环顾着四周。在田野周围，有很多人在玩游戏，不少是她以前在白垩地的集市上看到过的：像滚便士、摸彩袋、钓水虎鱼这一类好玩的玩意儿。这一天天很热，所以浸水椅①最受孩子们的欢迎。没有看见算命人的帐篷，因为没有一个算命人会出现在这种场合，这儿有那么多能言善辩的游人。有很

---

① 浸水椅本身其实是古代欧洲的一种刑具，但是它的外形很像一头在水中的跷跷板。——编者注

多货摊，扎克扎克的帐篷最大，帐篷外陈列着一个假人，头戴摩天楼尖顶帽，身披轻风飞舞斗篷，吸引了一大批欣赏者。其他的摊位要小一些，不过都摆满了闪亮的、叮当响的货品，摊主忙碌地和年轻的女巫们做着生意。所有的货摊上都摆放着捕梦器和诅咒网，其中包括最新的款式：自动清空型。想到女巫也需要买这些东西，就像鱼儿需要买伞，实在是有一些奇怪。

蜂怪当然是不会来这儿的，这儿有这么多女巫，不是吗？

她转身向着威得韦克斯奶奶。

奶奶不见了。

在女巫大赛上，很难找到一个女巫。这话是说，在女巫大赛上，你很容易就能看见一个女巫，但是很难找到那个你想找的女巫，尤其是你突然发现自己走失了，独自一人，感觉恐慌就像一片蕨草在你的心里生长了起来。

在一大片用绳子圈出来的地方，许多年长的女巫都坐在里面的搁板桌上喝茶。她们喋喋不休地说着，头上的尖顶帽不时上下点动着。每一个女巫似乎都能一边自己说着话儿，一边同时听着一桌其他人的说话，显然这种本领不仅仅局限于女巫。不知道要在哪儿才能找到那一个戴着尖顶帽、穿着黑衣的威得韦克斯奶奶。

太阳已经高高地升起在空中。田野上挤满了人。女巫们聚集在田野的尽头，越来越多的人从入口处涌了进来。到处都是嘈杂的声音。蒂凡尼朝每一个方向看去，一个个头戴尖顶帽的人急匆匆地走动着。

她艰难地在人群中往前走，惊慌中，她多么希望能看到一张友好的脸啊，蒂克小姐、勒韦尔小姐或者是佩特拉。只要能看见，不太友好的也行——即使是伊尔维吉夫人。

她努力地不去想，不去想她在这巨大的人潮中又孤单又害怕的感觉。在不远处的小山上，看不见的蜂怪知道了这一点，因为它身体里有一部分是她。

她感觉到蜂怪开始活动了，它出发了。

蒂凡尼在一群闲聊着的女巫中间踉跄地走着，她们说话的声音听上去很刺耳，让她觉得不舒服。她想要呕吐，也许是她在太阳底下站得太久了。她眼前的世界开始旋转起来。

蜂怪很奇特的一点是，她头脑后部有一个声音尖声尖气地说话了："它捕猎的方式模仿的是普通鲨鱼，在其他生物当中……"

"我不想听你演讲，巴斯特先生，"蒂凡尼轻声说，"我不要你待在我的脑子里！"

但是巴斯特在他活着的时候就从不听取别人的意见，现在他的记忆也不会听。它继续自鸣得意地尖声说道："是这样的，一旦它选中了它的牺牲品，它就完全忽略了其他诱惑——"

她看见某样东西越过女巫大赛的田野来了。它穿过人群，好似一阵风吹过田野上的草丛。你能从人们的反应中发现它的影踪。有人昏倒了，有人尖叫，有人掉转头，有人逃跑了。女巫们停止了交谈，椅子翻倒了，人们开始尖叫。但是它没有袭击任何人。它只对蒂凡尼感兴趣。

像一条鲨鱼，蒂凡尼心想，海洋中的杀手。大海是一个会发生可怕的事情的地方。

蒂凡尼向后退着，心中充满了恐惧。她冲向乱成一片的女巫们，对她们叫道："你们没法阻止它！你们不知道它是什么！就算你们朝它挥动闪光发亮的小棍子，它还是会过来的！它仍然会过来的！"

她的手伸进了口袋，摸到了她的幸运石，还有一根绳子，一块白垩地化石。

如果这是一个童话，她痛苦地想，我会听从我的心，追随我的命运，结果一切全都如魔法般神奇地圆满解决啦。但是当你需要在一个童话里的时候，你从来不会真的在一个童话中。

童话，童话，童话……

第三个愿望，第三个愿望。第三个愿望是最重要的一个愿望。

在童话中，妖怪、女巫或者神猫……会满足你三个愿望。

三个愿望……

她抓住身旁一个神色匆匆的女巫，是安娜格兰姆。安娜格兰姆惊恐地看着她，哆嗦着直想逃跑。

"求你别对我做任何事！求你了！"她哭着说，"我是你的朋友，不是吗？"

"要是你愿意的话，你就是我的朋友。但是那不是我，我现在好多了。"蒂凡尼说，她知道自己在说谎，它曾经是她，这一点很重要。她必须记住这一点，"快，安娜格兰姆！第三个愿望是什么？快说！要是你可以有三个愿望，第三个是什么？"

安娜格兰姆习惯性地皱起了眉头，一脸不理解的神情："但是为什么——"

"不要去想这个了，求你了！只要回答！"

"好吧，呃……可以是任何事情……变得看不见……金发碧眼的，或者别的什么——"安娜格兰姆嘟囔着，想不出来了。

蒂凡尼摇摇头，放她走了。蒂凡尼奔向一个站在一边看着眼前这混乱的一切的老巫婆。

"求求你，夫人，这很重要！在童话中，什么是第三个愿望！不要问我为什么，求你了！只要告诉我就行了！"

"嗯……快乐。是快乐吗？"老妇人说，"是的，肯定是。健康、财富和快乐。不过眼下，如果我是你——"

"快乐？快乐……谢谢你。"蒂凡尼说，绝望地环顾着四周，想要再找一个人。她非常清楚，绝对不是快乐。你不可能用魔法得到快乐。不过这可能是一个暗示。

她看见了蒂克小姐，在帐篷之间急速地穿行。没有时间寒暄了，蒂凡尼一把拽着她转过身，叫嚷道："你好蒂克小姐是的我很好我希望你也很好第三个愿望是什么快说这很重要求求你别问我问题没有时间了！"

值得庆幸的是，蒂克小姐只踌躇了一会儿工夫："再有一百个愿望，是吗？"

蒂凡尼瞅着她，然后说："谢谢你，不是的。但这也是一个暗示。"

"蒂凡尼，还有——"蒂克小姐正要说下去，这时蒂凡尼看见了威得韦克斯奶奶。

她正站在田野的中央，那儿用绳子围出了一个大大的广场。似乎没人注意到她。她望着因为蜂怪而乱作一团的女巫，人群中不时冒出一星施用魔法时闪烁的火花。她的表情看上去很平静、很遥远。

蒂凡尼松开了蒂克小姐的胳膊，低头钻过绳子，朝她奔去。

"奶奶！"

一双蓝眼睛看着她。

"什么事儿？"

"在童话中，妖怪、青蛙或者小精灵的教母允许你提三个愿望……第三个是什么？"

"啊，童话，"奶奶说，"这很容易。在任何一个值得一说又懂得这个世界的规则的童话里，第三个愿望是，解除第一和第二个愿望造成的不幸。"

"是的！就是它！就是它！"蒂凡尼叫道，这问题的答案后面隐藏的暗示一下子从她口中涌出："它不是邪恶的，它不可能是！它自己没有头脑！它只是让我们许愿。这就是愿望的秘密！我们的愿望！就像在童话中，当人们——"

"冷静！深呼吸。"奶奶说。她让蒂凡尼站到她的身边，再次面对着面前惊恐的人群。

"你刚才受到了惊吓，现在它来了，它不会回去的，它绝不会现在回去的，因为它感到绝望了。它甚至没有看到人群，他们对它来说毫无意义。它想要的是你，它在找你。你必须去面对它。你准备好了吗？"

"但是假如我失败了——"

"如果我总是假如'我会失败'的话，我绝走不到今天。小姐。你打败过它一次，你还能再次打败它！"

"可是我会变得非常可怕！"

"那么你就来面对我，"奶奶说，"你就到我的土地上来面对我。但是这是不会发生的，不会的。你不是已经厌倦了邀

254

逼的孩子和愚蠢的女人们吗？那么这一次……和那些事情不同了。现在是正午，大赛本来应该开始了，但是，哈哈，人们似乎都忘记了。那么，现在……你是否能在正午的阳光下，在远离你的白垩地的这儿，做一个真正的女巫呢？"

"能！"不可能有别的回答，面对威得韦克斯奶奶，你不可能说"不"。

威得韦克斯奶奶点了点头，接着往后退了几步。

"你的时间不多，那么快去吧，小姐。"她说。

愿望，愿望，愿望，蒂凡尼一边不断想着，一边伸手在她的口袋里狂乱地摸索着可以用来做沙姆博的东西。它不是邪恶的。它给我们我们以为自己想要的东西！而人们想要什么呢？更多的愿望！

你不能说：怪物进入了我的大脑，是它让我那样做的。她曾经希望威弗先生的钱是她的。蜂怪只是借用了她的思想。

你不能说：是的，但我从来没有真的拿过那些钱！蜂怪利用它发现的——那些小小的隐秘的愿望、欲望、瞬间的狂怒和所有有人性的人知道应该不予理睬的思想！它不让你忽略这些思想！

接着，当她的双手笨拙地想把所有的东西做成一个沙姆博时，鸡蛋从她的手指间蹦了出来，在地球引力的作用下，落到她靴子尖上，碎了。

她盯着它，在正午的阳光下，绝望的阴影笼罩着她。我为什么要做这东西？我从来没有做成功过一个沙姆博，那么为什么我还要再试一次？因为我相信这一次它会成功。就像在童话里那样，突然，一切都会……变得好起来。

但是现实不是童话，而且我没有鸡蛋了……

高高的空中传来了一声尖叫，这声音让蒂凡尼的心一阵狂跳，仿佛把她带回了家乡。那是一只秃鹰，它逆着阳光，越飞越近，一直向着田野飞了下来。

它掠过蒂凡尼的头顶，尔后再次高高飞起，速度快得像一支箭。与此同时，从秃鹰的爪子上落下了某样小东西，那东西叫道："天啊！"

罗伯像一小块石子一样坠落下来，突然"噗"的一声，他头上张开了一个布气球。事实上是两个，或者是说，他"借用"了飞行员哈密什的降落伞。

一旦降落伞让他的速度缓了下来，他就立刻扔掉了它们，灵巧地降落在沙姆博上。

"你以为我们会离去吗？"他站在那团乱绳中间叫道，"我是负有使命的！你用我来做，我！快！"

"什么？我不能！"蒂凡尼说，努力想摆脱他，"我不会用你来做的！我会杀死你的！我总是弄碎鸡蛋！"

"不要争论了！"罗伯叫道，在绳子中间上下地跳着，"就这么做！否则你就不是白垩地的女巫！而我知道你是！"

这一会儿，人们纷纷奔跑着从他们身边经过。蒂凡尼抬头瞥了一眼，她相信她能看见蜂怪在尘埃中移动的模样。

她瞅着她手中的那团缠结在一起的乱绳，和罗伯那张龇牙咧嘴的脸。

时间分分秒秒地过去了。

女巫能应对种种事情，她的第二思维说："不要说'我不能'。"

好吧……

为什么以前从来没有成功过呢？因为那时没有必要，当时我不需要它。

现在我需要它帮助我。不，我需要我帮助我自己。

所以，专注地想着它，不要去听那些声音，不要去想蜂怪正穿过人群踩踏的草地在向她靠近……

她要用她有的东西来做，这是对的。保持镇静，慢慢地做，看着沙姆博，想着眼下的这一瞬间。全都是从家里带来的东西……

不，不全都是，不全都在这儿。这时候，她的手摸着了那样缺少的东西的形状。

她猛然拉下了脖子上的银马项链，链子被扯断了。接着，她把它挂在了绳子中间。

突然，她的思想好像冰一样冷彻而清晰，就像她需要的那样鲜明而发亮。让我们来看一看……沙姆博似乎看上去很不错……现在只需要这样拉开……

刹那间，银马活了。它慢慢地旋转着，在一根根线和罗伯之间穿梭着。罗伯说："一点儿都不疼！继续！"

蒂凡尼感到她的脚有些刺痛。银马转动着，闪着微弱的光芒。

"我不想催你，"罗伯说，"但是，快一点儿！"

我离家很远，蒂凡尼心想，但是我在自己的眼中清楚地看到了家。现在，我睁开眼睛，我再次睁开眼睛——

啊……

在远离白垩地的地方，我也能做一个女巫吗？我当然能。我从来没有真正地离开过家乡，我的名字就是波涛下的大地……

白垩地上的牧羊小屋感到了大地的震颤，好像草地下响起了惊雷。小鸟从灌木丛中惊飞而起，羊群抬头看着。

大地又一次颤动了。

有人说，他们看见乌云遮住了太阳。有人说，他们听见了马蹄声。

一个小男孩在白马山谷里捉野兔，他说他看见山的一侧突然裂开了，白马像一阵风一样凌空一跃而起，鬃毛像海浪一样翻滚，毛发像白垩地一样白。白马疾驰着飞向空中，好似一片升起的雾，接着它向群山飞去，仿佛一阵风暴。

当然，因为他编了瞎话，男孩受到了惩罚。但是他认为这是值得的。

在蒂凡尼的手中，沙姆博闪闪发亮，每一根细线像星星一样闪烁着银光。

在这亮光中，她看见蜂怪找到了她，它伸展着，直到完全包围了她。它从看不见的变成了可以看见的。它的表面起着细浪，诡异地反射着亮光。在那微弱的闪光中，有一张张脸，仿佛水中的倒影，扩散着，晃动着。

时间变慢了。她能够看到，在蜂怪围起来的墙的外面，女巫们正注视着她。有人在混乱中丢失了帽子，那帽子停在空中，没来得及掉下。

蒂凡尼的手指继续动着。空中，发着光的蜂怪不安地颤动着，好似一池水中掉落了一粒卵石。它的触须碰触到了她，她感到了它发现自己被抓住时的惊慌和恐惧。

"欢迎。"蒂凡尼说。

欢迎？蜂怪用蒂凡尼的声音问。

"是的，欢迎你来这儿，你在这儿是安全的。"

不！我们从来没有安全过！

"你在这儿是安全的。"蒂凡尼重复道。

求你了！蜂怪说，庇护我们吧！

"那个巫师对你们的研究差一点儿就全对了。"蒂凡尼说，"你们藏身在其他的生物身上，但是他没有探究为什么。你们要躲开什么？"

所有的一切，蜂怪说。

"我想我知道你指的是什么。"蒂凡尼说。

你知道？你知道总能意识到每一颗星星、每一片草的存在是怎样的感觉？是的，你知道，你把它称作"再次睁开你的眼睛"。但你只是一瞬间的感觉。而对我们来说却是永远的感觉。不睡觉，不休息，只有无休无止的……无休无止的体验，无休无止的意识，意识到所有的一切——**每时每刻**。我们是多么**嫉妒**你们，嫉妒你们啊！幸运的人们，是谁能让你们的思想停止，让你们陷入冰冷而永恒的沉睡之中！你们把这称作……对人生的厌倦？这是宇宙中少有的天赋！我们听到过一首歌，它是这样唱的："天上的星星亮晶晶……"多么富有才华！多么杰出的才华！你们能把亿万吨熊熊燃烧的星星和它们熔炉般不可思议的力量变成一首孩子们传唱的歌谣！你们用词语和故事建构你们的思想，你们的生命因此而永生，你们早晨醒来的时候，用不着惊慌地尖叫！

十足的贝蛋！蒂凡尼脑后的一个记忆的声音快活地说。你没法让巴斯特不出声。

可怜的我们，是的，可怜的我们，我们没有庇护，没有休息，没有避难所。而你，你是我们的避难所。我们发现了你的能力。你有智慧中的智慧。庇护我们吧！

"你们想要得到安静？"蒂凡尼问。

没错，但不只是安静，你们人类总是忽视很多东西。你们差不多又聋又瞎。你们看着一棵树，看到的……只是一棵树和它旁边僵硬的杂草。你们看不到它的历史，感觉不到它汁液的流动，听不到它树皮里每一只昆虫的声音，不了解它叶子的气息，不注意它投下的影子随着太阳的改变而产生的细微的变化，不关心它在树林中细微的生长……

"但是你不了解我们。"蒂凡尼说，"我想没有人能够从你手中逃生。你给我们你认为我们想要的东西——只要我们想要——就像童话故事里写的那样。而愿望总是让事情变得更糟。"

没错。我们现在知道了。我们现在有了你的回声。我们……理解了。所以现在我们带着一个愿望来找你。这是一个让一切变得正确的愿望。

"是的，"蒂凡尼说，"最后一个愿望，第三个愿望，总是这样的。这个愿望是：'让这一切都像没有发生过'。"

教给我们死亡的方法吧。蜂怪说。

"我不知道！"

所有的人类都知道。在你们短暂的一生中，每天都有人经历着它。你们知道吗？我们嫉妒你们的知识。你们知道怎样结束生命。你们都是天才。

我肯定知道怎样死亡，蒂凡尼想，在我大脑的深处。让我想想。让我忘了"我不能"……

她举起闪闪发亮的沙姆博。它依然旋转出道道闪光，但是她不再需要它了。她能够运用她内心的力量了，她找到了平衡。

亮光消失了。罗伯还挂在线团中间，他的头发全都一根根发怒似的竖立着，好像一只红色的毛球。他看上去有点头晕的样儿。

"我刚才烤……烤……烤了一小串羊肉串。"他说。

蒂凡尼把他放到了地上，他站在那儿摇晃了几下。接着她把其余的东西放回了口袋。

"谢谢你，罗伯，"她说，"但是我希望你现在离开。情况很……严重。"

当然，又说错话了。

"我不会走的！"他厉声说，"我向珍妮保证过要保护你的安全！我要和你在一起！"

根本用不着争，罗伯以预备起跑的姿势站着，紧握拳头，昂着头，准备向一切侵犯者发起进攻，一副无所畏惧的模样。

"谢谢你。"蒂凡尼说着站起了身。

死亡就在我们身后，她想。在生命的尽头，死亡，等待着。因此……它一定离我们很近，非常近。

它会是——一扇门。是的，一扇旧门，一扇旧木门，而且是黑色的。

她转过身。在她身后，半空中有一扇黑色的门。

门铰链会发出嘎吱声，她想。

当她推开门时，铰链果然发出了"嘎吱嘎吱"的响声。

原来……她想，这不是真的。我以我自己的理解想象了死亡之门，我怎样想它，它就怎样出现了。在这生死的门槛前，我必须保持镇静，让它能继续存在。这就像不要去想一头粉红色的犀牛一样难。要是威得韦克斯奶奶能做到，我也能做到。

门的外面，淡淡的星空下伸展着一片黑色的沙漠，远处的地平线上远山连绵。

你必须帮助我们通过这儿。蜂怪说。

"假如你听我的建议，你不会这么做。"罗伯站在蒂凡尼的脚踝上说，"我根本不信任这个可恶的家伙！"

"我有一部分在它里面，我信任它。"她说，"我说过你不该来的，罗伯。"

"哦，是吗？所以我会看着你一个人从这儿走过去，我会吗？你现在别想让我离开！"

"你还有你的部落和你的妻子，罗伯！"

"没错，所以我绝不会让你一个人跨过死亡之门，让他们丢脸的。"罗伯坚决地说。

随后，蒂凡尼迈向了门口，她想，这就是我们要做的。我们生活在生死的边缘，我们帮助那些找不到路的人……

她深深地吸了一口气，一步跨过了门槛。

没有发生很大的变化。她走在沙漠里，感觉到了脚下粗糙的沙粒和它们发出的"嘎吱"的声音，完全就像她料想的那样。然而被踢起来的沙粒轻如飞絮般慢慢地飘落回去，她没想到会是这样的。空气并不寒冷，但是空气里都是沙子，她呼吸时感到了针刺般的疼痛。

门在她身后轻轻地关上了。

谢谢你，蜂怪说，接下来我们会怎么样？

蒂凡尼环顾着四周，又抬头仰望着星星，它们不是她认识的那些星星。

"我想，你会死去。"她说，

但这儿没有"我"，蜂怪说，只有"我们"，我们会死去。

蒂凡尼又深深地吸了一口气。那么这是语言的游戏了，而她是精通语言的。"这是一个真实的故事，"她说，"曾经我们只是海洋中的一个有机物，然后是蜥蜴、老鼠，再后来是猴子，以及这中间的其他的种种动物。这只手曾经长过鳍，这只手曾经有过爪子！在我现在这张人类的嘴巴里，曾经长过狼尖利的牙齿、兔子锯子般的牙齿和牛那耐磨的牙齿！我们的血液和我们曾经生活过的海水一样咸！当我们感到害怕时，我们皮肤上的毛发会竖起来，就像我们过去长着皮毛时那样。我们是历史！我们在演化过程中所有经历过的都变成了我们，我们依然是它们。你还想听故事的其余部分吗？"

告诉我们吧。蜂怪说。

"我是由我父母、我祖父母和我所有的先辈们的记忆组成的。他们在我长出的模样里，在我头发的颜色里。我也是由我所遇到过的每一个改变了我的思想的人组成的。所以，谁是'我'？"

正在讲故事给我们听的这一个，蜂怪说，这一个就是你。

"哦……是的。这对于你来说也是一样。你说你是'我们'——是谁在说这句话？谁说你不是'你'？你和我们没有不同，只是我们比你健忘得多，而且我们知道什么时候不应该听猴子的话。"

你都把我们搞糊涂了。蜂怪说。

"我们大脑中遗留下来的猴子的记忆想成为大脑的主宰，受惊时，它会发起进攻，"蒂凡尼说，"这是它的本能反应，它不会思想。而作为一个人，要知道什么时候不应该去听猴子、蜥蜴或者任何一种过去的回声的声音。可是当你取代了人们，人性的声音沉默了，你只听从猴子的声音。猴子不知道我们真正的需要，它只知道它的欲求。不，你不是'我们'，你是'我'。"

我，是我，蜂怪说，我，我是谁？

"你想要一个名字吗？这会有帮助的。"

是的，一个名字……

"我一直很喜欢亚瑟这个名字。"

亚瑟，蜂怪说，我也喜欢，如果我是亚瑟，我就能停止我的生命。接下来会发生什么事呢？

"你曾经……占有过的那些生命，他们死了吗？"

是的，亚瑟说，但是我们——我不知道发生了什么事，他们就这样不在这儿了。

蒂凡尼望着无边无际的沙漠。她看不见一个人影，但是在远处，好像有什么在移动。可能那只是光线偶然的变化，她似乎是看见了某些不应该能看见的东西。

"我想，"她说，"你得穿过沙漠。"

沙漠的另一边是什么？亚瑟问。

蒂凡尼犹豫了。"有人说你会进入一个美好的世界。"她说，"有人说你会以另一个不同的身体再回到这个世界里来。也有人说那儿什么也没有，他们认为你的生命就此结束了。"

你认为呢？亚瑟问。

"我想那儿无法用语言形容。"蒂凡尼说。

真的吗？

"这就是为什么你要穿越沙漠，"蒂凡尼说，"去弄清楚那儿到底是怎样的。"

我很想去看一看，谢谢你。

"再见……亚瑟。"

她感觉到蜂怪渐渐地离去了。没有明显的迹象，只有沙粒微微颤动着，空气中发出了几丝哧哧声。它慢慢地滑过了黑色沙漠。

"但愿你倒霉，但愿你死了才好！"罗伯在它的身后叫着。

"不，"蒂凡尼说，"别这么说。"

"啊，它可是杀死了很多人啊。"

"它没有想杀死他们。它不理解人类是怎么死的。"

"不管怎么说，这是你能给它的最好的辞别了。"罗伯赞美自己说，"即使一个游吟诗人，也想不出这么好的辞别。"

蒂凡尼不知道那算不算好的辞别。有一回，流浪教师到他们村里来的时候，一天早晨，她付了六个鸡蛋去听了一堂课《宇审的奇迹！！！》。对于一堂课来说，那真的是很贵，但是完全值得。即使那位上课的老师也显得有点古怪，但是他说的话却绝对有意义。"这个宇宙中最令人惊异的事情之一，"他说，"是或迟或早，每一个东西都会变成另一个东西，尽管这可能要花上不知多少亿万年的时间才会发生。"其他的女孩都"咯咯"地笑着或辩论着，但是蒂凡尼知道那些曾经生活在海底的小生物，如今都变成了白垩地上的泥土。世间万物都有轮回，即使是星星。

那是一个美好的早晨，尤其是当她指出"宇审"的书写错误（应为"宇宙"）时，老师还归还了她半个鸡蛋。

老师说的那些话是真的吗？是不是真的，也许都没关系。也许只要对于亚瑟来说是真的就可以了。

她的眼睛，还有她内心的眼睛都睁开过，现在要关上了。她感觉到那神奇的力量在逐渐消失。你不可能长时间这样做。当你敏锐地意识到宇宙间的万物时，你就忘记了你自己。人类是多么聪明啊，学会了如何停止他们的思想。在这个令人厌倦的宇宙中，还有什么比这更棒的吗？

她在沙滩上坐了一小会儿，手里抓了一把沙子。沙粒像袅袅的轻烟似的从她手中升起，反射着星星的光芒，接着慢慢地向地面落去。

她从没感到这么累过。

她依然能听见头脑中的声音。蜂怪留下了些许的记忆。她还能记得天地混沌之初，那时还没有星星，也没有"昨天"这个词，她知道天空之外和大地下面是什么，但是她记不起她上一次睡觉是什么时候。当然那是指舒服地睡在床上，昏迷不醒不算。她闭上了眼睛。

有人重重地踢着她的脚。

"不能睡着了！"罗伯叫着，"不能睡在这儿！你不能在这儿睡着！睁开眼睛，站起来！"

依然迷迷糊糊地，她站起了身，脚下扬起的沙粒轻轻地打着转儿。她转身面向黑色的大门。

门不在那儿了。

沙漠中留下了她的足印，但是仅有几对脚印，而且它们也正在慢慢地消失。在她的四周，只有死亡沙漠，无边无际。

她转过身，望向远方的群山，一个高大的身影挡住了她的视线。他一身黑色，手里拿了一把长柄镰刀。刚才他还不在那儿。

午安。死神说。

第十二章　出口

　　蒂凡尼盯着死神黑色的兜帽看着，兜帽里面是一个骷髅，然而他的眼窝闪着绿光。

　　蒂凡尼从来不怕尸骨，它们不过是走动着的白垩地的土。

　　"你是……"她开口说，但这时罗伯大叫一声，跳到了兜帽里。

　　"砰！"死神后退了几步，一只骷髅手伸到兜帽里，揪住罗伯的头发把他抓了出来，然后伸直手臂，将他举在半空中。菲戈人诅咒着，踢着腿儿。

　　他是你的吗？死神问蒂凡尼，他的声音在她耳旁如雷声般轰响着。

　　"不是。呃……他是他自己的。"

　　我没想到今天会碰到菲戈人，死神说，否则我会穿上防护衣，哈哈。

　　"他们是很好战。"蒂凡尼承认说，"你是死神，是吗？我知道这个问题听起来可能有点愚蠢。"

　　你不害怕吗？

　　"现在还不怕。呃……请告诉我出口在哪儿。"

停顿了一会儿，死神说：你是说想看马戏表演吗？

"不是，"蒂凡尼说，"人人都错以为那里有马戏表演，事实上，那只是出去的地方。"

死神用手指着，他的手上还紧抓着怒气冲冲的罗伯。

那边。你必须穿过沙漠。

"一直往山那边走？"

是的。但是只有死人才能走那条路。

"你迟早得放开我，你这个大浑蛋，"罗伯叫喊着，"然后你就等着挨我的踢吧！"

"这儿原来有一扇门！"蒂凡尼说。

啊，是的，死神说，但是我们有规矩，那只是入口，你明白的。

"这有什么不同吗？"

它们的区别很重要，我很抱歉这么说。你得留神了，千万不能在这儿睡着。在这儿睡着了，你就不会醒来啦。

死神消失了。罗伯掉到了沙地上，他站起来准备打架，但是死神已经不见了。

"你一定要走出去。"他说。

"我不知道怎么才能出去！罗伯，我说过你不该跟我来。你出不去吗？"

"也许能出去。但是我要负责你的安全。这是凯尔达给我的使命。我必须救出我们白垩地的女巫。"

"珍妮对你这么说的？"

"是的，她说得非常明确。"罗伯说。

蒂凡尼再次跌坐到沙地里，扬起了许多沙粒。

"我永远走不出去了。"她说。他们是怎么进来的呢，是啊，进来时并不难。

她环顾着四周。光线不时地发生着变化，并不非常明显，还有些微扬起的尘埃。

一个个她看不见的人影从她身边走过。这些人正在穿越沙漠。死亡了的人们，想要去看看那山脉的后面是什么……

我只有十一岁，她想。人们会感到不安。她想到了农场，想到她父母的反应。但是不会有她的尸体，不是吗？所以人们会怀着希望，希望她还会回来，她只是……失踪了，就像村子里的老海本夫人，她每天晚上都在窗前为她三十年前在海上失踪的儿子点起蜡烛。

她不知道罗伯能否把消息送出去，但是她能说什么呢？"我没有死，我只是被困住了？"

"我应该想到其他人。"她说出了声。

"啊，是的，你想到了。"罗伯说着，坐到她的脚边，"你的亚瑟幸福地离去了，你拯救了那些可能被害死的人们。你做了你应该做的。"

是的，蒂凡尼想。那是我们必须做的。没有人能保护你，因为你就是那个应该做这些事的人。

她的第二思维想：我很高兴我做到了。要是再来一次，我还是会这样做。我阻止了蜂怪再去杀人，尽管我们径直把它领到了大赛现场。紧接着这思想后面的是一片空白，本应该还有她的第三思维，但是她太累了，思考不动了。第三思维是很重要的。

"谢谢你一直和我在一起，罗伯，"她说，"但是一旦

你……能离开，你一定要马上回到珍妮的身边去，明白吗？告诉她我谢谢她把你派来。告诉她我希望我们能有机会更好地了解彼此。"

"哦，是的。我已经让小伙子们都回去了，只留下哈密什在等我。"

就在这时候，那扇门又出现了，门打开了。

威得韦克斯奶奶跨过门槛，急切地催促他们快离开。

"有些人丧失了他们与生俱来的判断力！来吧，快点！"她命令道。这时在她身后，门就要关上了，她愤怒地转过身，靴子猛踢着门，叫嚷道："噢，你不能这样做，你这个狡猾的恶魔！！"

"但是……我想这是这儿的规矩！"蒂凡尼说着站起身，快步往前走着，所有的疲惫忽然都消失了。即使一个疲惫的身体也想要活命。

"哦？真的吗？"奶奶说，"你签什么字了吗？你发什么誓了吗？没有吧？那么它们就不是你的规矩！快，走！还有你，无名氏先生！"

罗伯跳上了她的靴子。这时门"咔嗒"一声关上了。它消失了，留下他们在……死亡的天空下，这时，天空是一片茫茫的灰色。

"用不了很长时间，"奶奶说，"通常用不了。世界又会回归它的和谐。噢，别那样看着我。你给蜂怪指明了出路，对吗？出于对它的同情。这条路我是了解的。无疑你会继续走下去的，为了那些可怜的灵魂，当他们找不到出口时，为他们打开一扇门。但是我们不会谈论这些，明白吗？"

"勒韦尔小姐从没——"

"我说过，我们不谈论。"奶奶说，"你知道作为一个女巫最困难的一点是什么吗？你必须作出选择，艰难的选择。而你……做得很好。同情别人并不可耻。"

她掸去她衣服上几粒草籽。

"我希望奥格夫人已经到家了。"她说，"我需要她用苹果制作酸辣调味品的配方。哦……等我们到家的时候，你们可能会觉得有点头晕，我先提醒你们。"

"奶奶。"蒂凡尼说，光线开始变得明亮了。蒂凡尼又开始感到累了。

"怎么了？"

"刚才究竟发生了什么事儿？"

"你认为发生了什么事儿？"

在他们的上空，忽然，绽开了一片光亮。

有人用一块湿布擦着蒂凡尼的前额。

她躺着，感受着一阵阵舒服的清凉。她听见身边有人在说话，她听出那是安娜格兰姆惯有的抱怨的口吻。

"……她还把扎克扎克的店搞得一团糟。老实说，我认为她的脑子很有问题！我想她确实是疯了！她叫嚷着，还用一种，哦，该怎么说呢，一种乡下人的骗术想让我们相信是她把那个笨蛋布雷恩变成了一只青蛙，哦，当然，她根本骗不了我——"

蒂凡尼睁开眼睛，看到了佩特拉粉红色的圆脸，她忧虑地皱着眉头。

"呃，她醒了！"她说。

在蒂凡尼和天花板之间，立刻出现了很多顶尖顶帽。她坐了起来，她们纷纷往后退开了。从上面看下来，就像一朵黑色的雏菊，合拢后又打开了。

"这是在哪儿？"蒂凡尼问。

"呃，失踪孩子的急救帐篷。"佩特拉说，"嗯……你昏过去了，当时威得韦克斯女士把你从……从你去的那个什么地方带了回来。每个人都来看过你！"

"她说你……就像是……把怪物拖进了……就像是……另一个世界！"露西·沃贝克说，她的眼睛闪着光，"威得韦克斯女士把这一切告诉了每个人！"

"哦，并不全是——"蒂凡尼想说，这时她感到有样东西在戳着她的后背。她伸手一摸，拿到了一顶尖顶帽。帽子破旧得很，颜色几乎褪成了灰色。扎克扎克是绝不会卖这样的东西的，但女孩子们瞅着它，好像一群饥饿的狗直盯着屠夫手里的肉。

"呃，威得韦克斯女士给了你她的帽子，"佩特拉吸了口气说，"她真的给了你她的帽子。"

"她说你天生是一个女巫，而没有一个女巫是没有帽子的！"迪米蒂·哈伯巴伯盯着帽子说。

"这帽子真好。"蒂凡尼说。她穿惯了旧衣服。

"这只不过是一顶旧帽子罢了。"安娜格兰姆说。

蒂凡尼抬头望着这个比她高的女孩，慢慢地笑了。

"安娜格兰姆？"她说着张牙舞爪地举起一只手。

安娜格兰姆往后退了一步。"哦，不，"她说，"你不许那样做！你不会那样做的！来人阻止她啊！"

"你想要一只气球吗，安娜格兰姆？"蒂凡尼说着，慢慢地从桌子上溜了下来。

"不！求求你！"安娜格兰姆又往后退了一步，弯曲着手臂挡住她的脸，一条长凳绊倒了她。蒂凡尼拉起她，微笑着拍了一下她的脸颊。

"那么我就不买给你了。"她说，"不过，麻烦你搞清楚'脑子很有问题'这几个字的意思，好吗？"

安娜格兰姆的脸僵硬地笑着。"好的。"她好不容易说出了这两个字。

"这就好，我们会成为朋友的。"

蒂凡尼留下她站在那儿，走回去拿起那顶帽子。

"呃，恐怕你还有点糊涂，"佩特拉对蒂凡尼说，"你可能还没有理解。"

"哈，我不是真的害怕，你们知道，"安娜格兰姆插嘴道，"这当然只是一个玩笑。"但没有人理会她的话。

"理解什么？"蒂凡尼说。

"她真的给了你她的帽子！"女孩们齐声说。

"你知道，如果这帽子会说话，它会说出怎样的故事来啊。"露西·沃贝克说。

"这只是一个玩笑。"安娜格兰姆又说，没有人在听她说话。

蒂凡尼看着那顶帽子。它非常旧，还不太干净。如果这帽子会讲话，它可能是会咕哝着说话的。

"这一会儿威得韦克斯奶奶在哪儿？"她问。

女孩子们一阵惊呼。这几乎和帽子的事儿一样令人吃惊。

"嗯……你这么叫她，她不介意吗？"佩特拉问。

"是她让我这么叫的。"

"我们听说，只有你和她认识了，就像是，有一百年那么久，她才会让你这样叫她……"露西·沃贝克说。

蒂凡尼耸耸肩。"呃，不管怎样，"她说，"你们知道她现在在哪儿？"

"哦，和年老的女巫们坐在一起喝茶聊天，聊酸辣调味品是怎么做的，聊如今的女巫和她小时候的女巫的差别……"露露·达林说。

"什么？"蒂凡尼说，"只是在喝茶？"

女孩子们彼此困惑地对视着。

"呃，还吃小圆面包，"佩特拉说，"要是你觉得这很重要的话。"

"但是她为我打开了那扇门，那扇进出……沙漠的门！在你这样做了以后，你不可能只是坐在那儿喝茶、吃小圆面包！"

"呃，我看见的那些面包上有糖霜，"佩特拉又紧张地鼓起勇气说了一句，"不是家制的那种——"

"听着，"露西·沃贝克说，"你知道吗，我们其实什么也没有看见。你只是站在那儿，灼热的白光围绕着你们，我们走不进去。接着，威得韦克斯奶——女士向前走去，径直走了进去，然后你知道吗，你两个人站在了那儿，接着光亮'嘘嘘'地响着消失了，而你，就跌倒了？"

"露西没能十分准确地表达出来的意思是——"安娜格兰姆说，"其实我们没有看见你去任何地方。当然，我是作为朋友告诉你这一点的。我们只看见一片光亮，那可以是任何东西。"

蒂凡尼认为安娜格兰姆会成为一个好女巫。她能给自己编一个她确实相信的故事，还能像一个皮球一样迅速地反弹回来。

"不要忘了，我看见了马。"哈丽雅塔·比尔克说。

安娜格兰姆的眼睛骨碌碌转着："哦，是的，哈丽雅塔认为她在天空中看见了一匹马，只是她说它看起来不像是马。她说要是你不去想一匹马真实的模样，只是想象着马可能是什么模样，那它看起来倒像是一匹马的样儿。对吗，哈丽雅塔？"

"我没有那么说！"哈丽雅塔着急地说。

"噢，对不起。你的话听上去就是这个意思。"

"呃，有人说他们在近旁的田野上也看见了一匹吃草的白马。"佩特拉说，"很多年长的女巫都说她们觉得……"

"是的，有人认为他们在田野上看到了一匹马，后来它就再也不见了。"安娜格兰姆用一种歌唱似的声音说——当她以为别人都是傻瓜时，她便会用这种声音说话，"一匹马站在田野上，这在乡下一定非常少见。不管怎样，如果那儿真的有一匹马的话，它也不是白色的，它是灰色的。"

蒂凡尼坐在桌子边上，看着她的膝盖。她对安娜格兰姆给她的反击感到有点恼怒，但是现在，疲惫的感觉又悄悄袭来了。

"我猜你们谁也没有看见一个蓝色的小个子吧，大概有六英寸高，红头发？"她平静地问。

"有人看见了吗？"安娜格兰姆带着恶意的喜悦问。女孩子们都轻声说："没有。"

"对不起，蒂凡尼。"露西说。

"不用担心，"安娜格兰姆说，"他可能骑着他的白马离开了！"

蒂凡尼想，这又会像在精灵国发生的故事那样，甚至连我都记不清那是否是真的。别人为什么要相信我呢？但是她必须努力一下。

"那儿有一扇黑色的门。"她慢慢地说，"门打开后，前面是一片黑色的沙漠，但是那些沙子非常轻，天空中有星星。死神就在那儿，我和他说话……"

"你和他说话了，是吗？"安娜格兰姆说，"他说什么了，请问？"

"他没有说'请问'。"蒂凡尼说，"我们谈得不多。不过他也以为出口有马戏表演看。"

"是有啊，不是吗？"哈丽雅塔问。

女孩子们都不说话了，只听见外面大赛场上传来了喧闹声。

"这不是你的错，"安娜格兰姆用一种对她而言几乎是友好的语气说，"这一切就像我说过的——是威得韦克斯女士让人们的头脑变得糊涂了。"

"那光亮是怎么一回事儿？"露西说。

"可能是球状闪电，"安娜格兰姆说，"它们是很奇怪的东西。"

"但是人们为了进去捶打过它！它硬得像块冰！"

"啊，是的，可能感觉上是那样。"安娜格兰姆说，"但是它……可能让人们的肌肉这样感觉而已，也许是这样。我只想帮大家理清思路，"她又添了一句，"你们得理智点。她只是站在那儿，你们看到的。没有门，没有沙漠，只有她一个人。"

蒂凡尼叹了一口气。她只是觉得很累。她只想离开这儿。她只想回家。要是她的靴子不是突然变得那么不舒服的话，她会走回家去的。

女孩子争论着。蒂凡尼解开了靴子上的一条蕾丝带，用力一拉。

银黑色的粉尘撒落了下来。沙粒落到地上时弹了回去，慢慢地，像轻雾一样袅袅地升了起来。

女孩们都转过身，默不作声地看着。佩特拉弯下身，抓住了一些粉尘。她抬起手，小小的沙粒从她的手指间滑落，慢慢地，像轻轻的羽毛一样落了下去。

"有时候事情会出错，"她说，她的声音听上去很遥远，"布莱克凯布女士告诉过我。你们有人看见过快要去世的老人吗？"有一两个人点了点头，每个人都望着那些沙粒。

"有时候事情会出错，"佩特拉又说了一遍，"有时他们奄奄一息，但是却不能离去，因为他们不知道出口在哪儿。她说，这时候就需要你在那儿，在他们的身边，帮助他们找到那扇门，他们就不会在黑暗中迷路了。"

"佩特拉，我们不应该谈论这些事儿。"哈丽雅塔轻声地说。

"不！"佩特拉说，她的脸红了，"现在是谈论它的时候了，就在这儿，就只有我们！蒂凡尼说因为这是你能为他们做的最后一件事儿。她说他们必须穿越一片黑色的沙漠，那儿的沙子……"

"哈哈！伊尔维吉夫人说这种事儿是黑魔法。"安娜格兰姆说，她的声音突然尖锐得像一把刀。

"她这么说的？"佩特拉做梦似的说，手中的沙子撒落到地上，"噢，布莱克凯布女士说月亮有时明亮，有时被遮挡在云层的后面，但是你应该永远记住，它们是同一个月亮。还有……安娜格兰姆？"

"怎么了？"

佩特拉深吸了一口气。

"这辈子你最好不要再打断我的话，有胆子你就试试看！我是当真的。"

第十三章　女巫大赛

接下来……就是女巫大赛了。这才是今天的意义，不是吗？当蒂凡尼和簇拥着她的女孩子们一起走出帐篷时，她听见了叽叽喳喳的细语声。人们在说：现在女巫大赛还有意义吗，在发生了这一切之后？

人们又拉起绳子，围出了一个广场，许多年老的女巫拖着她们的椅子坐到边上，终于，大赛就要开始了。蒂凡尼朝绳子那边慢慢走去，在草地上找了一块空地坐了下来，手中拿着威得韦克斯奶奶的帽子。

她意识到别的女孩子都在她的身后，也意识到了人群中的窃窃私语声，人们交头接耳地传着话。

"……她真的那么做了……不，是真的……走过沙漠……看到那种沙粒……她的靴子里都是那种沙子……他们说……"

在女巫中间，流言蜚语传得可比流行性感冒还快，她们传播流言的速度令人吃惊。

没有评判员，没有奖项，就像佩特拉说的，女巫大赛不是那样的。它的目的只是展示一下你能干些什么、你进展得如何了，人们看后心想："那个某某某，她的进步很快啊。"说真的，女巫大赛并不是比赛，没有人会获胜。

如果你相信这种鬼话，你也会相信月亮是被一个叫威尔伯福斯的妖怪推着，在天空上绕着圈儿走的。

不过有一点儿是真的，大赛通常是由一位年长的女巫施展一些需要一定技能，但并不怎么新奇的魔法开始的，她的法术人人都曾见识过，不过依然会博得大家的赞赏。这样就开了一个头，气氛热了起来。今年头一个出场的是老好人特兰普尔，带着她那群会唱歌的老鼠。

蒂凡尼的注意力不太集中。在场地的另一边，众多年长的女巫围着威得韦克斯奶奶，她坐在一张椅子上，像一个女王坐在她的御座上。

人们继续窃窃低语。也许她睁开了眼睛，也打开了她的耳朵，因为蒂凡尼似乎觉得她能听见场地上每个人的低声耳语。

"……没有受过训练，就那样做了……你看见那匹马了吗？……我没有看见马！……打开门，她就走进去了！……是的，可是是谁把她带回来的呢？是威得韦克斯，是她！……没错，我是怎么说来着的，任何一个小傻瓜都能凭运气打开那扇门，但是需要一个真正的女巫才能把她带回来，她才是获胜者……和怪物对抗，把它留在了那儿！……我看你什么也没做，而那个孩子……那儿有没有一匹马啊？……本来打算表演我的跳舞扫帚，但是现在，看来没意思了……为什么威得韦克斯女士把她的帽子给了那女孩，嗯？她要我们怎么想？她从来没有把帽子送给过人！"

你能感觉到紧张的气氛像夏日的闪电，在一顶顶尖顶帽之间噼噼啪啪地响着，闪着火花。

老鼠们努力地唱着《我永远吹着泡泡》，然而显而易见，它们的注意力不在歌唱上。老鼠是神经过敏、极度敏感的动物。

这一会儿，威得韦克斯奶奶身旁的人们都低头凑在了一块。蒂凡尼知道，一场场热烈的交谈还在继续。

"你知道，蒂凡尼，"身后的露西·沃贝克对她说，"现在你要做的是，比方说，站起来，说那是你干的。让每个人都知道那是你干的。我的意思是说，从来没有人在女巫大赛上做过，比方说，那样的事情！"

"这一下那个横行霸道的老巫婆要输了。"安娜格兰姆说。

但她不是横行霸道的，蒂凡尼想。她是坚强的，而且她希望别的女巫也是坚强的，因为每一个穿越生死边界的人都将经历危险。在她身上发生的事是一种考验。这时她的第三思维出现了，接着她在帐篷里没有思考清楚的思路往下思考着：

威得韦克斯奶奶，你知道蜂怪只会来找我，是吗？你和巴斯特谈过话，你告诉过我。你把我当成了你今天的魔法表演吗？你猜到了多少？知道多少？

"你会获胜的，"迪米蒂·哈伯巴伯说，"即使是在那些年长的女巫当中，一些人也会高兴地看到有人杀杀她的威风。人们知道发生了一次重大的魔法事件。方圆数英里所有的沙姆博都碎了。"

那么我会赢的，只因为有人不喜欢另一个人赢？蒂凡尼想。好吧，那还真是一件值得骄傲的事情……

"她当然会站起来的，你们瞧着。"安娜格兰姆说，"她会解释可怜的小孩是怎样被怪物拖进了另一个世界，她怎样把她带了回来。如果我是她，我就会这么做。"

我料想你会的，蒂凡尼心想。但是你不是她，也不是我。

她盯着威得韦克斯奶奶，她正在和几个上了年纪的女巫挥手告别。

我不知道，蒂凡尼想，她们是否说了这样的话——"应该杀杀那女孩的威风，威得韦克斯女士"。她在这么想着的时候，奶奶转过身，看到了她的眼睛——

老鼠们结束了歌唱，尴尬地站在那儿。人们停止了交谈，接着开始鼓掌，因为是时候这么做了。

一个蒂凡尼不认识的女巫站了出来，走到广场中间，双手高举，激动地小幅度急速地拍着巴掌，鼓励观众们继续热烈地鼓掌。

"好极了，多丽丝，太棒了，自从你们去年表演以来，一直这么棒。"她激动地说，"非常感谢你，很精彩，非常棒……啊嗯……"

她停了一下，在她身后，多丽丝·特兰普尔正四肢着地，想要把她的小老鼠们赶回它们的盒子里去，有一只老鼠有一点儿歇斯底里。

"那么现在，也许……哪位女士愿意，嗯……上台？"司仪小姐说，她尖尖的声音好像一只就要碎裂的玻璃球，"哪一位？"

台下一片沉默，没有人应声。

"别害羞，女士们！"这一次，司仪小姐的声音更尖锐了。组织一场每个人都是天生的组织者的活动可不是好玩的："我们不必要谦虚！有人吗？"

蒂凡尼感到尖顶帽转动着，有人转向了她，有人转向了威得韦克斯奶奶。数码[1]外的草地上，奶奶也接收到了这些目光，她拂去某人搭在她肩膀上的一只手，始终目光锐利地看着蒂凡尼的眼睛。我们都没有戴帽子，蒂凡尼想，你曾经给过我一顶看不见的帽子，威得韦克斯奶奶，我为此谢谢你。但是今天我不再需要它。因为今天，我已知道我是一个女巫。

"哦，来吧，女士们！"司仪说，现在她几乎要发狂了，"这是女巫大赛！为了我们的友谊而举行的有益的竞赛，在兄弟情谊的友好气氛中！肯定有某位女士……或者年轻的女士，也许……"

蒂凡尼笑了。应该是"姊妹情谊"，不是"兄弟情谊"，我们是女士，是姐妹，不是兄弟。

"去吧，蒂凡尼，"迪米蒂催促着她，"她们知道你是很棒的！"

蒂凡尼摇摇头。

"哦，唉，就是这样的，"安娜格兰姆转动着眼珠说，"那个坏女人搞坏了这女孩子的脑子，照例如此——"

"我不知道是谁搞坏了谁的脑子。"佩特拉厉声地说，卷起她的袖子，"但是我要表演我的小猪魔法。"她站了起来，人群中发出了一阵骚动。

"哦，我看到了，那是——啊，是你，佩特拉。"司仪有些失望地说。

"是的，凯斯门特小姐，我打算表演一个小猪魔法。"佩特拉大声地说。

---

[1] 码和米的换算公式为：1码≈0.9144米。——编者注

"但是，嗯，你似乎没有带着小猪。"凯斯门特小姐吃惊地说。

"没错，我要表演一个……不用小猪的小猪魔法！"

她的话引起了一阵轰动，有人叫着说："不可能！"有人喊道："你们瞧，这儿尽是些小孩子！"

司仪凯斯门特小姐求助地看了看四周，但是没有找到帮助。"哦，那么好吧，"她无助地说，"要是你肯定，亲爱的……"

"是的，我肯定。我要用……香肠！"佩特拉说着从口袋里变出了一根香肠。她手举着香肠，这又引起了一阵轰动。

蒂凡尼没有看见这个戏法。威得韦克斯奶奶也没有看见。她们彼此凝视的目光好像一根铁条，连凯斯门特小姐也察觉到了这一点而无心加以干涉。

不过蒂凡尼听见了人们的尖叫声、惊呼声，接着是如雷的掌声。在这样的时刻，人们会为任何表演鼓掌，恰似被阻拦的水会从任何一个出口涌出。

接下来女巫们一个个站了起来。勒韦尔小姐表演了一个球的魔术，一只只球停在半空中，变换着方向。一个中年女巫演示了一种防止人们噎死的新方法，这听上去似乎毫不神奇，但是等你了解到这方法可以让一个几乎要死去的人又变成了一个活力十足的人，你就会明白，这可比得上一堆挥动着小树枝的魔咒！其他女巫和女孩也一个接着一个上场了，有人表演大魔术，有人表演手指上的小魔术，也有人表演烟花，还有人展示了止牙痛的方法，最后一个人表演时，发生了爆炸——

接着再没有人上来了。

凯斯门特小姐又走回了田野的中央，她甚感欣慰，大赛终于举办成了。她最后一次对所有想上台的女士，或者说"是真的想上台的年轻女士"发出了邀请。

场上一片沉闷的寂静，你甚至可以用一根针戳一戳那厚沉沉的静寂。

然后她说："哦，好吧……既然这样，现在我宣布大赛圆满结束了。大帐篷里将举行茶会。"

蒂凡尼和威得韦克斯奶奶同时站起了身，对着彼此鞠了一躬。然后奶奶转过身，走进了赶去喝茶的蜂拥的人群中。这时发生了一件有意思的事情，人群不自觉地，好似大海在一位伟大的先知面前那样分开了[①]，威得韦克斯奶奶从人群中走了过去。

佩特拉被一群年轻的女巫簇拥着。小猪魔法很受欢迎。蒂凡尼排在一队人的后面，最后给了她一个拥抱。

"但是你本来能赢的！"佩特拉说，她脸红红的，半是高兴半是担心。

"这没关系，真的。"蒂凡尼说。

"你放弃了它，"她身后一个刺耳的声音说，"它就在你的手里，而你却弃之如敝屣了。你现在感觉如何，蒂凡尼？你是不是觉得很丢脸？"

"现在你听我说，安娜格兰姆。"佩特拉愤怒地用手指着她说。

---

① 据《圣经》中《出埃及记》记载，以色列人在先知摩西的带领下离开埃及，红海海水分开，让他们逃脱了埃及士兵的追赶。——译者注

　　蒂凡尼伸出手去，按下了佩特拉的手臂。她转过身，很高兴地看着安娜格兰姆，微笑着，这令安娜格兰姆感到不安。

　　蒂凡尼说："在我的家乡，安娜格兰姆，我们举办牧羊犬大赛。牧人从各处赶来向人们展示他们的狗。获胜者可以获得银制的牧羊人弯手杖，镶有银扣子的银腰带，以及其他各种奖品。安娜格兰姆，你知道大奖是什么吗？不，你猜不到的。噢，比赛是有裁判的，但是大奖不是听他们的。有一位——曾经有一位矮小的老妇人，她总是站在人群对面，斜靠着护栏，嘴里抽着烟斗。她的脚边上坐着两只最漂亮的牧羊犬，它们的名字叫雷鸣和闪电。它们跑起来是那么快，空气中都溅起了火星，闪闪的犬毛比太阳更亮。然而她从没带它们参加过比赛。她甚至比羊更了解羊。每一个年轻的牧羊人想要的，真正想要的，不是什么愚蠢的奖杯或腰带，而是当他离开比赛场地时，看到这位老妇人能从嘴里取出烟斗，平静地说上一句'这个能行'，因为这句话意味着他是一个真正的牧羊人，而所有的牧羊人也都会知道这一点。如果你告诉他，他应该去挑战老妇人，他会诅咒你，跺着脚，吐着唾沫告诉你他绝不会。他怎么可能赢她呢？她就是牧羊人的化身。那是她整个的生命。你从她身上夺走荣耀，荣耀也从你身上消失了。你不理解这一切，是吗？但这是女巫这一行的根本、灵魂和核心。灵魂……和……核心！"

　　不过蒂凡尼明白这些话对于安娜格兰姆来说，说了也白说，因此她是这样说的："噢，你闭嘴吧。我们去看看还有小圆面包吗，好吗？"

　　头顶上，一只秃鹰高声叫着。她抬起了头。

大鸟乘风飞去，它飞到高空中，开始了漫长的飞翔的历程，它将一直向着家乡飞去。

它们永远飞向那儿。

珍妮跪在她的皮锅边，睁开了眼睛。

"他回来了！"她说，匆忙站起了身。她急切地朝那些在一旁看着的菲戈人挥了挥手。"不要只站在那儿瞧着！"她命令说，"抓两只兔子去烤！烧火！烧一大锅水，我要洗澡！看看这个地方，简直就像垃圾堆！赶快打扫干净！我要这儿光彩熠熠地迎接我们的首领！去偷一些特制羊脂酒！砍几根绿色的大树枝，冬青或者紫杉！把金盘子擦亮！一切必须闪闪发亮！你们还都站着等什么？"

"嗯，你想要我们先做什么，凯尔达？"一个菲戈人紧张地问。

"所有的事！"

在凯尔达的卧室里，他们在她的一个碗做的浴缸中倒满了水，她用蒂凡尼的旧牙刷擦着身子。门外传来了菲戈人努力完成她多重命令的忙碌声。不一会儿，古墓里飘起了一股烤兔子的香味。

珍妮穿上她最好的长裙，梳好头，拿上她的披巾，爬出了洞口。她站在那儿，遥望着群山，一直站了一个多小时，天空中小小的星星变得越来越大了。

作为凯尔达，她要欢迎回家的勇士。作为妻子，她要亲吻她的丈夫，责备他离开了那么久。作为女人，她觉得她的心因为欣慰和感恩，都要幸福得融化了。

第十四章　蜂王

　　大约一个星期后的下午，蒂凡尼去看望威得韦克斯奶奶。

　　因为是坐扫帚飞去的，所以十五英里的路不显得遥远。由于蒂凡尼仍然不喜欢飞行，所以是勒韦尔小姐看不见的那部分带着她一起飞的。

　　蒂凡尼平卧在扫帚上，双手、双腿、膝盖，还有耳朵，要是可能的话，都紧紧地贴住了扫帚柄。她手里拿了一只用来装呕吐物的纸袋子，因为没有人会喜欢从天空中落下来的不知从哪来的呕吐物。她还拿了一只大麻袋，很小心地拿着它。

　　她始终闭着眼睛，直到听见耳旁没有了呼啸之声，而四周的声音告诉她多半已经离地面很近了，她才睁开了眼睛。事实上，勒韦尔小姐非常体贴，她从扫帚上下来时因为双腿抽筋而摔倒了，可扫帚正好停在一片厚厚的苔藓上。

　　"谢谢你。"她站起身时说。对你身边看不见的人礼貌一些总是有好处的。

　　她穿了一条新裙子，和那件旧裙子一样，也是绿色的。受到勒韦尔小姐关于善行、责任和赠予的精神的感召，如今她也在热心地为人们忙碌着。她用四码上好的布料，花上好几个小时做了一件小孩的衣服（送给奎克莉小姐刚出生的私生子），还把那件黑色的羊毛斗篷送了人（多亏蒂凡尼，亨特夫人的腿可好多了）。等我老了，我也要穿"午夜时光"斗篷，她决定说，但是现在，她经历的黑暗已经够多了。

她环视着这片山谷一侧的空地，三面环拥着橡树和埃及榕树，只留下一面通往山脚，山下是一片开阔的田园风光。榕树落下的种子飘着，徐徐地飞过一片小花园。虽然近旁有几只山羊在吃草，花园却没有围上篱笆。要是你奇怪山羊怎么就不吃花园里的草儿呢，那你可就忘记了是谁住在这儿。花园里有一口井。当然，这儿还有一座农舍。

如果伊尔维吉夫人瞅见了这座农舍，她是绝对不会赞许的。这农舍就像故事书里描写的那样，东墙倒西墙歪的，屋顶上的茅草像一大蓬乱发在不停地往下落着，还有那根烟囱，七扭八弯地变了形。要是你以为"姜饼小屋"已经是再可怕不过的屋子，那么这一座可比那也好不了多少。

"在森林深处的一座农舍里，住着一个邪恶的老巫婆……"

正像童话故事里写的那样，面前就是这样一座凶险可怕的农舍。

威得韦克斯奶奶的蜜蜂养在小屋一侧的墙脚下，有一些是用旧稻草做成的蜂窝，多数是修补过的木制蜂箱。即使在这一年的冬天里，这些蜜蜂照旧活跃地嗡鸣着。

蒂凡尼走过去想瞧一瞧，蜂群如一股黑流般涌出，成群的蜜蜂飞向蒂凡尼，形成了一根蜂柱。

蒂凡尼笑了：蜂群在她面前组成了一个女巫的形状，数千只蜜蜂一同停留在空中。她举起右手，蜜蜂女巫也举起了它的右手，组成右手形状的那些蜜蜂嗡嗡叫着飞到了半空中。她转一个圈，它也跟着转一个圈，蜜蜂们细致地模仿她衣裙旋转和飘动的模样，最边上的那些蜜蜂忙乱地嗡嗡直叫，因为它们需要飞行的距离最大。

她小心地放下手中的大袋子，朝蜂群伸出手去。又是一阵翅膀扇动的嗡嗡声，刹那间蜂形散开了，转瞬间在稍远处重新组成了一个女巫。这一回，它也伸手指着她，逗留在指端的蜜蜂正对着蒂凡尼的指尖。

"我们跳舞好吗？"蒂凡尼问。

在到处飘飞着种子的空地上，她绕着蜂群跳起了舞。蜂群亦步亦趋地学着她的样儿。逗留在指端的蜜蜂嗡嗡叫着跟着她的手指移动着。她旋转，它们也旋转，不过总有几只蜜蜂跟不上，急急地追赶着。

后来它举起了双臂，朝着相反的方向转了一个圈，那些在外围的蜜蜂像裙摆一样散开了。它自个儿在学跳舞呢。

蒂凡尼笑了，她也跟着这么做了。蜂群和女孩在空地上旋转着，舞蹈着。

她感觉是那么快乐，她不知道自己从前有没有这么快乐过。金色的阳光、飞落的花苞儿、舞蹈着的蜜蜂……一切都意味着一件事：这是一个和黑色沙漠截然不同的世界。这儿，到处都是阳光，连她的内心都被照亮了。她想象着她在空中俯视着自己，看见自己和嗡鸣的蜂群一起旋转着跳舞，阳光照射在蜜蜂身上，闪耀着金色的光芒。享受着这样的美好时刻，她感到经历的所有一切都得到了补偿。

这时蜜蜂女巫向她凑过身，千百双宝石般小小的眼睛一齐望着她。从蜂群中央，传出了幽幽的笛声，蜜蜂倏地逃散开了，嗡嗡作响地飞过了空地，消失了。现在，只有榕树的树籽还在飘飞着。

蒂凡尼长长地舒了一口气。

"啊哈，有人看到的话，会觉得那很吓人的。"她身后的一个声音说。

蒂凡尼没有马上转过身。她先说了一声"下午好，威得韦克斯奶奶"，然后才回过头来。

"你也这样做过吗？"她问，依然还沉醉在喜悦中。

"见面就问人问题可是很失礼啊，你还是先进屋喝杯茶吧。"威得韦克斯奶奶说。

你很难想象居然会有人住在这种地方。火炉边有两把椅子，其中有一把是摇椅。桌子边也有两把椅子，不是摇椅，却也摇摇摆摆的，因为它们脚底下是凹凸不平的石头地面。房间里还有一个碗柜，壁炉前面有一块破旧的地毯。扫帚斜靠在墙角里，边上的一块布下面盖着一个尖尖的神秘物体。楼梯又窄又暗。除此之外，屋里再也没有什么别的东西了，没有一样闪闪发亮的东西，没有一件新东西，没有任何一样多余的东西。

"是什么原因，使我荣幸地得到了这次光临？"威得韦克斯奶奶一边问，一边从炉火上拎起一把被煤烟熏得黑乎乎的水壶，往一只同样黑乎乎的茶壶里倒满了水。

蒂凡尼打开她带来的大袋子："我来归还你的帽子。"

"啊，"威得韦克斯奶奶说，"是吗？为什么呢？"

"因为这是你的帽子。"蒂凡尼把帽子放到桌上说，"谢谢你把它借给了我。"

"我猜想，有很多年轻的女巫情愿用她们的上颚卷牙来换取我的一顶帽子。"威得韦克斯奶奶手拿着那顶破旧的帽子说道。

"是这样的。"蒂凡尼说，不过她没有说"那其实是上颚犬牙"，而只是说，"但是我认为每个人必须找到她自己的帽子。我的意思是说，适合她们的、属于她们自己的帽子。"

"我瞧你戴的这顶帽子是从商店里买来的。"威得韦克斯奶奶说，"摩天楼，上面有一些星星。"她又添上了一句。"星星"这个词的语气里有一股强烈的酸意，酸得能把铜给熔化了，流过桌面，流过地板，一直流到地窖里，熔化掉更多的铜。

"星星让你觉得这帽子更具魔力了，是吗？"

"我……买的时候是这么想的。眼下戴着它还行。"

"一直等到你找到属于你的帽子。"

"是的。"

"不是我这顶？"

"不是。"

"好的。"

老巫婆穿过屋子，走到墙角，一把扯下那块蒙在神秘物体上的布。原来那下面是一根大尖木头，大小和放在架子上的一顶尖顶帽一般大小。那上面有……一顶完成了一半的帽子，硬挺的黑布被细柳条和别针固定在模子上面。

"我的帽子都是我自己做的，"她说，"每年做一顶。接受我的忠告吧，没有一顶帽子能比得上你自己亲手制作的帽子。我给布料上浆，还加了一种特殊的材料，使它能够防水。

在自己做的帽子里能添加一些让人惊异的东西。不过你来不是为了谈论帽子的吧。"

蒂凡尼终于提出了自己的问题。

"之前发生的是真的吗？"

威得韦克斯奶奶倒了一杯茶，接着拿起茶杯和碟子，小心地往碟子上倒了点茶水。她小心地拿着碟子，好似这是一件重要而精细的工作似的，然后轻轻地吹着碟子里的水。她慢慢地、平静地做着这些事，蒂凡尼竭力掩饰着她的不耐烦。

"蜂怪没有再出现吧？"奶奶问。

"没有。但是……"

"那时候你的感觉是怎样的，当那一切发生的时候？你觉得那是真的吗？"

"嗯……"蒂凡尼回答，"我感觉到的不只是真实。"

"啊，那就对了。"奶奶说着啜了一小口茶，"这就是答案——那不是真的，也绝不是假的。"

"那就像一场梦，你就要醒过来了，你能控制那个梦，"蒂凡尼说，"如果我小心地控制，那个梦就继续地做下去。那就像我想让自己升到空中，我就使劲地拉我的鞋带。那就像我给我自己讲了一个童话故事——"

奶奶点着头说："一直都是故事。一切都是故事，真的。太阳每天升起是一个故事。每一个事物都有它的故事。改变故事，就改变了世界。"

"打败蜂怪，你是有一个计划的，是吗？"蒂凡尼问，"请告诉我。我必须知道。"

"计划？"奶奶无辜地说，"我的计划就是让你独自对付它。"

"真的吗？那么如果我失败了，你要怎么办？"

"尽我所能，"奶奶平静地说，"就像我一直做的那样。"

"要是蜂怪再次占有了我，你会杀了我吗？"

茶托稳稳地拿在老巫婆的手中，她沉思着看着茶水。

"要是我能够，我会宽恕你。"她说，"但是我没必要这么做，不是吗？女巫大赛是让这事儿发生的最好的地方。相信我，如果需要，女巫们会联合起来对付你。虽然这比把猫儿赶到一块还难，但这是可以做到的。"

"我只是觉得我们……把这一切变成了一场小演出。"

"哈哈，不是。我们把它变成了一场大演出！"威得韦克斯奶奶颇为得意地说，"闪电、雷鸣、白马、精彩的营救！非常有价值，不只值一个便士哦！你会明白的，我的孩子，不时展示一下你的才能会为你赢得声誉。我想勒韦尔小姐已经发现了这一点，现在她一边腾空耍着球，一边向大家脱帽致敬！她听了我的话！"

威得韦克斯奶奶喝光了碟子里的水，然后瞧着桌上的那顶旧帽子。

"你奶奶，"威得韦克斯奶奶问，"她戴帽子吗？"

"什么？噢……通常不戴。"蒂凡尼回答，心里还想着威得韦克斯奶奶方才说的那番话，"要是天气实在太糟，她就套一只麻袋当帽子，她说山里的风会把帽子吹走的。"

"那么她是把天当作她的帽子了。她穿斗篷吗？"

"哈哈，每个牧羊人都说，要是你看见阿奇奶奶穿了斗篷，那准是天上下起了石头！"蒂凡尼骄傲地说。

"那么她是把风当作她的斗篷了。"威得韦克斯奶奶说，"这是需要技巧的。如果一个女巫不想让雨落在她身上，雨就不会落在她身上，虽然我个人更喜欢被雨淋到，然后心怀着感激。"

"感激什么？"

"感激不久之后我就又干了。"威得韦克斯奶奶放下了茶杯和碟子，"孩子，你到这儿来想知道什么是真的，什么不是真的，而对于你还不了解的东西来说，我能教你的并不多。其实你只是不知道自己已经知道了真相，你将用你一生的时间去了解你身上的力量。这就是真相。"

她望着蒂凡尼那张充满了期待的脸，叹了一口气。

"那么我们出去吧。"她说，"我来给你上一课，唯一的一课。你不需要记笔记，只要用你的眼睛看。"

她带着她走向后花园里的井边，扫了一眼周围的地上，捡起一根树枝。

"魔杖，"她说，"看见了？"话音刚落，绿色的火苗从树枝上跳起，蒂凡尼吓得跳了起来。

"现在你来试试。"

不管蒂凡尼怎样挥动树枝，都没有火苗产生。

"它当然不会产生火苗。"奶奶说，"这只是一根树枝。你瞧，可能我是用它生出了火，也可能是我让你以为它能生出火。这都没关系。我现在说的是我，而不是这根树枝。一旦你想好了，你就能让一根树枝成为你的魔杖，让天空成为你的帽子，让一洼水成为你神奇的……神奇的……呃，那种奇特的酒

296

杯叫什么来着？"

"呃……高脚杯。"蒂凡尼说。

"对，高脚杯。重要的不是东西，是人。"威得韦克斯奶奶看着蒂凡尼，"我能教你怎样和野兔一起在你的崇山峻岭间奔跑，教你怎样和秃鹰一块儿飞越山峰。我能教你蜜蜂的奥秘。我能教你所有这一切，还有其他种种的事情，只要你能做到一件事情，就在此时此地。一件非常简单的事情，很容易就能做到。"

蒂凡尼点点头，睁大了眼睛："是什么？"

"你明白，是吗，所有闪闪发亮的东西都只是玩具，它们会把你引入歧途？"

"是的！"

"那就摘下戴在你脖子上的那闪亮的银马项链，孩子，扔到井里去。"

仿佛被那声音催眠了一般，蒂凡尼顺从地将手伸到脖子后面，解开了搭扣。

她的手伸到了水井的上方，手中的银马项链闪闪地发着光。

她凝视着它，就像第一次看见它的那晚一样凝望着它，然后……

威得韦克斯奶奶总是在，她心想，考察人。

"怎么了？"老巫婆问。

"不，"蒂凡尼说，"我不能。"

"不能还是不想？"奶奶厉声问。

"不能，"蒂凡尼昂起头，回答道，"而且也不想！"

她的手缩了回来，她重新戴上项链，挑战似的瞅着威得韦克斯奶奶。

奶奶笑了。"做得好。"她平静地说，"如果你不知道怎样做人，你也当不成一个好女巫。如果你太过担心会步入歧途，你就哪儿也去不了。我能看看你的项链吗？"

蒂凡尼望着那对蓝色的眼睛。接着她再次解开搭扣，把项链交到了奶奶手中，奶奶举起它端详着。

"真有意思，不是吗？阳光照着它的时候，它似乎就要飞跑起来了。"女巫瞧着吊在链子上的旋转的银马说，"这东西做得真好。当然，那不是一匹马看上去的样子，那是一匹马本来的样子。"

蒂凡尼不觉张开了嘴巴，惊讶地瞅着她。有一瞬间她看到阿奇奶奶站在那儿咧着嘴笑，过了一会儿，又变成了面前的威得韦克斯奶奶。她不知道，是奶奶果真那么做了，还只是她看花了眼？

"我不只是来送还帽子的。"她终于说，"我还给你带来了一件礼物。"

"我肯定没有请人给我送礼物。"奶奶不屑地说。

蒂凡尼并不在乎，她的思绪还有些紊乱，她回屋取来她的袋子，拿出一个轻软的小包裹，那东西在她手中轻轻地颤动着。

"我把大部分从斯特因德阿姆先生店里买的东西都退了回去，"她说，"不过我想这一件……你可能会有用。"

老巫婆慢慢地打开包在外面的白纸，轻风飞舞斗篷在她的指间自动地展开了，像一片轻雾在空中散开了。

"它非常漂亮，但是我不能穿它。"蒂凡尼说，斗篷随着吹过空地的微风上下起伏着。"你需要够资格才配得上这样一件斗篷。"

"什么资格？"威得韦克斯奶奶严肃地问。

"噢……尊贵、资历、智慧，这一类的品质。"

"噢。"奶奶的态度温和了一些。她瞅着那条轻轻飘动着的斗篷，依然一副不屑的样儿。它真是一件非常精美的衣服。制作它的巫师们至少做成功了一件事，那就是填满你生命中的缺失的那一部分，你不知道那是什么，直到你看见了这斗篷才发现。

"噢，我想的确是有人能穿这衣服，而有人不能。"奶奶承认道。她将它披在了身上，在领项处用一枚月牙形的胸针扣住了领子。"对像我这样的人来说，它太豪华了，"她说，"它太奢侈了。穿上它，我看上去像一个轻浮的人。"这话说得平静，可听上去却像是在问蒂凡尼。

"不，它非常适合你。"蒂凡尼快活地说，"要是你不知道怎样做人，你也当不成一个好女巫。"

小鸟停止了歌唱。树上的松鼠躲藏了起来。连天空似乎也变暗了一会儿。

"呃……这是别人告诉我的。"蒂凡尼说，随即又加上一句，"那是一位颇有见识的人。"

蓝色的眼睛凝视着蒂凡尼的眼睛。在威得韦克斯奶奶面前，你不可能有秘密。无论你说什么，她都能察觉到你话里的意思。

"也许你什么时候会再来看我。"她说着慢慢地转过身，看着在风中起伏飘动的斗篷，"这儿总是非常安静。"

"我会的。"蒂凡尼说，"我来之前，要先和蜜蜂打一下招呼吗？这样你可以把茶准备好。"

威得韦克斯奶奶瞪眼怒视了她一会儿，接着她咧开嘴苦笑了起来。

"你很聪明。"她说。

你心里到底怎么想的？蒂凡尼揣测着，你究竟是一个怎样的人？你想要我带走你的帽子吗？你假扮成一个苛刻的巫婆，其实你不是。你始终在考察人，考察、考察、考察，实际上你希望能找到比你聪明的人来击败你。因为，总是做那个最棒的人一定很不容易。人们不允许你停下来，你只能被打倒，但不能被打败。你的骄傲！你把它变成了你巨大的力量，然而它也侵蚀着你。你不敢笑，是因为你怕自己会发出咯咯的笑声？

总有一天我们会再见面的，我们两人都知道这一点。我们会再见面的，在女巫大赛上。

"我还聪明地知道，要是有人说'粉红色的犀牛'，你是怎么做到不去想它的。"这句话她终于说了出来。

"啊，那是很高级的魔法，非常高级。"威得韦克斯奶奶说。

"不，不是这样的。你压根儿不知道犀牛长什么样儿，对吧？"

阳光洒满了空地，老巫婆笑了，她朗朗的笑声好像山脚下的溪水一般清澄。

"说得没错！"她说。

第十五章　天空之帽

　　这是二月下旬的一天，这些日子的天气有点奇怪，比往年这时候的气温要高一点儿，当然还是刮着风。风不停歇地吹过大地的每一个角落。

　　蒂凡尼爬上山，来到山间的牧场。这儿，山谷挡住了风，早春出生的小羊羔已经能站立行走了。一群群的羊羔在牧场上颤巍巍地奔跑着，好似一匹匹跳着摇摆舞的毛茸茸的马儿。

　　也许今天的确有些特别，母羊居然也和羊仔们一起蹦蹦跳跳的，它们跳着，转着，半是高兴，半是难为情。整个冬天没有剪过的厚厚的羊毛像小丑穿的肥大的裤子那样上下抖动着。

　　刚过去的那个冬天很有意思，蒂凡尼学会了做很多事情。其中一件是，你能当两位年龄加起来超过一百七十岁的老人婚礼的伴娘。那一天，威弗先生头上戴着卷曲的假发，鼻梁上架着闪着微光的大眼镜，他坚持要给"我们的小帮助者"一枚金币，这可比她不曾开口要过的一年的工钱多得多，况且勒韦尔小姐也不可能有那么多钱。她用这钱的一小部分买了一件质地很好的棕色斗篷。它不会在轻风中飞舞，不会在她的身后起伏飘动，但是它很暖很厚，还能防水。

她也学到了很多其他的东西。当她从羊群和它们的小羊羔身边走过时，她无声地读着它们的思想，羊儿们毫无察觉……

为了庆祝标志着冬天即将过去，春天就要来临的猪望日，蒂凡尼在山上忙碌了一整夜。有很多事情要做，虽然在白垩地，这个节日没有很多的庆祝活动。不久后，勒韦尔小姐又高兴地放了她的假，让她回白垩地参加羊羔节（老人们把那叫作羊大肚子节）。那是山上牧羊人一年生活的开始，山里的巫婆是绝不能不在场的。在那些天里，在温暖的草窝里，在四周围上荆豆树枝做成的篱笆或栅栏挡风，未来的新生命就要诞生了。她和牧羊人一起在提灯下为母羊接生，帮助那些难产的母羊产下它们的小羊羔。她干活时头上戴着尖顶帽，她感觉到身旁的牧羊人注视着她，看着她用小刀、针、线、双手和她安慰的话语，从鬼门关前救下母羊的性命，帮助小羊降生到人世间。你必须指引它们，必须给它们讲故事。然后她在晨光中骄傲地走回家去，双手染着母羊的血迹，然而这是带来新生命的血迹。

后来，她去了菲戈人的古墓。她滑进洞里，带着她想了很久才准备好的礼物——撕成一条条的干净的手帕和用勒韦尔小姐的配方配制的植物香波，她觉着珍妮会用得上这些东西。勒韦尔小姐常带着这些东西去看望刚生了孩子的妈妈。

珍妮看到她高兴极了。蒂凡尼的肚子贴在地上，才使得自己的半个身子进了凯尔达的房间，她被允许一把抱起了八个小家伙，忍不住认为他们是罗伯小时候的模样。他们像小羊羔一样，是同一个时间里一起降生到这个世界上的。其中七个男孩大声哭着，对打着，而第八个则安静地睡着了，等待着属于她的女孩时光。未来就这样展开了。

不只是珍妮一个人改变了对蒂凡尼的看法。人们到处传说着蒂凡尼的故事。过去，白垩地上的人们都不喜欢女巫，她们都是陌生人，都是从别处来到这儿的。但是如今，是我们的蒂凡尼，像她奶奶一样为小羊羔接生。人们说她曾经去外面的山里学习了女巫的技能，啊，但她仍然是我们的蒂凡尼，仍然是。对，我承认她戴着一顶有大星星的帽子，但是，她还会做很好的奶酪，她会接生小羊，她是阿奇奶奶的孙女，没错吧？然后人们会摸着自己的鼻子，表示同意。阿奇奶奶的孙女。还记得阿奇奶奶都做了些什么吗？所以如果奶奶是我们的女巫，那么蒂凡尼就是我们的女巫。她了解羊，懂得它们。哈哈，我听说她们在那边山里举行了一次女巫大赛，而我们的蒂凡尼让她们见识了一下从我们白垩地上出来的女孩的本事。已经是现代社会了，没错吧？如今我们有了一个自己的女巫，她比任何人都棒！没有人敢把阿奇奶奶的孙女作为坏女巫扔进池塘里！

明天她又要到别的山里去了。过去的三个星期她非常忙碌。除了给羊接生，罗兰还邀请她去城堡里喝了茶。就像这种事情常有的情形那样，这多少有一点儿让人觉得尴尬。然而有趣的是，他在几年的时间里竟然从一个结巴的傻男孩变成了一个紧张的年轻小伙子，每当她朝他微笑时，他总是会忘了自己在说些什么，而且，城堡里还有许多书！

他羞怯地送了她一本《非比寻常的词语字典》。她也给他准备了礼物，一把扎克扎克制作的猎刀——虽说扎克扎克的魔法不怎么样，但是他的做刀技术却是一流的。两人都谨慎地避开了帽子的话题。等回到家后，她在字典的字母P这一部分里面发现了一张书签，一个条目下面画了一道轻轻的铅笔线：

"法式屈膝礼：小幅度的屈膝礼，弯曲度约为传统屈膝礼的三分之一。已不再使用！"

这时她独自一人待在她的卧房里，她的脸红了。当你观察着他人、揣摩着他人的时候，自我感觉良好，以为自己什么都知道，却常常会突然发现，反过来，别人也在观察着你，揣摩着你。

她把这件事情记在了她的日记簿里。如今这本子可厚多了，里面夹着好些药草标本、补充的笔记和一些书签。这本子被公牛踩过，被闪电击中过，还掉进过茶杯里。它的封面上已经没有眼睛了。那之前镶着的骨碌碌转的眼睛应该在第一天被打掉，这才是一本真正的女巫的日记。

除去在公开场合，蒂凡尼不再戴帽子了，因为低矮的门框一次次地把帽尖碰弯了，而她卧室的天花板几乎都把它给压坏了。但是今天她戴上了它。她不时要用手去抓她的帽子，风一阵阵地吹着，总想把它从她的头上吹下来。

她一直走到了那个老地方，四只生锈的铁轮半埋在草地里。大肚子火炉矗立在牧场上，像过去一样，她坐在了那上面。

一片宁静弥漫在蒂凡尼的四周，那是充满了生机的宁静。羊群和它们的小羊羔一起跳着舞，世界旋转着。

你为什么要离去？为了你回来时，能带着新的眼光和色彩看这一片土地，而这儿的人们也会看到你的不同。重新回到你出发的地方，与你从没离开过一片土地，是截然不同的两回事儿。

当蒂凡尼凝望着羊群时，话语在她的脑海里掠过，她感觉自己的内心充满了欢欣——因为新生的羊羔，因为生命，因为所有的一切。欢欣与快乐不同，有如海洋与水洼不同，它是心中无法抑制的喜悦，让人忍不住想放声大笑。

"我回来了！"她向着群山宣告，"比我离开时更棒了！"

蒂凡尼一把拽下头上那顶带有星星的帽子。如果戴着是为了炫耀，那这是顶很不错的帽子，虽然那上面的星星让它看上去像一个玩具。但是它永远不会是她的帽子，它不可能是。只有你自己做的帽子才是属于你的帽子，那不是你买来的帽子，也不是别人送你的帽子。你自己的帽子，戴在你自己的头上。属于你自己的未来，而不是别人的。

她将帽子高高地抛向了空中，风迅速地把它带走了。帽子翻转了几下，接着被一阵更大的风刮走了，它乘风而去，旋转着飞掠过牧场，永远地消失了。

于是，蒂凡尼把天空当作了她的帽子。她又坐到大肚子火炉上，倾听着日落时刻风吹大地的声音。

四周的影子拉长了。从附近的古墓里爬出了好些身影，和她一起，在这神圣的地方，凝望着太阳。

太阳上演着它每天的魔法，它落山了，温暖的夜晚降临了。

她的天空之帽，此时，繁星满天……

后　记

第70页上提到的草药学理论"特征论"在这个世界上确实存在，不过，历史学家比医生们对此事作了更多的研究。几百年来，或许是几千年来，人们相信是上帝创造了万物，也相信造物主在他创造的每一样东西上都留下了某种记号，向人类暗示了它的用途。例如，黄菊花的颜色是黄色的，所以它"肯定"对治疗使人皮肤变黄的黄疸病有益（这当然包含了一定猜测的成分，但有时病人却因此而得救了）。

真是令人惊异的巧合，书中描写的刻在白垩地上的马，和现实世界中刻在英国牛津郡西南部尤费恩顿村附近丘陵上的尤费恩顿白马惊人相像。它刻于数千年前，长三百七十四英尺，由于它被刻在了山头上，人们只有在空中才能览其全貌。这暗示的意思可能是：1.它是专门刻给上帝看的；2.飞行器的发明比我们想象的要早得多；3.过去的人长得比现在的人要高得多。

哦，这个世界上也有女巫大赛。不过，它们可不怎么好玩。

扫一扫
关注"小读客经典童书"